Roswitha Gruber

Großmütter erzählen

Roswitha Gruber

Großmütter erzählen

Geschichten aus der guten alten Zeit

rosenheimer

Besuchen Sie uns im Internet:
www.rosenheimer.com

6. Auflage

www.rosenheimer.com

Titelfoto: © Bundesarchiv, Bild 183-20728-0003 /
Fotograf: Biscan
Lektorat und Satz: Buch-Werkstatt GmbH, Bad Aibling
Druck und Bindung: CPI Moravia Books Pohorelice
Printed in Czech Republic

ISBN 978-3-475-53750-9

Inhaltsverzeichnis

Allen Großmüttern gewidmet

Vorwort

Aus den Märchen ist sie uns seit frühester Zeit vertraut: die gütige, die verständnisvolle, manchmal auch die sorgende Großmutter. Doch nicht nur die Märchen haben sich dieser liebevollen Figur angenommen. Auch in anderer Literatur begegnet sie uns immer wieder. Nicht ohne Grund, denn die Großmutter spielt in unserem Leben eine wichtige Rolle.

Davon wird in diesem Buch nur am Rande die Rede sein. Diesmal wollen wir die Großmutter aus einer anderen Perspektive betrachten: Großmütter waren auch einmal jung, sie waren auch einmal Kinder. Auch sie hatten ihre Wünsche und Träume, ihre Hoffnungen und Sehnsüchte. In diesem Buch erzählen die Großmütter selbst aus ihrer Kindheit. Wir werden erfahren, wie sie gelebt haben und wie ihr Umfeld gewesen ist.

Bei meinen Recherchen zu diesem Buch traf ich auf sehr unterschiedliche Großmütter. Es gab solche, die gleich munter von der Leber weg erzählten. Andere zierten sich: »Ach, ich weiß nicht, was ich Ihnen da erzählen soll. Von früher weiß ich gar nichts mehr.« Nachdem ich aber durch gezielte Fragen nach der Kindheit einen Quell angezapft hatte, sprudelte es nur so aus ihnen heraus.

Wahre Erinnerungsschätze sind dabei zu Tage getreten. Erstaunlich war für mich, wie unterschiedlich die Erinnerungen der Großmütter an ihre Kindheit waren. Offenbar hatte jede beim Speichern ihrer eigenen Geschichte andere Schwerpunkte gesetzt. Viele Episoden aber zeigen Parallelen – nicht in der Sprache, wohl aber im Inhalt.

In diesem Buch sind lebendige, authentische Geschichten von Großmüttern gesammelt, deren Kindheit und Jugendzeit vom Leben auf dem Lande, von gesellschaftlichen Gegebenheiten in der Stadt und vom Moralkodex der unruhigen Jahre der ersten Hälfte des 20. Jahrhunderts geprägt wurden. Sie sind so aufregend und so bunt wie das Leben selbst.

Ich hoffe, die Leser empfinden ebenso viel Vergnügen wie ich beim Zuhören dieser Lebenserinnerungen. Und sie können die Freude nachempfinden, die die Großmütter selbst beim Erzählen hatten.

Die Schweinchenschmugglerin

Nandl, Jahrgang 1930, aus Bichlach/Tirol

Ich kam schon wenige Monate nach meiner Geburt von zu Hause weg. Denn meine Eltern waren beide ernstlich krank. Durch einen Unfall mit einem Pferd hatte mein Vater einen Lungenriss davongetragen. Und meine Mutter litt an Rotlauf, einer Krankheit, die häufiger bei Schweinen vorkommt, aber ganz selten beim Menschen. Woher Mutter diese Krankheit hatte, ist allen ein Rätsel geblieben. Unsere Schweine waren nämlich gesund.

Meine Großmutter war mit ihrer jüngsten Tochter für eine Zeit lang zu uns ins Haus gekommen, um sich um meine Eltern, das Haus und den Hof zu kümmern. Sobald es meinen Eltern wieder besser ging, packten die Großmutter und meine Tante wieder ihre Reisetasche. Bei der Verabschiedung beschloss meine Großmutter spontan: »Das Dirndei nehm ich jetzt mal mit.« Damit meinte sie mich. Sicher wollte sie meine genesende Mutter entlasten, die ohnedies noch vier Kinder im Alter von anderthalb bis sechs Jahren zu versorgen hatte. Vielleicht dachte meine Großmutter aber auch an mich. Vielleicht wollte sie mir ein besseres Leben bieten, als ich es unter den gegebenen Umständen zu Hause gehabt hätte.

Ich blieb auf dem Hof meiner Großeltern, bis ich fast neun Jahre alt war. Bei meinen Eltern waren inzwischen zwei weitere Geschwister auf die Welt gekommen. So war es für meine Mutter bestimmt eine Entlastung, dass ich bei der Großmutter blieb.

Mehr noch denke ich aber, dass die Großmutter mich nicht wieder hergeben wollte. Anfangs war ich nämlich das einzige Kind, vor allem das einzige Mädchen auf dem Hof. Es gab da noch meinen Großvater und die vier fast erwachsenen Söhne, meine jungen Onkel. Alle liebten und verwöhnten mich, besonders mein ältester Onkel, der Pepi. Sie haben mit mir gespielt, gelacht und herumgealbert, wie das nur halbwüchsige Burschen fertig bringen.

Dass mein Großvater in dieser Zeit starb, weiß ich noch, obwohl ich erst zweieinhalb Jahre alt war. Das ist fast nicht zu glauben. Deutlich sehe ich noch vor mir, wie der Postbote kam und ein Paket auf den Küchentisch legte. Diesen Vorgang kann mir niemand erzählt haben, denn es war niemand dabei, als er das Paket abstellte. Neugierig umkreiste ich den Tisch, bis die Großmutter kam. Gespannt beobachtete ich, wie sie das Paket öffnete. Zu meiner Enttäuschung kamen aber nur die Sterbebilder vom Großvater heraus.

Nach seiner Beerdigung habe ich immer in seinem Bett geschlafen, neben der Großmutter. Sie mochte nicht allein sein. Ich nannte sie Mutter – wie alle hier im Haus. Sicher, wir sprachen auch von meinen Eltern. Großmutter nannte sie Mami und Dati. Ich wusste, wo sie wohnten, und wir besuchten sie gelegentlich. Aber ich hatte keine wirkliche Beziehung zu ihnen. Sie waren für mich fremde Leute geworden.

Nach und nach verließen meine erwachsenen Onkel ihr Elternhaus. Nun wurde es daheim stiller und stiller, und das Verhältnis zwischen Großmutter und mir wurde noch enger. Der Letzte, der aus dem Haus ging, war Onkel Pepi. Aber eigentlich ging er gar nicht aus dem Haus. Er zog nur innerhalb des Hofes in eine eigene Wohnung, weil er geheiratet hatte. Seine Frau, die Resi, hat mich sehr gern gemocht. Aber so nach und nach kamen bei Resi vier Buben an. Damit war Pepis Frau voll beschäftigt. Sie war immer dankbar, wenn ich ab und zu die Kindsmagd machte und ihr den einen oder anderen Buben für ein paar Stunden abnahm.

Meine Großmutter brachte mir schon früh das Stricken bei. Mit sechs, sieben Jahren konnte ich schon Strümpfe stricken. Jeden Abend nach der Arbeit strickte ich. Auch an Regentagen. Das habe ich aber nie für Arbeit angesehen. Es hat mir Spaß gemacht. Die ›Mutter‹ und ich saßen dann so nett beisammen. Wir strickten beide um die Wette, und sie erzählte mir Geschichten von früher.

Es war gar keine Rede mehr davon, dass ich bei meiner Großmutter lebte, oder ob oder wann ich wieder nach Hause gehen würde. Ich fühlte mich äußerst wohl in ihrer Umgebung. Ich mochte alle, und alle mochten mich. Meine Großmutter, der Pepi, seine Frau, die vier Buben und ich lebten miteinander, als seien wir eine einzige Familie. Alles verlief harmonisch, ein geradezu paradiesischer Zustand. Aber in jedem Paradies gibt es eine Schlange. Bei mir trat diese in Form eines harmlosen, kleinen Balles in Erscheinung. Ein roter Gummiball mit weißen Tupfen sollte mein Leben grundlegend verändern.

Onkel Pepi hatte mich von klein auf mit allerlei Geschenken verwöhnt. Von ihm bekam ich bereits ein

Paar schwarze Lackschuhe, als noch kein Kind im Dorf welche hatte. Mal brachte er mir eine Orange mit, mal Schokolade, mal Kekse. Auch als er schon eigene Kinder hatte, machte er keinen Unterschied. Er bedachte uns alle gleichermaßen.

Eines Tages nun brachte er besagten Gummiball mit. Der war kaum größer als eine dicke Apfelsine und sollte doch zum Zankapfel werden. Es war klar, dass er für uns fünf Kinder nicht fünf Bälle mitbrachte, wie das heute üblich ist, wo jedes Kind seinen eigenen Ball bekommt.

Damals musste ein Ball für fünf Kinder reichen. Wir hatten das Geld nicht so üppig, und wir spielten eh gemeinsam.

Der Fehler in meinen Augen war, dass der Onkel den Ball nicht mir, der Ältesten, überreichte, sondern seinem erstgeborenen Sohn. Ich fühlte mich arg zurückgesetzt. Bestimmt hatte sich Onkel Pepi nichts Böses dabei gedacht. Er wollte bestimmt keinen Unterschied zwischen mir und seiner eigenen Familie machen. Wahrscheinlich hatte er angenommen, dass ich mit meinen fast neun Jahren gar nicht mehr an einem so kindlichen Spielzeug interessiert war. Ich aber war in meiner tiefsten Seele noch ein Kind und von dem heißen Verlangen beseelt, mit diesem Ball zu spielen. Außerdem fühlte ich mich durch die Handlungsweise meines Onkels ausgegrenzt.

Also reagierte ich heftiger, als ich das üblicherweise zu tun pflegte. Ich wollte unbedingt diesen Ball von meinem kleinen Cousin haben. Er war nicht bereit, mir den Ball zu geben, also versuchte ich, ihm den Ball zu entreißen. Der Kleine aber verteidigte ihn wie ein Löwe. Und so kam es zu einem harmlosen kindlichen

Gerangel zwischen einem Vierjährigen und einer Achtjährigen.

In diesem Moment betrat unsere Großmutter die Szene.

»Nandl, ich meine, es ist jetzt an der Zeit, dass du wieder heim zu deinen Eltern kommst.«

Dieser Ausspruch traf mich wie ein Keulenhieb. War denn mein kleines Vergehen so schlimm, dass ich dafür gleich in die Verbannung gehen musste? Nicht anders empfand ich dieses Nach-Hause-geschickt-werden. Mein Cousin Peperl muss das ähnlich gesehen haben. Unter Tränen flehte er Großmutter an: »Bittschön, schick die Nandl nicht weg. Sie kann ja den Ball haben.«

Auch Peperls Mutter mischte sich nun ein.

»Mutter, deswegen brauchst die Nandl doch nicht gleich heimschicken. Das war doch wirklich nicht schlimm. Ich mag sie doch so. Warum bist du so hart gegen das Dirndei?«

»Das weiß ich auch nicht«, brummte sie vor sich hin. »Die Nandl hat ja auch noch Eltern.«

Großmutters Antwort, die zu dem Zusammenhang gar nicht passte, und ihr trauriger Gesichtsausdruck haben mich später oft über diese Geschichte nachdenken lassen. Ich kam schließlich zu der Überzeugung, dass meine Eltern wahrscheinlich schon lange um meine Rückkehr gebeten hatten. Vermutlich hatte Großmutter aus eigennützigen Motiven diese Bitte immer wieder hinausgezögert. Womöglich hatte sie dabei auch mein Wohl im Auge gehabt. Vielleicht wollte sie mir die unbeschwerte Kindheit so lange wie möglich erhalten. Vielleicht hatte sie es nicht übers Herz gebracht, mich einfach nach Hause zu bringen, und deshalb auf einen triftigen Trennungsgrund gewartet. Den hatte ihr der harmlose ›Zankapfel‹ nun beschert. Diese Erkenntnis kam mir, wie gesagt, erst später. Damals aber war ich todunglücklich über die Härte meiner Großmutter.

Weinend packte ich mein Zeug zusammen. Weinend saß ich neben Onkel Pepi auf dem Wagen, als er mit mir vom Hof fuhr. Meine Großmutter ließ sich zum Abschied nicht blicken, und meine Tante hatte alle ihre Kinder ins Haus geholt. So sah niemand meine Tränen.

Unterwegs genoss ich die Fahrt durch die grüne Sommerlandschaft, zumal Pepi mich durch kleine Scherze aufzuheitern wusste.

Der Empfang zu Hause war eigenartig. Er war nicht dazu angetan, mir ein Gefühl von Wärme und Geborgenheit zu vermitteln.

»Da bist du ja«, bemerkte mein Vater und ging ins Feld.

»Pass auf, dass der Luggi und der Hansi nicht miteinander raufen«, lautete die Anweisung meiner Mutter, ehe sie im Stall verschwand.

Da stand ich nun: mit zwei kleinen Brüdern, drei und sechs Jahre alt, die ich kaum kannte. Natürlich ließen sie sich von mir, der völlig Fremden, nichts sagen und rauften trotzdem.

Beim Abendessen starrten mich meine älteren Geschwister an, als sei ich ein Marsmensch. Da half es auch nichts, dass meine Mutter mich vorstellte.

»Das ist eure Schwester Nandl, sie wohnt jetzt auch bei uns.« Misstrauisch beäugten mich die Schwestern, als wollten sie ausdrücken: ›Die hat uns gerade noch gefehlt.‹

Im Mädchenzimmer standen zwei Betten. Das eine davon wurde mir zugewiesen. Burgi schlüpfte zu Leni ins andere Bett. Statt den Luxus zu genießen, ein Bett für mich allein zu haben, weinte ich still in meine Kissen, denn ich fühlte mich wieder einmal ausgegrenzt.

Nach einigen Wochen wagte ich einen Vorstoß bei meinen Schwestern.

»Es kann doch auch mal eine von euch bei mir schlafen.«

Einmütig lehnten die beiden das ab, ›weil ich so mager sei‹. Sicher, ich war ein dünnes Mädchen. Aber das war nicht der wirkliche Grund. Mir war klar, dass die beiden trotz des Altersunterschiedes von drei Jahren eine geschwisterliche Einheit bildeten. Altersmäßig hätte Burgi besser zu mir gepasst. Sie war nur ein Jahr älter als ich. Aber die beiden akzeptierten mich nicht als Schwester. Sie sahen in mir nur die störende Dritte. Deshalb ging mein Sehnen und Trachten nur danach, wieder von hier wegzukommen.

Manchmal, wenn ich allein in der Stube war, legte ich mich auf die Ofenbank und grübelte betrübt: ›Was kann ich tun, damit ich wieder zu Großmutter komme? Was mach ich nur? Wie kann das gehen?‹ Aber mir fiel nichts ein. Also blieb mir nichts anderes übrig, als mich an die neue Situation zu gewöhnen. Anfangs habe ich noch oft geweint. Es ist nicht so einfach, plötzlich ein ungeliebter Teil einer Großfamilie zu sein, wenn man acht Jahre lang quasi mit der Pflegemutter allein gelebt hat. Ich musste es erst verdauen, von heute auf morgen mitten in einer siebenköpfigen Geschwisterschar zu sein, wo ich doch noch bis vor kurzem den Status eines Einzelkindes genossen hatte. Hier fühlte ich mich als Eindringling. Alle in der

Familie kannten sich untereinander. Sie waren seit Jahren miteinander vertraut. Ich aber war ein Fremdkörper – und blieb es.

Erst als im Jahr darauf meine Schwester Cilli geboren wurde, änderte sich etwas für mich. Cilli war jetzt ›meine Schwester‹. Von Anfang an betraute mich unsere Mutter, die ja Arbeit genug hatte, mit der Aufgabe, dieses Kind zu versorgen und zu hüten. Cilli wurde ›mein Kind‹, die zog ich für mich auf. Das füllte mich aus und lenkte mich von meinem Kummer ab.

Und da gab es noch ein anderes Problem: die schulische Umstellung. Neue Lehrpersonen, an die ich mich gewöhnen musste, neue Mitschüler, andere Lehrmethoden. Ich sackte leistungsmäßig plötzlich stark ab. Dieser Leistungsabfall mag aber auch darin begründet gewesen sein, dass ich in meinem neuen Zuhause todunglücklich war.

Auch in der Schule fand ich keinen Kontakt. Die Banknachbarin wollte mit mir nicht reden, in der Pause wollte niemand mit mir spielen. Betrübt schaute ich zu, wie die anderen Kinder Kreisspiele machten oder Fangen spielten.

Mir wurde schnell klar, dass ich bei den Mädchen zu Hause und in der Schule keine Chancen hatte. Deshalb habe ich aufgehört, deren Gesellschaft zu suchen. Ich hielt mich fortan mehr an die Buben, bei denen ich schnell Anklang fand.

Auch als ich älter wurde, hatte ich keine Freundinnen. Vielleicht es lag daran, dass ich von klein auf nur mit Buben zu tun gehabt hatte. Zuerst waren meine halbwüchsigen Onkel meine Spielkameraden gewesen, später meine kleinen Cousins. Jedenfalls fand ich unter meinen Klassenkameraden eine ganze Menge

Freunde. Die waren mir nach kurzer Zeit wichtiger als meine eigene Familie.

Wenn die Schule aus war, blieb nicht viel Zeit zum Traurigsein. Meine kleine Schwester war ja zu versorgen. Und daneben warteten noch viele andere Tätigkeiten im Haushalt auf mich. Mit zunehmendem Alter wurden meine Pflichten auch auf Feld und Stall ausgedehnt. Schon früh musste ich mich um die Rösser kümmern. Musste sie ausputzen, striegeln und mit ihnen fuhrwerken wie ein Rossknecht. Pferde waren bald mein Leben.

Mittlerweile war Krieg. Jeder Mann, der einigermaßen arbeiten konnte, war eingezogen worden. Zu Hause blieben nur die alten Männer, die Invaliden und die Frauen zurück. Auf den Höfen aber musste die Arbeit weitergehen. Deshalb griff man auf die Kinder zurück. Schon die zwölfjährigen Schulkinder ließ man im Sommerhalbjahr zu Hause, weil jede Hand gebraucht wurde. Da hieß es arbeiten, arbeiten, arbeiten.

Als ich vierzehn war, ist mir nicht mal die Idee gekommen, dass ich einen Beruf erlernen könnte oder müsste. Vor lauter Arbeit habe ich nicht nach rechts und nicht nach links geschaut. Ich wusste gar nicht, dass es außer Landwirtschaft auch noch etwas anderes gab. Selbst im Spätherbst gab es genug Arbeit für mich. Wie ein Fuhrknecht musste ich mit den Rössern in den Wald und Brennholz für den Winter einfahren.

Als der Zweite Weltkrieg beendet war, begann ein völlig neues Leben für uns. Die Grenze zwischen

Deutschland und Österreich wurde wieder geschlossen. Es herrschte Notzeit, hüben wie drüben. Deshalb blieb es nicht aus, dass die grenznahen Bewohner versuchten, für sich und ihre Familien Nahrungsmittel zu beschaffen. Es gab Sachen, die sie drüben hatten und die wir brauchen konnten, und solche, die wir hatten, die man aber in Deutschland brauchte. Deshalb entstand bald ein lebhafter ›kleiner Grenzverkehr‹. Wir Kinder wurden rechtzeitig abgerichtet zu schweigen. Die Eltern schwiegen sowieso über ihre illegalen Grenzgänge.

An den offiziellen Stellen konnte man die Grenze für Schmuggelgänge natürlich nicht überschreiten. Aber die grüne Grenze war ja lang genug, und es gab ausreichend Schlupflöcher. Die kannten aber nicht nur wir – das war auch den Grenzbeamten bekannt. Deshalb patrouillierten sie in unregelmäßigen Zeitabständen Tag und Nacht entlang der Grenze. Wollte man etwas über die Grenze schmuggeln, galt es also einen Zeitpunkt zu erwischen, an dem die Grenzer die ausgewählte Stelle gerade passiert hatten. Dann konnte man davon ausgehen, dass man für eine kurze Zeit vor ihnen sicher war.

Kurzum: Schmuggeln war bald alltäglich und gehörte bei allen ›Anrainern‹ zum Alltag. Auch meine älteren Geschwister hatten ihre ›Grenzerfahrungen‹ gemacht. Einige von ihnen hatten sogar Spaß an dem Schmuggelgeschäft und machten sich einen gewissen Sport daraus. Für sie war das ein gewisser Nervenkitzel: Komme ich durch oder werde ich erwischt?

Ich war bis zu meinem fünfzehnten Geburtstag vor solchen Schmuggelgängen verschont geblieben. Aber kurz danach war ich dran.

»So, Nandl, jetzt bist du an der Reihe«, bestimmte der Vater. »Du gehst zum Moosbauern und holst zwei Ferkel.« Er drückte mir mit der mageren Erklärung: »Da tut der Moosbauer die Schweindl rein«, einen Rupfensack in die Hand. Alles andere hatte er wohl mit dem Moosbauer schon abgesprochen.

Bei diesem Auftrag war mir gar nicht wohl, ich wagte aber nicht, dem Vater zu widersprechen. Wir hatten ja nicht nur im Religionsunterricht gelernt: ›Du sollst Vater und Mutter ehren.‹ Es war mir auch von der Großmutter und von der Mutter eingeimpft worden.

Bevor mich Vater mit dem Sack in die eisige Nacht entließ, beschrieb er mir noch genau, wo und wie ich zu gehen hatte. Er hatte eigens eine mondhelle Nacht abgewartet, damit ich mich besser zurechtfinden sollte. Vater trat mit mir vors Haus und schaute sich wie ein witterndes Wild nach allen Seiten um. Nichts Verdächtiges war zu sehen oder zu hören. Um aber ganz sicher zu sein, ging er zurück ins Haus und holte den Hund. Den nahm er an die lange Leine. Sofort sauste der Hund in Richtung Grenze, zerrte an der Leine und bellte ganz fürchterlich. Der Vater hatte Mühe, ihn wieder zurück zu ziehen. Ohne ein Wort zu sagen, bedeutete mir der Vater, dass ich wieder ins Haus gehen sollte. Erst hinter der geschlossenen Stubentür klärte er mich auf.

»Das hat jetzt keinen Wert. Die Grenzer sind ganz in der Nähe. Sonst hätte der Hund nicht angeschlagen.«

Nach einer halben Stunde wagte mein Vater den zweiten Versuch. Mein Herz schlug bis zum Hals. In der Wartezeit war mein bisschen Mut bis auf den

Nullpunkt gesunken. Aber den Auftrag abzulehnen, wagte ich nicht. Diesmal blieb der Hund ruhig.

»Du kannst gehen«, entschied der Vater. »Die Luft ist jetzt für mindestens eine halbe Stunde rein. In der Zeit kannst du den Hin- und Rückweg leicht schaffen.«

Zaghaft tappte ich in die Nacht hinaus. Unter mir lag ein halber Meter Schnee. Aber ich sank nicht ein. Mein Vater hatte mit Absicht eine sehr frostige Nacht gewählt, in der der Schnee verharscht war. Das erleichterte mir nicht nur das Gehen, es verhinderte auch, dass ich Spuren hinterließ. Schnell hatten sich meine Augen an das Halbdunkel gewöhnt. Bald schritt ich auf dem Schnee so zügig voran, als ginge ich über Beton. Ich hatte den Eindruck, es sei taghell, denn das Mondlicht wurde vom Schnee reflektiert. ›Wenn ich aber so gut sehe, so werden mich die Grenzbeamten ebenso gut sehen können‹, fürchtete ich. Meine Angst steigerte sich. Immer schneller hastete ich meinem Ziel entgegen.

Unbehelligt erreichte ich den beschriebenen Bauernhof. Auch dort wurden keine überflüssigen Worte gemacht. Der Moosbauer steckte, ohne dass ich danach fragen musste, die beiden entzückenden Schweinchen in den Sack, band ihn zu und hängte ihn mir so geschickt über die Schulter, dass eines der Ferkel auf meiner Brust zu liegen kam, das andere wärmte meinen Rücken.

Wortlos marschierte ich wieder hinaus in die Kälte. War es das Schütteln bei jedem Schritt? War es die Finsternis in dem Sack? Oder war es die Kälte? Nach wenigen Metern jedenfalls fingen die Schweinchen fürchterlich an zu quieken. Mir blieb das Herz fast stehen. ›Du lieber Gott‹, dachte ich, ›was wird denn jetzt? Jetzt brauchen die Zöllner mich gar nicht erst zu sehen, sie werden mich schon von der Ferne hören.‹

Wie ein gehetztes Wild jagte ich vorwärts. Nicht nach rechts und nicht nach links wagte ich zu schauen. Sobald mich die Beamten erblickt haben würden, gab es keine Fluchtmöglichkeit mehr für mich. Meine quiekende Last würde ihnen auf jeden Fall meinen Standort verraten. Also schaute ich immer nur stur auf den Boden, damit ich nicht in eine Vertiefung geriet oder über einen Buckel stolperte. Dann wäre ich ohnedies verloren gewesen. Alle Heiligen im Himmel rief ich an. Ich flehte, sie mögen mir beistehen, damit ich unbehelligt mit meiner Beute nach Hause komme.

Es war wirklich nicht weit vom Moosbauern bis zu uns. Aber diese Viertelstunde kam mir vor wie eine Ewigkeit. In der mondhellen Nacht, auf dem strahlenden Schnee, mit den quiekenden Ferkeln war ich die ideale Zielscheibe der Grenzer. Nie in meinem ganzen Leben, weder vorher noch nachher, habe ich eine solche Angst ausgestanden. Ich hatte keine genaue Vorstellung davon, was geschehen würde, wenn man mich erwischte. Auf jeden Fall aber etwas Furchtbares. Deshalb hastete ich, wie von Furien gejagt, weiter und weiter. Rundum blieb alles still. Nur das impertinente Quieken hinter mir und vor mir gellte durch die Nacht. Mein Herz pochte so heftig, dass ich mir einbildete, man könnte es hören. Aber ich hatte Glück. Es kam niemand. Es rief niemand. Es schoss niemand.

Mit Schweißperlen auf der Stirn, völlig außer Atem, erreichte ich unser Haus, erreichte ich die Stube. Sichtlich angespannt saß der Vater auf der Ofenbank.

Ich nahm den Sack von der Schulter und legte ihm die Ferkel vorsichtig vor die Füße.

»Vater, da hast du deine Schweinderl«, keuchte ich, »aber das eine sag ich dir: Ferkel über die Grenze tragen, das tu ich nimmer.«

Das brauchte ich auch nicht mehr. Denn noch bevor ich meinen sechzehnten Geburtstag beging, nahm mein Leben erneut eine Wende.

❧

Wie ein Märchenprinz stand einige Monate nach dem Schweinchenschmuggel mein Onkel Pepi vor mir. Ich hätte mir diese Situation selbst in meinen kühnsten Träumen nicht ausmalen können. Deshalb kam es mir vor, als wäre er gekommen, um die verwunschene Prinzessin zu erlösen.

»Ach, Nandl, ich tät dich halt so notwendig brauchen, zum Stallgehen«, sagte er die inhaltsschweren Worte.

Es war, als hätte der Himmel ihn geschickt. Gerade jetzt war ich seit der Schweinchengeschichte in einem besonderen seelischen Tief, das mir das Leben in meinem Elternhaus, in dem ich mich noch immer nicht wohlfühlte, noch schwerer machte.

Am liebsten wäre ich stehenden Fußes mit meinem ›Märchenprinzen‹ auf und davon gegangen. Aber das war unmöglich. Onkel Pepi musste erst noch mit meinen Eltern reden. Meine Mutter, die ja seine Schwester war, jammerte, dass sie mich im nächsten Sommer dringend auf der Alm bräuchten. Der Pepi versicherte ihr, dass ich im nächsten Frühjahr wieder zurück sei. Da gab sie ihr Einverständnis.

Diese Aussicht erfreute mich natürlich nicht. ›Aber

erst bist du mal für eine Weile weg‹, redete ich mir gut zu und packte hastig meine Sachen zusammen. Auf dem Weg nach Bichlach war ich der glücklichste Mensch, den man sich denken konnte.

Mit offenen Armen nahm mich die Großmutter wieder auf, und ich bezog wieder das Bett an ihrer Seite. Wohnen tat ich also wieder bei ihr, aber zur Arbeit ging ich zu meinem Onkel. Ja, war das schön! Kaum war ich dort, waren meine alten Wurzeln wieder neu entflammt. Es war, als sei ich nie weg gewesen.

Meine Cousins waren zu patenten und lebhaften Buben herangewachsen, zwischen neun und zwölf waren sie jetzt. Sie zogen ihre Freunde herbei, und grad lustig war's. Was haben wir für Spaß miteinander gehabt! Auch noch, als die Buben dann älter wurden. Da sind die jugendlichen Freunde zum Kartenspielen gekommen. Der eine oder andere hätte schon Interesse an mir gehabt.

Vorsichtig fragten sie bei Peperl an.

»Du kannst es versuchen«, war jedes Mal seine Antwort. »Da geht aber nix.« Auf diese Weise blieb die Harmonie in der Gruppe erhalten. Keiner brauchte auf den andern eifersüchtig zu sein. Und ich war die ›Henne im Korb‹ und vor Zudringlichkeiten sicher.

Während ich auf dem Hof meiner Eltern für die Pferde zuständig gewesen war, musste ich mich auf dem Hof des Onkels um die Kühe kümmern. Die Umstellung fiel mir nicht schwer. Zu Hause war ich daneben noch Kindsmagd gewesen und bei Bedarf Köchin. In absehbarer Zeit sollte ich auch noch Sennerin werden.

So ging das über mehrere Jahre hin: Im Winter arbeitete ich bei meinem Onkel als Stallmagd, im Sommer arbeitete ich auf der elterlichen Alm als Sennerin. Mir kommt es heute so vor, als sei ich immer herumgereicht worden. Ich habe mich herumreichen lassen. Jeden Posten, der mir zugeteilt wurde, habe ich voll und ganz ausgefüllt.

Die Arbeit auf der Alm hat mir Freude gemacht, weil ich mein eigener Herr war. Faulenzen konnte ich nicht dort oben, es musste ja alles erledigt werden. Aber ich konnte mir meine Zeit einteilen, und niemand redete mir drein.

Der Nachteil des Almlebens war die Einsamkeit. Den ganzen Tag über hatte ich niemanden zum Reden. Deshalb grübelte ich viel und wurde vielleicht ein bisschen schwermütig. Vielleicht wirkte in meinem Unterbewusstsein auch noch nach, dass ich als Achtjährige fortgeschickt worden war, und dass ich mich zu Hause nie akzeptiert und immer ausgegrenzt gefühlt hatte. Jetzt war ich auf der Sennhütte wirklich ausgegrenzt. Fernab von der Familie, fernab von allen Verwandten und Freunden hockte ich mutterseelenallein auf der Alm.

Die einzige Abwechslung des Tages war, wenn ich am Abend die Sahne zu Tal brachte. Das machte mir nicht nur Freude, es ersparte mir auch die Mühe des Butterstampfens. Weil die Alm nicht allzu weit von meinem Elternhaus entfernt lag, konnte man die Sahne leicht jeden Abend hinunterbringen. Das Buttern übernahm die Mutter selbst. Sie war nämlich schon so fortschrittlich, dass sie einen Motor an ihrem Butterfass hatte. So war das Buttermachen auch für sie nicht mehr so anstrengend und zeitraubend. Wenn ich unten war, nahm ich am gemeinsamen Essen teil. Das ersparte mir nicht nur das Hinaufschleppen von meinen Lebensmitteln, es ersparte mir auch das Kochen auf der Alm. Kochen hätte ich eh nicht können dort. Es gab keinen Herd. Nur Brot nahm ich auf dem Rückweg zur Alm mit, damit ich was fürs Frühstück und für die Brotzeit hatte.

In meinem zweiten Almsommer wurde es besser. Da war meine Schwester Burgi immer wieder mal eine Woche lang bei mir auf der Alm. Dort kamen wir uns ein bisschen näher. Endlich hatte ich das Gefühl, eine Schwester in ihr zu haben. Leider blieb es bei dem einen Sommer. Mit achtzehn heiratete sie nämlich, und ich war wieder verlassen.

Dass ich fast die Hälfte des Jahres auf der Alm verbrachte und die andere Hälfte bei meinem Onkel, war nicht dazu angetan, die Familienbande zu festigen. Meine Mutter mochte mich sicher, aber sie blieb mir fremd. Mein Vater ebenso. Und ganz zu schweigen von meinen Geschwistern. Nur zu meinem ältesten Bruder, dem Matthias, entwickelte sich ab einem gewissen Alter so etwas wie ein geschwisterliches Verhältnis. Doch davon später.

Wenn mir die Tage auf der Alm lang und langweilig wurden, war die Aussicht auf den Winter mein einziger Trost. Im Winter hatte ich wieder ›meine Familie‹, meine Wärme, meine Geborgenheit im Hause der Großmutter.

Inzwischen war ich in dem Alter, wo ein Mädchen auch mal gerne ausgehen mochte. Aber Großmutter war in diesem Punkt streng und unerbittlich. Sie hütete mich wie ihren Augapfel. Da ich ja nach wie vor in dem Bett neben dem ihren schlief, war an ein heimliches Ausbrechen nicht zu denken.

In dieser Zeit wurde mir mein Bruder Matthias ein Freund und eine große Hilfe. An manchen Samstagabenden durfte er mich zum Tanzen oder Ausgehen abholen. Wenn ich mit ihm ausging, hatte meine Großmutter nichts dagegen. Matthias führte mich zu verschiedenen Festlichkeiten mit Musik und Tanz. Wie jedes junge Mädchen genoss ich es, umschwärmt zu werden. Vielleicht genoss ich es noch ein bisschen intensiver als andere, weil ich schon früh die Erfahrung gemacht hatte, ausgestoßen, abgeschoben und abgelehnt zu werden. Jetzt gehörte ich dazu, endlich. Ich war wer. Ich wurde geschätzt. Diesen Zustand fand ich so himmlisch, dass ich mich an keinen meiner Verehrer binden wollte. Immer neu umworben zu werden, das genoss ich auf jedem Ball.

❧

Dieser herrlichen Leichtigkeit, der ich mich nach einer schweren, arbeitsreichen Kindheit hingeben wollte, bereitete mein Bruder mit einem Machtwort ein Ende.

Es gab da einen Burschen, der schon seit längerer Zeit ernste Absichten mir gegenüber bekundete. Er war mit meinem Bruder befreundet. Eines Tages machte mir mein Bruder Vorhaltungen.

»Was du bis jetzt mit den Burschen gemacht hast, war mir egal. Mit dem Adi aber spielst du nicht. Der meint es ehrlich. Der ist ein Mann fürs Leben.«

›Red du nur‹, dachte ich.

Kurz nach dieser Verwarnung waren Matthias und ich zu einer Hochzeit eingeladen. Auch der Adi war da. Ich beachtete ihn kaum. Es gab ja so viele andere, die mich zum Tanzen holten und mir schmeichelhafte Worte zuflüsterten. Auch ein ganz Verwegener war dabei. Einer, der sogar schon ein Motorrad besaß! Er schwärmte mir unablässig von seiner tollen Maschine vor. Das machte mich neugierig, und ich bat ihn um eine Probefahrt. Den Wunsch erfüllte er mir nur gar zu gerne.

Wir fuhren aber nicht nur ins Blaue, sondern der junge Mann steuerte einen kleinen Gasthof im Nachbarort an. Dort trank er ein Bier und ich eine Limonade. Es war alles völlig harmlos. Wir plauderten eine Zeit lang, und dann traten wir die Rückfahrt an.

Als wir von unserem Ausflug zur Hochzeitsgesellschaft zurückkamen, war mein Bruder bereits aufgebrochen. Nun schlug mir das Gewissen aber doch ein wenig. Deshalb bat ich meinen Begleiter, mich mit dem Motorrad nach Hause zu bringen.

Wir waren natürlich lange vor Matthias zu Hause, der den Weg zu Fuß zurückgegangen war. Ich empfing ihn spöttisch.

»Ja, wo warst du denn so lange? Ich bin schon seit einer Ewigkeit daheim.«

Matthias ging auf diesen Scherz nicht ein. In erschreckend ernstem Ton sagte er nur einen einzigen Satz.

»Das hast du nur einmal gemacht.«

Diese Worte beeindruckten mich zutiefst. Von dieser Stunde an waren alle anderen Männer für mich abgeschrieben. Für mich existierte nur noch der Adi. Dass ich mich so entschieden habe, habe ich nie bereut. Deshalb bin ich meinem Bruder für seine Zurechtweisung dankbar bis auf den heutigen Tag.

Was ich in meiner Kindheit und Jugend an Bildung alles versäumt habe, merkte ich erst im Erwachsenenalter. Erst da sah ich, dass es noch viele andere Dinge gab, von denen nichts bis zu uns auf den Bergbauernhof gedrungen war. Trotzdem hatte ich genug Selbstbewusstsein, um nicht darunter zu leiden. Mein Leben lang hatte ich das Gefühl, dass das, was ich mache, richtig ist. Alles, was mir aufgetragen wurde, erledigte ich mit großer Selbstsicherheit. Diese Haltung verdanke ich meinem Vater. Er hat zwar wenig geredet, und wir hatten auch nur wenige Berührungspunkte. Aber den einen entscheidenden Satz von ihm habe ich mir gemerkt, und der war wegweisend für mein ganzes Leben:

»Kinder, an dem Stecken, an den man gebunden wird, muss man ziehen.«

Große Liebe zu kleinen Tieren

Sieglinde, Jahrgang 1925, aus München

Drei große Hobbys hatte ich mein Leben lang: den Garten, meine Tiere und das Lesen. Das fing alles schon in meiner Kindheit an.

Mein Vater war Lehrer in München gewesen. Deshalb wurde ich dort geboren. Bei meiner Geburt war mein Vater maßlos enttäuscht darüber, dass ich kein Junge war. Er schaute mich nicht mal an. Meine Mutter war so sehr gekränkt, dass sie in Tränen ausbrach und immer wieder bat: »Schau dir das Kind doch wenigstens mal an.« Schließlich tat er das, damit sie endlich Ruhe geben sollte. In diesem Moment muss ich einen Mundwinkel verzogen haben, wie das bei Neugeborenen öfters vorkommt. Er hielt es für ein Lächeln. Darüber war er so glücklich, dass er mich aus der Wiege nahm. Er drückte mich so fest an sich, dass die Mutter jetzt wieder Angst bekam, er könnte mich gar zerdrücken.

Mein erstes Wort war nicht Mama oder Papa, wie das normalerweise bei Kindern üblich ist. Mein erstes Wort war ›Rüssel‹. Da muss ich gerade ein Jahr alt gewesen sein, und wir waren zu Besuch bei meiner Tante in Nürnberg. Die Tante besaß einen kleinen Hund. Wegen seiner langen Schnauze hieß der ›Rüssel‹. Von diesem Hund muss ich so fasziniert gewesen sein, dass ich zum Staunen aller Anwesenden auf einmal »Rüssel, Rüssel« krähte.

Schon bald nach diesem Erlebnis wurde mein Vater nach Roth bei Nürnberg versetzt. Deshalb habe ich keine Erinnerung mehr an die Münchener Zeit.

In Roth war es herrlich. Das war ein sehr kleiner Ort, in dem absolut nichts los war. Wir wohnten in einer Sackgasse. Der ganze Verkehr dieser Straße war das Postauto, das morgens wegfuhr und abends wiederkam.

Wir wohnten in der ersten Etage eines Zweifamilienhauses, das von einem großen Garten umgeben war. Im Erdgeschoss lebte noch ein anderes junges Ehepaar. Deren Tochter Helga war in meinem Alter und wurde bald meine beste Freundin.

Gleich hinter unserem Garten schloss sich der Wald an. Auch der Bach war nicht weit weg. Das war schon sehr idyllisch. Und einen Haufen Kinder gab es in der Nachbarschaft auch. Das war etwas für mich als Einzelkind! Mit denen konnte ich überall nach Herzenslust spielen, auf der Straße, im Wald, am Bach. Es war das reinste Kinderparadies.

Wie gesagt, tierverrückt war ich von Anfang an. Schon als ganz kleines Putzele brachte ich es fertig, mit Helga vor einem Ameisenhaufen zu hocken. Es wurde uns nie langweilig, zuzuschauen, wie die fleißigen Tiere hin und her liefen und kleine Äste oder Blätter herbeischleppten. Hatte einer unserer Spielkameraden, aus Unachtsamkeit oder mit Absicht, einen Ameisenhaufen gestört, konnte ich in Tränen des Mitleids und der Wut ausbrechen. Dann setzte ich mich vor den Bau und beobachtete das geschäftige Treiben der Ameisen, wie sie ihre Eier in Sicherheit brachten, und wie sie sich abmühten, den Schaden wieder zu beheben.

Als wir beide, die Helga und ich, schon in die Schule gingen, hatten wir einen neuen ›Sport‹. Wir setzten Weinbergschnecken in eine Reihe und warteten voll Spannung, welche als Erste ›losrannte‹ und welche Sieger wurde. Wir haben die Tiere bestimmt nicht gequält. Aber meine Mutter machte unserem Spaß bald ein Ende. Das wäre Stress für die Tiere, behauptete sie.

Uns Kindern erging es damals viel besser als den heutigen Kindern. Heute ersticken sie an Übersättigung und haben trotzdem Langeweile. Langeweile war für uns ein Fremdwort. Wir spielten Fangen, Verstecken; wir waren Räuber und Gendarm und Indianer mit Wigwam und Marterpfahl. Mit einer primitiv gemachten Peitsche brachten wir Holzkreisel zum Tanzen. Aus Eichenblättern bastelten wir uns Kronen, setzten sie aufs Haupt und fühlten uns wie die Könige. Wir waren rundum glücklich. Und Süßigkeiten, wann bekamen wir schon mal Süßigkeiten? Die Kinder heute haben Süßigkeiten im Überfluss, und können nicht nachvollziehen, was für eine Bedeutung diese für uns hatten.

Mein Glück war riesig, wenn ich mir ein ›Viertel Liliput‹ kaufen durfte. Das waren kleine, saure Bonbons. Hundertdreizehn Stück passten in eine Tüte und kosteten siebzehn Pfennig. Die bekam ich immer dann, wenn wir nach Nürnberg fuhren. Das kam vielleicht zweimal im Jahr vor.

An Weihnachten stand als Einziges auf meiner Wunschliste: ein Viertel Goldnüsse für fünfunddreißig Pfennig. Ist das heute noch vorstellbar?

Apropos Weihnachten. Da fällt mir eine Geschichte ein, die ereignete sich, als ich zwischen vier und fünf Jahre alt war. Es war am Nachmittag des Heiligen

Abends. Die Gans für das Abendessen war schon im Ofen. Meine Mama wollte schnell noch etwas besorgen. Ich solle schön brav beim Papa bleiben, war ihre Ermahnung. Dem fiel aber kurz danach auch noch ein, dass er noch mal fort müsse. Ich solle schön brav in meinem Zimmer bleiben, sonst käme der Pelzmärtl und hole mich, warnte er mich beim Weggehen.

Den Pelzmärtl kannte ich. Bei uns in Franken ist es der Brauch, dass der am 11. 11., also am Martinstag, die Kinder besucht – so wie das anderswo am 6. 12. der Nikolaus tut. Den Brauch, dass der Nikolaus kommt, kennt man bei uns dagegen nicht. Der Pelzmärtl ist ebenso gewandet wie der Nikolaus und ebenso ausgestattet mit Sack und Rute. Die braven Kinder bekommen kleine Geschenke, wie Äpfel und Nüsse. Die bösen Kinder dagegen erwartet Bestrafung durch Sack und Rute.

Durch die gut gemeinte Ermahnung meines Vaters war ich so verängstigt, dass ich am ganzen Leibe zitterte. Völlig allein in meinem Zimmer fühlte ich mich so verlassen, dass ich unters Bett kroch. Wenig später klingelte es an der Haustür. In meiner Angst befürchtend, dass das der Pelzmärtl sei, wagte ich mich nicht aus meinem Versteck hervor. Es war jedoch meine Mama, die den Hausschlüssel vergessen hatte. Da niemand aufmachte, ging sie um das Haus herum. Unter meinem Zimmerfenster rief sie, ich solle aufmachen.

»Ich kann nicht aufmachen«, rief ich zurück, »sonst kommt der Pelzmärtl!«

Immer wieder rief meine Mutter: »Mach bitte auf! Ich bin es doch, die Mama.«

Da ich mich trotzdem nicht rührte, ging sie nach einiger Zeit weg, um meinen Vater zu suchen. Sie fand ihn jedoch nicht. Sie kehrte zurück und rief wieder unter meinem Fenster.

»Nein, ich mach nicht auf«, war meine erneute Antwort.

Ihr letzter Versuch war: »Stell dir vor, ich habe das Christkind getroffen. Das hat mir ein paar Mandarinen für dich mitgegeben.«

Bei dem Wort ›Mandarinen‹ bin ich wie der Blitz hervor unterm Bett, rannte in die Diele und schob einen Stuhl unter den Türsummer. Ich war nämlich noch zu klein, um hinaufzulangen. Und surr – habe ich auf den Summer gedrückt. Meine Mutter sauste die Treppe hoch, drückte mir im Vorbeirennen eine Tüte in die Hand und stürzte in die Küche – gerade noch rechtzeitig: Sie konnte die Gans noch retten.

Das ist heute unvorstellbar, dass man ein Kind mit einer Tüte Mandarinen so glücklich machen kann, dass es all seine Angst vergisst.

Es gibt auch noch eine andere Pelzmärtl-Geschichte.

Es muss im Jahr darauf gewesen sein. Meine Freundin und ihre Eltern waren bei uns. Alle saßen wir gemütlich im Wohnzimmer am Tisch. Wir Kinder waren allerdings schon mächtig aufgeregt, denn es war Pelzmärtltag. Gemeinsam wollten wir diesen Gast erwarten.

Auf einmal fiel meiner Mutter ein, dass sie noch etwas besorgen müsse. Ausgerechnet jetzt, wo der gestrenge Mann jeden Moment kommen konnte, war ich des mütterlichen Beistandes beraubt. Und richtig, sie war noch nicht lange weg, da geschah es: ein kräftiger Rumpler an der Tür. Wir Kinder zuckten zusammen und fassten uns Schutz suchend an den Händen.

Mutig öffnete der Vater die Tür. Da stand er vor uns – der Pelzmärtl, in seinem feuerroten Gewand, mit weißem Pelz verbrämt, wie er es seinem Namen schuldig war. Der lange, weiße Bart verdeckte das halbe Gesicht.

Wir Kinder schielten ängstlich auf seinen Sack und auf die Rute. Der rotgewandete Gast forderte uns beide nacheinander auf zu beten. Zuerst betete ich, dann die Helga, wobei unsere Stimmchen mächtig zitterten. Der Kinderfreund lobte uns dafür.

»Helga, kannst du mir jetzt noch ein Lied singen?«, fragte er meine Freundin.

Während die überlegte, was sie wohl zum Besten geben könnte, vernahm ich, wie mein Papa dem Pelzmärtl zuraunte: »Tiefere Stimme!« Er wollte unseren Gast veranlassen, mit tieferer Stimme zu sprechen, damit wir Kinder nicht merkten, dass eine Frau in dem Kostüm steckte.

»Können vor Lachen!«, flüsterte die aber zurück.

Diesen Satz schnappte außer mir auch Helga auf. Da er geflüstert war, nahm sie an, der Pelzmärtl meine es gut mit ihr und wolle ihr heimlich einen Tipp geben, was sie singen solle. Sogleich sang sie mit weinerlicher Stimme: »Können vor Lachen, können vor Lachen.« Sie sang es nach selbst erdachter Melodie, in allen Tonlagen. Immer wieder: »Können vor Lachen, können vor Lachen.«

Tapfer hielt sie durch, trotz des Chaos, das um sie herum entstand. Kaum hatte sie nämlich mit ihrem Gesang begonnen, bekamen alle Erwachsenen schlagartig einen Hustenanfall. Einer nach dem anderen drehte sich weg und hustete vor sich hin, um sein Lachen zu verbergen. Selbst der gestrenge Pelzmärtl konnte sein Grinsen nicht verbergen und wurde ebenfalls von heftigen Hustenattacken geschüttelt.

Während meine Freundin unbeirrt weiter sang, wurden meine Augen groß und größer. Ich starrte von einem zum andern – und mein kindlicher Glaube bekam einen riesigen Sprung. Noch erkannte ich nicht, dass meine Mutter in dem Kostüm steckte. Aber dass irgendetwas nicht stimmte, das wurde mir klar.

Nachdem der Pelzmärtl sich ausgehustet hatte, erlöste er das arme Mädchen von der Qual des Singens.

»Sooo schön hast du gesungen, Helga. Du hast dir eine Belohnung verdient.«

Zu meiner Enttäuschung verzichtete der Pelzige großmütig auf meinen Gesang. Als er mich aber trotzdem ebenfalls mit Äpfeln, Nüssen und sogar etwas Süßem bedachte, bevor er fluchtartig das Zimmer verließ, war mir das auch recht.

❧

Ich hatte noch eine andere Freundin: die Milli. Sie wohnte genau uns gegenüber. Später, als wir schon Schulmädel waren, haben wir uns ein tolles Spiel ausgedacht. Milli stellte sich an ihr Fenster.

»Ich bin die Bärbel von der Stadt und habe lockige Haare!«, rief sie zu uns herüber.

Von meinem Fenster aus rief ich zurück: »Ich bin die Dotschn vom Land. Ich habe zottiges Haar.«

Milli: »Ich bin die Bärbel von der Stadt. Ich habe zierliche Finger und Ringlein daran.«

Wieder ich: »Ich bin die Dotschn vom Land. Ich habe Pratzn, und da ist gar nix dran.«

Sie: »Ich habe schöne Kleider an.«

»Und ich hab bloß Fetzen an.«

Dieses Zwiegespräch haben wir immer und immer wieder gespielt. Ständig dachten wir uns Gegensätze aus, mit immer noch deftigeren Wörtern. Mal war Milli die Schöne und ich der Trampel, mal war ich die Feine und sie die Dotschn, damit es gerecht zuging. Die Feine sprach natürlich Hochdeutsch, die Dotschn dagegen recht krachert. Mein Vater konnte es nicht ertragen, dass wir dieses Spiel machten, besonders, wenn ich so krachert geredet habe. Wenn es nach ihm gegangen wäre, hätte ich immer nach der Schrift sprechen sollen.

Einmal waren wir wieder mitten in unserem Lieblingsspiel. Da kam mein Vater früher nach Hause als erwartet. Milli hatte ihn zuerst entdeckt. Schlagartig verstummte sie.

»Was hast denn jetza?«, fragte ich in breitem Bayerisch, denn ich war gerade die Kracherte. Milli hat nur stumm mit dem Kopf nach unten gedeutet. Da erblickte ich mit Schrecken meinen Vater. Geistesgegenwärtig säuselte ich in feinstem Hochdeutsch:

»Aber jetzt hören wir dann auf, Bärbel, nicht wahr? Ich muss noch meine Hausaufgaben machen.«

Die Schule war nicht weit von unserem Wohnhaus entfernt. Sie hatte nur zwei Klassenräume. Die Lehrerin unterrichtete die Schüler von der ersten bis zur vierten Klasse, mein Vater hatte die fünfte bis achte Klasse.

Meine erste Lehrerin war schon eine ältere Person und hieß Fräulein Meier. Im Unterricht hat sie oft geschlafen, und wir waren uns selbst überlassen. Zwischendurch schreckte sie ab und zu mal hoch und schimpfte, wir wären frech. Und das, weil wir uns vor Langeweile mit anderen Dingen beschäftigt haben. Als sie in Pension ging, bekamen wir den Lehrer Stangl. Der hat meinem Vater glatt vor den Kopf gesagt: »Also, viel los ist nicht mit der Sieglinde.« Das hat meinem Vater gestunken, und mir war der Lehrer ab da auch zuwider.

In unserem Haus gab es keine Toiletten in den Wohnungen. Das Klo befand sich im Treppenhaus, auf halber Höhe, und wurde von beiden Parteien einer Etage benutzt. Zur Lüftung des kleinen Verschlags stand ständig das Fenster offen.

Das hatte ein Schwalbenpaar spitz gekriegt. Eifrig flog es ein und aus und baute sich im Klo oben an der Wand sein Nest. Damit sie nicht unseren Boden beschmutzten, brachte mein Vater unterhalb des Nestes ein Brett an. Vorsichtshalber legte meine Mama den Klo-Boden zusätzlich noch mit Zeitungspapier aus.

Wenn ich aufs Klo musste, bin ich immer ganz lange hocken geblieben und war ganz still, um zu beobachten, wie Mama Schwalbe und Papa Schwalbe eifrig aus- und einflogen.

Als die Schwalbenmutter gelegt hatte, wollte ich unbedingt die Eierchen sehen. Wir haben gewartet, bis die Alten ausgeflogen waren. Dann ist mein Papa mit dem Rasierspiegel auf eine Leiter gestiegen und hat ihn so gehalten, dass ich die Eierchen sehen konnte. Meine Mama hat derweil am Fenster Schmiere gestanden, um uns warnen zu können, wenn die Schwalben wieder kämen.

In der Folgezeit habe ich immer wieder aufs Klo müssen, auch wenn ich gar nicht musste. Ich wollte mir doch nicht den Zeitpunkt entgehen lassen, wenn die Schwälble schlüpfen. Eines Tages war es so weit. Da hörte man von oben ein leises Zirpen und Piepsen. Die Schwalbeneltern flogen abwechselnd herbei, um etwas in die aufgesperrten Schnäbele zu stopfen. Die Schnäbele kamen so nah an die Öffnung, dass ich sie vom Klo aus sehen konnte.

Nach einigen Tagen setzte eine Regenperiode ein. Da hatten es die Schwalbeneltern schwer, etwas zu finden. Wir konnten die kleinen Schwälble aber doch nicht verhungern lassen. Deshalb bin ich, trotz Regens, raus, habe einen Ameisenhaufen gesucht und darin nach Ameiseneiern gestöbert. Ich schöpfte die Ameiseneier mit einem Esslöffel in eine Käseschachtel und brachte sie zu meinem Vater. Der stieg im Klo auf einen Stuhl. Mit einer Pinzette stopfte er dann die Ameiseneier in die aufgerissenen Schnäbele. Meine Mutter stand derweil wieder am Fenster, um die Schwalbeneltern abzuwehren. Auf diese Weise haben wir die Kleinen tatsächlich einige Tage durchgebracht, bis ihre Eltern das Füttergeschäft wieder übernehmen konnten.

Jedes Jahr kehrte unser Schwalbenpaar zu uns zurück, und wir hatten unsere Freude daran. Einmal, als sie von Süden zurückkamen, wollten sie ihr Nest ausbessern. Es war aber so trocken draußen, dass die Vögel keine Pfütze und keinen feuchten Lehm fanden. Da füllte ich eine Gießkanne zur Hälfte mit Wasser und trug sie in den Garten. Dort schaufelte ich Erde zu einem kleinen Haufen und machte eine Vertiefung hinein. In diese schüttete ich das Wasser, machte einen richtigen ›Baatz‹ und mengte Strohhalmstückchen darunter. Was haben die Schwälble sich gefreut! Eifrig flogen sie herbei und holten so lange davon, bis die

Renovierungsarbeiten an ihrem Nest abgeschlossen waren.

Es ist verständlich, dass ein Kind mit einer solchen Tierliebe auch ein eigenes, möglichst etwas größeres Tier haben möchte, kurz gesagt: einen Hund. Mit diesem Wunsch lag ich meinen Eltern jahrelang in den Ohren. Und wenn es schon kein Hund sein dürfe, wurde mein Wunsch allmählich bescheidener, solle es wenigstens ein Vogerl sein. Aber auch auf diesem Ohr schienen die Eltern taub zu sein.

Eines Tages, ich war etwa neun Jahre alt, fuhr meine Mutter mit mir nach Mittweiler in Sachsen, wo sie geboren war. Dort lebte noch eine Schwester von ihr, die wir besuchen wollten.

Wie wir so gemütlich am Kaffeetisch saßen, hörte ich eine Stimme:

»Wo – ist – denn – die – gute – Sieg – lin – dä?«

»Was war das?«, horchte ich überrascht auf.

Meine Mama und meine Tante machten völlig undurchdringliche Gesichter und zuckten die Schultern.

»Wieso? Was soll gewesen sein?«

Wieder ertönte, für mich ganz deutlich wahrnehmbar:

»Wo – ist – denn – die – gute – Sieg – lin – dä?«

»Aber da war doch was!«, rief ich, von meinem Stuhl aufspringend.

»Ach, was. Das hast du geträumt. Da ist doch nichts«, versuchten die beiden Frauen mich zu beruhigen.

Da bin ich aber wepsig geworden! Weil ich den Eindruck hatte, dass die Stimme aus dem Nebenzimmer gekommen war, riss ich die Tür auf. Und tatsächlich: Da stand ein Käfig mit einem Wellensittich drin. Bei meinem Anblick wiederholte er:

»Wo – ist – denn – die – gute – Sieg – lin – dä?«

In mühseligem, wochenlangem Training hatte meine Tante ihm diesen Satz beigebracht, um mich zu überraschen. Die Überraschung war ihr geglückt. Ein Wellensittich! Das war mein Höchstes! Und auch noch einer, der spricht! Und dazu meinen Namen! Vor Freude wusste ich mich nicht zu fassen. Immer wieder umarmte ich die Tante und bedankte mich. Es war so besonders schön, dass er die Endsilbe ›dä‹ immer so herrlich nach oben zog.

Um meine Freude ein wenig zu konservieren, machte die Tante ein Foto von mir. Das Foto habe ich heute noch. Da stehe ich in einem weißen Leinenmäntele, mit einem Kapotthut auf dem Kopf und mit dem Vogelkäfig in der Hand.

Als ich in Nürnberg, stolz wie ein König, aus dem Zug stieg, fing vielleicht ein Trara an! Mein Vater erblickte mich mit dem Käfig in der Hand und polterte los: »Ein Vogel kommt mir nicht ins Haus.«

All mein Beteuern, wie sehr ich den Vogel liebe, wie glücklich ich mit ihm sei, half nichts. Er blieb dabei: »Ich will das Vieh nicht im Haus haben. Das macht nur Dreck und Arbeit.«

Meine Mutter stand wortlos dabei. Ihr fielen wohl keine Argumente ein, wie man meinen Vater umstimmen könnte. Ihrem Gesicht sah ich an, dass sie mit mir litt. Womöglich fühlte sie sich auch noch schuldig, weil sie hinter seinem Rücken dieses Komplott mit ihrer Schwester geschmiedet hatte.

In meiner Verzweiflung beschwor ich meinen Vater:

»Schau dir wenigstens mal das schöne Kerlchen an. Dann wirst du sehen, wie süß es ist.«

Vater würdigte den Vogel keines Blickes. Ich beteuerte, ich müsse den Vogel behalten, ich könne ihn doch nicht einfach auf der Straße stehen lassen. Das machte meinen Vater aber nur noch verstockter.

»Es bleibt bei dem Nein. Du bringst den Vogel eben wieder da hin, wo du ihn her hast.« Aber wie sollte ich so schnell wieder nach Sachsen kommen?

Es war der Vogel selbst, der dem Debakel ein Ende machte. Unvermittelt ertönte sein: »Wo – ist – denn – die – gute – Sieg – lin – dä?«

In diesem Moment schmolz mein Vater dahin.

»Also, von mir aus kannst du ihn behalten.«

So zog ›Bubi‹ bei uns im Hause ein. Mein Vater war nachher mit ihm noch verrückter als ich.

❧

Ein Jahr später ging mein großer Herzenswunsch in Erfüllung: Ich bekam endlich einen Hund. Es war ein Foxterrier, den ich ›Foxl‹ nannte. So bin ich seit dem zehnten Lebensjahr nie mehr ohne Hund gewesen.

Erstaunlich war für mich, dass Foxl bald danach mit uns nach Nürnberg ziehen durfte. Er fügte sich sehr gut in die Hausgemeinschaft ein und akzeptierte die Stadtwohnbedingungen. Da war nämlich nichts mehr mit dem ›Frei-im-Gelände-herumspringen‹.

Foxl musste immer warten, bis ich von der Schule kam, um mit ihm Gassi zu gehen. Das tat ich stets sehr ausgiebig. Wir wohnten ja nah an einem Park.

Durch den Umzug nach Nürnberg am Ende meines vierten Schuljahres hatte ich das Glück, dass ich nicht zu meinem Vater in die neue Klasse gehen musste. Zu diesem Zeitpunkt war mein Vater an eine andere Schule versetzt worden. Es ist nicht leicht, ein Lehrerkind zu sein. Wenn ich nichts gewusst hätte, dann hätte es geheißen: »Da, schaut's her, die Tochter vom Lehrer kann nichts.« Wenn ich aber was gewusst hätte, dann hätte man gesagt: »Kein Wunder, wenn der Vater Lehrer ist.«

Vor unserem Umzug sah ich Nürnberg in einem rosigen Licht. Umso enttäuschter war ich dann vom Stadtleben. Mit meiner ungebundenen Freiheit war es mit einem Schlag vorbei. Plötzlich befand ich mich in einer Stadtwohnung, in einem hohen Haus. Da konnte ich nicht mehr einfach mal so auf der Straße herumhüpfen. Auf der Straße hätte man gar nicht spielen können, es gab zu viel Verkehr. Blieben also nur noch die Hinterhöfe, die tristen. Da habe ich Rotz und Wasser geheult.

Auch meine Oma zog nach Nürnberg. In dem Haus, in das sie zog, wohnte fatalerweise meine Handarbeitslehrerin. Mit Handarbeit hatte ich es wirklich nicht so. Diese Lehrerin, das alte Tratschweib, hatte nichts Besseres zu tun, als meiner Oma zu verpetzen: »Also, die Sieglinde, die mit ihren beiden linken Händen ...«

Jedes Mal habe ich von der Oma eine Standpauke gekriegt. Das war die Hölle für mich. Meine Oma war eher vornehm, da habe ich auch nicht krachert reden dürfen. Immer, wenn ich die Oma besuchte, hatte ich Angst, ich könnte der Lehrerin in die Quere laufen. Aber ich hatte Glück. Die wohnte nämlich ganz oben und die Oma ganz unten. So sind wir uns nie begegnet.

Natürlich hatte ich bei unserem Wegzug von Roth auch schweren Herzens Abschied von meinen Klo-Schwälble genommen. Nach uns zog Fräulein Meier in die Wohnung. Das war die alte Lehrerin, die im Unterricht immer eingenickt war. Als Lehrerin müsste sie doch eigentlich Tiere mögen. Aber was tat sie? Sie hat das Fenster einfach zugemacht und die Schwälble nicht mehr in die Toilette gelassen! Verzweifelt flogen die Schwälble draußen – quietsch, quietsch, quietsch – hin und her. Wie die Wahnsinnigen sind sie auf und ab und immer wieder aufs Fenster zu und haben mit ihren Schnäbele angeklopft. Das hat mir die Helga geschrieben. »Also, die Meier«, schrieb sie, »ist furchtbar.«

Darüber war ich so erbost, dass ich der Meier die Pest an den Hals wünschte. Einige Wochen später erhielt ich wieder einen Brief von meiner Freundin aus Roth: »Stell dir vor, die Meier wollte sich Kaffee kochen. Dabei hat sie sich so ungeschickt angestellt, dass sie sich das kochend heiße Wasser über ihren Arm gegossen hat. Die ganze Haut ist nun verbrannt.«

»Das ist die Strafe Gottes«, habe ich geschrien, »weil die das Fenster zugemacht hat, sodass die Schwälble nicht reinkonnen.«

Nach dem Abschluss der siebten Klasse schickten mich meine Eltern auf die hauswirtschaftliche Mädchenmittelschule. Diese Schulart gibt es heute nicht mehr. Mit der mittleren Reife verließ ich die Schule.

Aber mein Vater wollte, dass ich auf eine Oberschule gehe, um das Abitur zu machen. Er wollte nämlich, dass ich Lehrerin werde. Ich stammte ja aus einer ›Lehrerdynastie‹. Mein Urgroßvater war schon Lehrer gewesen, später mein Großvater, mein Onkel, mein Vater … Die ganze Familie bestand darauf, dass ich diese Tradition fortsetze. Ich aber wollte nicht. Mit Händen und Füßen wehrte ich mich dagegen.

Mein Traumberuf zu der Zeit war Buchhändlerin. Denn außer meiner großen Leidenschaft für Tiere gab es noch die des Lesens. Jeden Monat musste ich ein neues Buch haben.

In Nürnberg hatte ich eine Lieblingsbuchhandlung, bei der ich oft vorm Schaufenster stand und die Titel studierte. Einmal im Monat durfte ich in die Buchhandlung gehen und mir ein Buch aussuchen. Das war herrlich. Ich wählte immer sehr lange und sehr sorgfältig aus, nur, um lange die Atmosphäre in diesem Laden schnuppern zu können. Deshalb stellte ich mir vor, es müsse herrlich sein, Buchhändlerin zu werden und den ganzen Tag zwischen Büchern verbringen zu können.

Manchmal musste ich auch eine List anwenden, um an ein neues Buch zu kommen. Mein Vater litt an Rheumatismus. Deshalb musste ich ihm immer wieder den Rücken einreiben. Das Zeug brannte furchtbar, wenn man zu früh mit Reiben aufhörte. Das hatte ich mit der Zeit herausgefunden. Daher hörte ich einmal absichtlich mit Reiben auf.

»Komm, reib weiter«, bat mein Vater.

»Nein, ich reibe erst weiter, wenn ich ein Buch kriege.«

»Ach, red keinen Schmarrn«, lachte er. »Reib jetzt weiter.«

»Nein, ich reibe erst weiter, wenn ich ein neues Buch bekomme«, verkündete ich, meine Chance witternd.

»Du machst mich wahnsinnig. Du hast doch schon

so viele Bücher. Die kannst du unmöglich alle gelesen haben!«

»Doch, habe ich. Und ich reibe erst weiter, wenn du mir ein Buch versprichst.«

»Mensch, ja, du kriegst ein Buch!«, versprach er in seiner verzweifelten Lage. Dann habe ich gerieben und gerieben, bis das Mittel nicht mehr brannte.

Nachdem er sich stöhnend erhoben und sein Hemd wieder angezogen hatte, behauptete er: »Du frisst ja die Bücher. Das gibt's ja gar nicht, dass du die richtig gelesen hast.«

»Habe ich aber«, verteidigte ich mich. »Ich weiß ganz genau, was in jedem drinsteht.«

»Das glaube ich dir nie und nimmer. Kaum hast du ein Buch gekriegt, dann bist du schon wieder durch und bettelst um ein neues. Du kannst die unmöglich richtig gelesen haben.«

»Du kannst mich ja mal testen«, forderte ich ihn auf.

Er griff wahllos irgendeines meiner Bücher heraus und schlug irgendeine Seite auf. Aus dieser pickte er sich einen Satz heraus und las ihn mir vor. Noch ehe er dazu aufforderte, rezitierte ich den nachfolgenden Satz fast wortgetreu aus dem Gedächtnis. Das verschlug ihm die Sprache.

»Ja – äh – das gibt es nicht. Das muss Zufall sein.«

Er schlug weitere Seiten auf und las weitere Sätze vor. Jedes Mal setzte ich die Geschichte aus dem Gedächtnis fort, nicht immer wörtlich, aber sinngemäß.

»Na ja«, äußerte er dann gnädig. »Du scheinst dir ja wirklich alles zu merken, was du gelesen hast. Meine Achtung! Du kriegst also das versprochene Buch.«

Nicht immer konnte ich mir Bücher auf diese Weise ertrotzen. Deshalb war ich auf die Idee mit der Buchhändlerlehre gekommen. ›Mensch‹, dachte ich, ›wenn du in einem Buchladen arbeitest, kannst du die ganzen Bücher lesen, ohne dass es dich einen Pfennig kostet. Und wenn die Kundschaft kommt und einen Abenteuerroman, einen Liebesroman oder ein Tierbuch möchte, dann kannst du die vortrefflich beraten.‹ Auf diese Weise würde ich eine ausgezeichnete Verkäuferin werden und bestimmt eine hohe Position erreichen. Also, eine Buchhandlung war für mich eine Zeitlang der Inbegriff alles Schönen.

Ich habe schon immer viel gelesen. Kein Buch war vor mir sicher, auch nicht solche, die ich vom Alter her noch gar nicht verstand. Da ich nur einmal im Monat ein eigenes Buch bekam, griff ich zwischendurch auf den Bücherschrank meiner Eltern zurück. Von dem vielen Lesen wurde ich jedoch so nervös, dass mein Vater mir Leseverbot erteilte.

»Jetzt ist Schluss mit dem Lesen. Du wirst ja ganz narrisch. Es wird Zeit, dass du auch mal was anderes tust.«

Damit ich dieses Verbot auch tatsächlich befolgte, nahm er mir alle meine Bücher weg. Seinen Bücherschrank schloss er ab. Wenig später bekam ich den bereits erwähnten Foxl geschenkt. Wahrscheinlich als Ablenkungstherapie. Das war mir aber damals nicht bewusst. Der Hund zeigte tatsächlich die erhoffte Wirkung. Stundenlang war ich mit Gassigehen beschäftigt. Das wirkte aber nur für eine Weile. Meine Leidenschaft fürs Lesen vermochte auch Foxl nicht völlig zum Erliegen zu bringen.

Weil ich zu Hause nichts Lesbares mehr fand, lieh

ich mir Bücher bei meinen Mitschülern aus. Karl May war damals gerade ›in‹, wie man heute sagen würde.

Im Religionsunterricht war es nur wichtig, dass man brav dasaß und auf das hörte, was der Pfarrer am Pult von sich gab. Also hockte ich brav da, die Hände auf dem Tisch und den ›Schatz im Silbersee‹ oder ›Winnetou‹ auf meinen Knien. Trotz begierigen Lesens vergaß ich nicht, von Zeit zu Zeit sehr interessiert nach vorne zu schauen. Daher bin ich nie aufgefallen.

Irgendwann kam die Zeit, da durfte ich wieder lesen, aber nur bei Tag. Nächtliches Lesen war streng untersagt. Einmal waren meine Eltern abends weg. Das nutzte ich aus. ›Wenn die nicht da sind‹, dachte ich, ›dann merken sie es ja nicht.‹ Vorsichtshalber verdunkelte ich aber die Lampe in Richtung Fenster mit einem Kleidungsstück.

Nach ihrer Rückkehr stürzten meine Eltern zu meiner größten Verblüffung gleich in mein Zimmer. Das Buch hatte ich gerade noch unter der Bettdecke verschwinden lassen und das Licht ausknipsen können.

»Du hast gelesen!«, warf mein Vater mir vor. »Wir haben den Lichtschimmer in deinem Zimmer genau gesehen. Außerdem verrät dich dein Rock über der Lampe.«

Deshalb habe ich, als meine Eltern das nächste Mal ausgingen, die Lampe noch sorgfältiger abgedunkelt. Nur einen schmalen Lichtstrahl ließ ich ihr, der genau auf mein Buch fiel.

Diesmal hörte ich den Vater die Wohnungstür aufschließen. Sofort riss ich die Verdunkelung von der Lampe und schaltete sie aus. Wie ein Engerl lag ich in meinem Bett und ›schlief‹, als der Vater nachschauen kam. Der aber ging hin, langte die Glühbirne an, und die war glühend heiß. Rechts und links habe ich – obwohl ich wie ein Engerl ›geschlafen‹ habe – eine Watschn gekriegt, die sich gewaschen hatte.

»Du wagst mich anzulügen!«, schrie er dabei außer sich. »Ich habe dir das nächtliche Lesen verboten, und so hältst du dich daran! Mir scheinheilig was vorzuspielen! Das ist das Letzte!«

Na ja, ziemlich zerknirscht schlief ich an diesem Abend ein. An das abendliche Leseverbot hielt ich mich trotzdem nicht. Ich besorgte mir eine Taschenlampe und las damit unter der Bettdecke. So ging in der nächsten Zeit mein ganzes Taschengeld für Batterien drauf. Noch heute bin ich eine solche Leseratte. Ich geh nie ohne Buch zu Bett.

❧

Als der Tag meiner Schulentlassung kam, hatte ich meine beruflichen Pläne längst geändert. Was sollte ich den ganzen Tag in einem geschlossenen Laden rumstehen, nur weil ich gern lese? Wenn ich durch anderweitige Arbeit mein Geld verdiente, konnte ich mir ja genug Bücher kaufen. Die konnte ich dann am Feierabend lesen.

Also suchte ich mir einen Beruf, der meiner ersten Leidenschaft entsprach. Irgendetwas wie Bauernhof oder Tierzucht schwebte mir vor. Bald schien ich die geeignete Stelle gefunden zu haben.

Auf dem Schlossgut Mittenheim suchte man einen Hauswirtschaftslehrling. Das war's! Auf einem Schlossgut würde ich eine vielseitige Ausbildung erfahren. Dort würde ich zu einer perfekten Hausfrau ausgebildet, worauf meine Mutter großen Wert legte. Zu einem Gutshof gehören auch Tiere, worauf ich größten Wert legte. Dort konnte ich zur Tierpflegerin ausgebildet werden, worauf mein Vater Wert legte.

Auf diesem Gut ging es aber dann ganz anders zu, als ich erwartet hatte. Da ging es gleich zur Sache. Vorbei war es mit dem bequemen Schulmädeldasein. In der Früh um fünf Uhr hieß es aufstehen. Jeden Tag musste ich schrubben und putzen, bis ich Blasen und Schrunden an Händen und Füßen hatte. Die Fersen haben geblutet, die Finger geschmerzt. Später wurde es besser, als sich Schwielen gebildet hatten.

Im Schloss waren serbische Kriegsgefangene untergebracht. Für die musste ich jeden Tag zentnerweise Kartoffeln schälen. Die Herren aßen ja nur Salzkartoffeln. Sonntags gab es so genannte ›rohe‹ Klöße. Da hab ich meine Wut beim Teigkneten und -ausdrücken ausgelassen.

Später sind dann noch dreißig Russen dazugekommen. Die wurden zur Feldarbeit eingesetzt. Meine erste Reaktion war:

»Für die schäle ich aber keine Kartoffeln!«

Das war auch nicht nötig. Diese Männer waren anfangs so ausgehungert, dass sie sich die Pellkartoffeln mitsamt der Schale reingeschoben haben. Nachdem sie herausgefüttert waren, bestanden sie aber auch auf Salzkartoffeln. Da bin ich in den Streik getreten.

»Nein, Kartoffeln schäle ich keine mehr. Habt's keine andere Arbeit für mich?«

Sie hatten. Neben der übrigen Hausarbeit wurde ich zur Betreuung der Hühner eingesetzt. Das war was für mich! Nun glaubte ich mich am Ziel meiner Träume.

Sicher, es fielen auch dreckige und schwere Arbeiten an, wie Stall ausmisten und Futtereimer tragen.

Aber selbst das erledigte ich mit Begeisterung. Diese Arbeiten dienten doch dazu, es meinen Lieblingen wohl ergehen zu lassen.

Wir hatten Küken, Hähnchen, Schlachthühner und Legehühner. Besonders die Legehühner waren mir ans Herz gewachsen. Abends, zur Fütterzeit, streute ich ein großes Herz aus Körnern auf den Hof. Ich hatte meinen Riesenspaß daran, wenn die Hühner in Herzform herumstanden und pickten. Manchmal streute ich auch ein großes S, meinen Anfangsbuchstaben, damit die Hühner beim Picken ein lebendiges S bildeten. Andermals ergab es sich, dass ich ein paar Pellkartoffeln übrig hatte. Die zerdrückte ich und verfütterte sie an meine Hühner. Ja, was haben die denen geschmeckt! So einen Leckerbissen müssten sie öfters haben!

Bei uns gab es auch Schweine. Also bin ich immer wieder in ihre Futterkammer und habe mir von den den Schweinen zugedachten Pellkartoffeln einen ganzen Kübel voll geholt. Die habe ich zerquetscht und den Hühnern gegeben. Die haben bampft und bampft und bampft! Das war eine Freude zuzuschauen!

Auf unserem Nachbargut befand sich eine Geflügelzucht, die schon einen modernen Brutapparat hatte. Wir lieferten Bruteier an die Geflügelzucht.

Eines Tages hörte ich, wie sich die Chefin dieser Brutanlage mit meiner Chefin unterhielt.

»Ich weiß nicht, eure Bruteier taugen überhaupt nichts mehr. Es kommt so gut wie nichts raus.«

»Ja, wieso das?«, fragte die andere bestürzt. »Wir machen doch immer das Gleiche.«

Die beiden Frauen standen vor einem Rätsel. Aber nicht lange.

Bald kam mir die Chefin auf die Schliche, dass ich Kartoffeln an die Legehühner verfütterte. Die Gockel hatten bei dieser Leckerei natürlich immer kräftig mitgehalten. Dadurch waren sie fett geworden. Und ſette Gockel werden faul. Die faulen Gockel haben die Hühner nicht mehr getreten. Deshalb gab es lauter unbefruchtete Eier. Die Chefin ließ ein Mordsdonnerwetter über mich ergehen. Dass sie mich nicht geschlagen hat, war ein Wunder.

Ein andermal war mir das Körnerfutter ausgegangen.

»Ich brauch unbedingt Futter«, informierte ich den Arbeiter, der für das Anliefern des Futters zuständig war.

»Ja, kriegst schon dein Futter«, versprach er mir.

Aber es kam nichts. Es war Abend, und ich hatte noch immer kein Futter.

›Selbst ist der Mann‹, dachte ich, besorgte mir den Schlüssel vom Getreidespeicher und stieg eigenmächtig hinauf.

›Ist das ein schöner Weizen!‹, dachte ich bei dem ersten Getreideberg, der mir in den Weg kam. Bisher hatte ich immer nur so einen mickrigen Weizen bekommen, mit Spelzen drin. Dieser schöne Weizen schien mir für meine Hühner gerade gut genug. Ich füllte meine Schüssel damit und streute die Körner meinen Lieblingen aus. Ich hatte eine riesige Freude daran, wie eifrig sie pickten, nicht ahnend, dass mich für den Abend ein Unwetter erwartete.

Wir saßen alle beim Abendessen. Da stürmte der Verwalter herein.

»Da war jemand auf dem Getreidespeicher! Der hat von unserem Saatweizen gestohlen! Wenn ich den

Kerl erwische! Dem breche ich sämtliche Knochen! Haltet die Augen offen, damit wir den Dieb zu fassen kriegen!«

Selbst auf die Gefahr hin, dass er seine Drohung wahr machen würde, sah ich mich genötigt, ein Geständnis abzulegen. Es sollte niemand grundlos verdächtigt werden. Außerdem, irgendwann wäre es ja doch herausgekommen. Also gestand ich todesmutig:

»Da brauchst net lang suchen. Der Dieb bin ich.«

Ungläubig starrten mich alle an.

»Du? Ein Weizendieb?« Die einen schauten ungläubig, dass ich ein Dieb sein sollte, die anderen waren überrascht ob meiner Ehrlichkeit angesichts der im Raume schwebenden Drohung.

Mit zornrotem Gesicht stürzte der Verwalter auf mich zu.

»Ja, bist denn du von Sinnen? Geht's dir bei uns nicht gut genug? Musst du noch Weizen stehlen?«

»Ja, mei, was sollte ich denn machen? Der Girgl hat mir Futter versprochen und bis zum Abend keins gebracht. Meine Hühner konnt' ich doch nicht hungrig ins Bett schicken.«

Darüber mussten alle lachen, und auch der Verwalter schaute nicht mehr gar so grimmig drein.

»Ja, Dirndl, deine gute Absicht in Ehren. Aber musste das ausgerechnet der beste Saatweizen sein?«

»Das tut mir Leid. Ich kenne mich doch da nicht aus«, zeigte ich mich recht zerknirscht. Deshalb sah er davon ab, mir die Knochen zu zerbrechen, und erteilte mir stattdessen eine Lektion darüber, wie man die einzelnen Getreidesorten unterscheidet, und wozu sie verwendet werden.

Während meiner Lehrlingszeit in Schloss Mittenheim musste ich ein Tagebuch führen. Nach etwa einem Jahr blätterte ich einmal darin herum und las: »Hühner füttern, Abstauben, Gemüse holen, Kartoffeln schälen, Treppe putzen, Kartoffeln schälen, Gemüse putzen, Hühner füttern.«

Mit einigem Unmut stellte ich fest, dass da jeden Tag das Gleiche drin stand.

›Nein‹, gab ich mir einen Ruck. ›Das ist nicht länger was für mich. Hier verblödest du ja!‹

Weil ich mich in den letzten Monaten so gut mit meinen Hühnern verstanden hatte, wollte ich nun unbedingt zu einer Geflügelzucht. Zunächst bewarb ich mich auf einem Hof in der Nähe von Starnberg. Da hätte es mir gut gefallen. Die hatten mir auch schon zugesagt.

Zu meiner großen Enttäuschung erhielt ich aber kurz darauf eine Absage. Sie hätten ein paar junge Leute in der Verwandtschaft, die wollten auch dort unterkommen. Also war das nichts für mich.

Bald tat sich aber eine neue Möglichkeit auf, etwa zehn Kilometer entfernt von Starnberg. Dort konnte ich sofort als Geflügelzüchterlehrling anfangen. Dort gefiel es mir sehr gut, obwohl ich nicht nur mit den Tieren zu tun hatte. Es gibt ja eine Menge Arbeit, die drum herum zu erledigen ist, damit die Tiere gedeihen. Da aber Krieg war und kaum Männer auf dem Hof waren, mussten die Frauen diese Arbeiten mit erledigen.

Ich musste mähen, Stallungen bauen und Stallungen weißeln. Ich habe beim Aussäen von Hafer, Weizen und Gerste geholfen, beim Setzen und Ernten von Rüben und Kartoffeln. Am schönsten aber war es, wenn ich mit meinen Hühnern, Gänsen und Enten zusammen sein konnte.

Der Besitzer dieser Geflügelzucht war noch ein relativ junger Mann. Er hatte einige Jahre in den USA auf großen Geflügelfarmen verbracht und sich umfangreiche Kenntnisse auf diesem Gebiet erworben. Von diesem Wissen profitierte ich nun. Bei Gelegenheit drückte ich ihm gegenüber mein Erstaunen darüber aus, dass er nicht drüben geblieben war. In dem Land der unbegrenzten Möglichkeiten hätte er doch ganz andere Aussichten gehabt.

Das Heimweh habe ihn nach Hause getrieben, gestand er mir.

An der Art, wie er seinen Betrieb aufgebaut hatte und seine Zucht unterhielt, erkannte ich, dass er ebenfalls ein Tiernarr war. Ich schätzte es, dass er diese Farm nicht nur betrieb, um irgendeinen Job zu haben. Das gefiel mir. Er seinerseits hatte seine Freude daran, zu sehen, wie lernbegierig ich war, und anscheinend auch alles schnell auffasste. Nachdem ich in Erding meine Prüfung abgelegt hatte und mich nun ›Geprüfter Geflügelzüchter‹ nennen durfte, behielt man mich gleich auf dem Hof.

»Gute Leute muss man halten«, war der Wahlspruch des Chefs.

Er suchte mich in der Folgezeit immer häufiger auf, um mit mir über neue Methoden und Forschungsergebnisse zu reden. Eines Tages nahm er mich beiseite.

»Sieglinde, du bist jetzt schon so gut in dem Geschäft, dass du jederzeit eine gute Stelle finden könntest. Um dich zu halten, sehe ich keine andere Möglichkeit, als dir eine Stelle auf Lebenszeit zu bieten.«

Zuerst wusste ich nicht, ob ich ihn richtig verstanden hatte. Als er mich aber lachend in die Arme schloss und mir einen herzhaften Kuss aufdrückte, konnte ich nur sagen:

»Ich akzeptiere.«

So wurde ich die Herrin dieser Geflügelzucht.

Auf dem Rittergut

Gerda, Jahrgang 1913, aus Salno/Westpreußen

Zur Zeit meiner Geburt, im Juni 1913, lebten wir auf der Domäne Linowitz im Kreis Kulm in Westpreußen. Domänen sind Staatsgüter, die von einem Verwalter geleitet werden. Mein Vater war ein solcher Verwalter. Als passionierter Landwirt mit einer fundierten Ausbildung hatte er diese Stelle angenommen. Da sein älterer Bruder das Ältestenrecht hatte und das väterliche Gut übernommen hatte, musste sich mein Vater anderweitig umsehen.

Das stolze Rittergut Salno war bereits seit 120 Jahren im Familienbesitz, als ich das Licht der Welt erblickte. Ich war noch kein ganzes Jahr alt, da erreichte uns die Nachricht, dass Vaters ältester Bruder, der Gutsbesitzer von Salno, gestorben war. Da er keinen Sohn hinterließ, war nun mein Vater als der Zweitälteste und als der Einzige von den Geschwistern, der Landwirtschaft studiert hatte, am Zug. Deshalb übersiedelten wir sofort nach Salno, dem traditionsreichen Stammsitz der Familie Namos.

Bei meinem Vater war der Schmerz um den so plötzlich verstorbenen Bruder groß, aber er freute sich, wieder auf das alte Gut heimkehren zu können, und die eigene Scholle bewirtschaften zu dürfen. Hier auf Salno lebte noch seine betagte Mutter, die er nicht ohne Trost und Fürsorge lassen wollte.

Dennoch starb sie nur kurze Zeit später. Offensichtlich hatte der frühe Tod ihres Erstgeborenen ihren Lebenswillen ausgelöscht.

Vater übernahm sofort die Leitung des Gutes. Die Freude, auf dem Besitz seiner Väter arbeiten zu dürfen, währte indes nicht lange. Wenige Monate nachdem er das Gut übernommen hatte, brach der Erste Weltkrieg aus. Da er Rittmeister bei den Thorner Ulanen war, musste er natürlich sofort einrücken.

So stand meine junge, unerfahrene Mutter plötzlich allein da mit vorerst zwei kleinen Kindern. Mein Bruder war zu dieser Zeit vier Jahre alt, und man hatte gerade meinen ersten Geburtstag gefeiert. Nun sollte Mutter ein Gut leiten, das ihr ziemlich fremd war.

Zum Glück gab es in der Bekanntschaft einen Herrn, der mit der Landwirtschaft vertraut und zudem abkömmlich war. Er war bereits zu alt und wurde deshalb nicht eingezogen. Vater stellte ihn seiner Frau zur Seite. Der verwaltete das Gut, als ob es sein eigenes wäre. Mit seiner Hilfe gelang es Mutter, den Betrieb in der Kriegszeit aufrechtzuerhalten.

Wie jeder Offizier hatte auch mein Vater einen Burschen. Der war ihm treu ergeben. Er schrieb aus dem Feld an meine Mutter: »Machen Sie sich keine Sorgen, gnädige Frau, ich werde sehr auf meinen Herrn aufpassen.«

Der Bursche hat Wort gehalten. Gleich nach Kriegsende konnte Vater unversehrt zu seiner Familie zurückkehren. Das verdankte er nicht zuletzt seinem treuen Burschen. Der Verwalter und Mutter konnten ihm ein in gutem Zustand befindliches Anwesen übergeben.

Abgesehen vom Krieg war das Leben in Westpreußen bis zu dieser Zeit völlig normal verlaufen. Mit dem Versailler Vertrag vom Juni 1919 änderte sich jedoch einiges in unserem Leben. Da wir von diesem Zeitpunkt ab im so genannten ›Polnischen Korridor‹ lebten, der für Polen einen Zugang zur Ostsee verschaffte, waren wir vom Deutschen Reich abgeschnitten. Sicher, wir waren weiterhin Deutsche und durften auf unserem Landsitz verbleiben. Wir lebten friedlich zwischen und mit der polnischen Bevölkerung. Wollten wir aber ins ›Altreich‹, wie wir das nannten, egal, ob nach Osten oder nach Westen, mussten wir eine Grenze passieren. Das war mit einigen Umständen verbunden. Darauf komme ich aber später zu sprechen.

Zunächst möchte ich unsere Situation beschreiben. Das Herrenhaus von Salno stand in einem großen, mit Obstbäumen bestückten Garten. Beerensträucher wuchsen üppig und ebenso das Gemüse, das hier angebaut wurde. Auch wunderschöne Blumenrabatten waren angelegt. Um den Garten herum dehnte sich ein kleiner Park aus, mit gepflegtem Rasen, altem Baumbestand und einigen Ruhebänken. Meine Mutter war sehr dahinter, dass alles bestens gepflegt wurde.

Unmittelbar hinter dem Obstgarten führte eine gepflasterte, gerade Straße zum Dorf und durch dieses hindurch. Das Dorf wirkte eingeschlossen in das Grundstück des Herrenhauses, also gewissermaßen integriert. An das Dorf schlossen sich unser Wald, die Felder und Weiden.

Rechts und links der Dorfstraße standen schmucke Häuser, in denen unsere Leute, die Feldarbeiter und die ›höheren Posten‹, wie Schmied, Stellmacher,

Schweizer, Schuster, die Vorarbeiter und die Pferdeknechte wohnten. Jeder lebte da mit seiner Familie, Polen und Deutsche. Das Dorf umfasste etwa fünfundzwanzig Familien.

Die Häuser gehörten dem Gut, doch unsere Angestellten wohnten mietfrei darin. Das war ein Teil ihres Entgeltes für die auf dem Gut geleistete Arbeit. Als weiteres Deputat bekamen sie Getreide und zu Weihnachten zusätzlich Zucker und Mehl.

Es gab sechs solcher Arbeiterhäuser in unserem Dorf. In jedem lebten vier Familien. Zusätzlich gab es noch ein Haus für die Saisonarbeiter, die zur Erntezeit aus Südpolen anreisten. Dann waren da noch das Beamtenhaus und das Witwenhaus. Hier hatten die Witwen der ehemaligen Bediensteten ein Wohnrecht auf Lebenszeit. Meist waren das noch rüstige Frauen, die ein bisschen auf dem Gut mithalfen. In meiner Kindheit lebten dort vier ältere Frauen. Eine von ihnen kam immer zu uns zum Kartoffelschälen herüber. Die anderen halfen im Garten oder sie kamen zu uns, wenn große Wäsche war. Sie wurden nicht fest zur Arbeit eingeteilt. Sie kamen freiwillig. Das taten sie wohl aus Anhänglichkeit ihrer Herrschaft gegenüber. Denn wir hatten immer ein gutes Verhältnis zu unseren Leuten gehabt. Wahrscheinlich arbeiteten sie aber auch, um eine Aufgabe zu haben und um einfach noch ein bisschen am Leben teilzunehmen.

Jeder der Bediensteten, die direkt im Gutshaus arbeiteten, bewohnte ein eigenes hübsches Zimmer auf dem Gut.

Die Aufgaben der Köchin, der Küchenhilfe und der Putzfrauen kennt jeder. Was aber hat ein Zimmermädchen zu tun? Es hatte in erster Linie die Aufgabe, die

Schlafzimmer in Ordnung zu halten und die Bügelwäsche zu machen. Gebügelt wurde mit schweren, eisernen Bügeleisen, in die ein Bolzen geschoben wurde, der vorher im Herd glühend heiß gemacht worden war. Während man mit dem einen bügelte, wurde der andere Bolzen im Feuer aufgeheizt, in ständigem Wechsel. Die Bügeleisen waren schwer. Da brauchte man schon Kraft, und die Arbeit war sehr ermüdend.

Wenn man überlegt: Die ganzen leinenen Laken waren von Hand zu bügeln! Alles musste absolut glatt sein und sehr sorgfältig zusammengefaltet werden. Mutter war da sehr pingelig in dieser Beziehung. Es musste doch ordentlich aussehen im Schrank, denn der Wäscheschrank war der ganze Stolz einer Gutsfrau.

Welche Aufgaben der Schmied, der Stellmacher oder der Schuster haben, ist allgemein bekannt. Deshalb brauche ich das hier nicht zu erläutern. Ein Mann von größter Wichtigkeit aber war der Oberschweizer. Er trug die Verantwortung für das gesamte Rindvieh, insbesondere für die Kühe, und das mit ihnen befasste Personal.

Der Vorarbeiter war derjenige, der mit dem ersten Sensenschnitt den Erntebeginn signalisierte. Das blieb auch so, als später Mähmaschinen zum Einsatz kamen.

Unentbehrliche Leute waren die Pferdeknechte. Sie hielten sich selbst für die Wichtigsten und entwickelten einen entsprechenden Stolz. Jeder von ihnen war für ein Gespann zuständig und darauf bedacht, dass es seinen Tieren gut ging. Ein Gespann bestand aus vier Pferden. Wir unterhielten in der Regel zehn bis zwölf Gespanne. Der Pferdeknecht leitete nicht nur den Arbeitseinsatz seines Gespanns. Er hatte auch selbstständig für Futter und Wasser und für die Gesundheit seiner Tiere zu sorgen, d. h. er achtete darauf, dass sie sich weder überhitzten, noch froren, und dass sie nicht überfordert wurden. Jeden Abend wurden die Pferde sorgfältig gestriegelt. Denn schon am äußeren Erscheinungsbild sollte man erkennen, dass es den Pferden gut ging.

Die Pferde brauchten wir zum Pflügen, Eggen und Walzen. Sie wurden vor die Erntewagen gespannt wie vor die herrschaftliche Kutsche. Im Winter wurden sie zu Waldarbeiten herangezogen, zum Mistausfahren, zum Ziehen des herrschaftlichen Schlittens. Man brauchte die Pferde überall.

Jeder unserer Arbeiter, vom jüngsten Lehrling bis zum altgedienten Oberschweizer, fühlte sich dem Gut zugehörig. Jeder arbeitete so, als ob das Gut sein Eigen wäre. Letztlich war es ja auch so. Ein solcher Betrieb kann nur laufen, wenn jeder sein Möglichstes tut. Sicher, wir waren die Besitzer des Gutes, aber wir lebten kaum anders als die Arbeiter. Wir aßen ebenso bescheiden wie unsere Leute, wir kleideten uns äußerst schlicht, und wir arbeiteten genauso lang wie sie, an manchen Tagen sogar länger. Das Einzige, was uns unterschied, war die Ausbildung. Wir leisteten uns Hauslehrer und anschließend den Besuch eines Gymnasiums, während die Arbeiterkinder zusammen mit den polnischen Kindern des Nachbardorfes die dortige Volksschule besuchten. Dass wir uns Hauslehrer leisteten, war kein verschwendetes Geld. Damit boten wir jungen Leuten einen Arbeitsplatz und Brot.

Das wussten unsere Leute. Deshalb schätzten sie uns, insbesondere Vater, weil er ein sehr gerechter Mensch war und seine Leute immer pünktlich bezahlte. Nachdem er das Gut schon jahrelang in Besitz hatte, waren noch immer alte Arbeiter bei uns, die vom Großvater her stammten. Sie waren alle freiwillig geblieben, obwohl sie zweimal im Jahr die Möglichkeit hatten, ihre Stelle zu wechseln. Es war nämlich Brauch in unserer Region, dass im Frühjahr und im Herbst sowohl polnische als auch deutsche Arbeiter herumwanderten, um sich eine Stelle zu suchen. Wenn einem die angenommene Stelle nicht gefiel oder die Vereinbarung nicht klappte, konnte er nach einem halben Jahr wieder woanders hinziehen. Die meisten unserer Angestellten befanden sich bereits seit Jahrzehnten auf unserem Betrieb. Das war ein Zeichen dafür, dass sie zufrieden waren.

Unsere Arbeiter hatten ihre Wohnungen, und neben einem Garten besaßen sie ein Feld, auf dem sie ihre eigenen Kartoffeln anbauen konnten. Sie besaßen eigene Kühe, die mitten im Dorf in dem Gemeinschaftsstall untergestellt wurden. Die Milch konnten sie behalten, Futter und Stroh für das Vieh wurde vom Gut geliefert.

Der letzte Berufsstand, der auf unserem Besitz Einzug hielt, war der Chauffeur. Denn Vater war ein Autogegner. »Wo man mit Pferden fährt, da gehe hin, nur böse Menschen fahren mit Benzin«, war sein Wahlspruch.

Ein Auto wurde erst angeschafft, als es nicht mehr zu vermeiden war. Vater war der Letzte von allen Gutsbesitzern im Kreis, der sich ein Auto kaufte. Aber er hatte sich schließlich davon überzeugen lassen, wie praktisch es war, und wie schnell man damit überall hinkam. Aber selbst fahren, das lehnte er ab. Deshalb war also mit dem Auto der Chauffeur Albert, ein netter junger Deutscher und ausgebildeter Automechaniker, bei uns eingezogen. Er bezog die kleine Wohnung direkt über der Garage. Beides hatte man eigens zu diesem Zweck gebaut.

Da nun mal ein gelernter Automechaniker auf dem Gut war und inzwischen einige Landmaschinen angeschafft worden waren, oblag es ihm, alle Motoren in Ordnung zu halten. Damit war er voll ausgelastet. Natürlich blieb es nicht aus, dass er am Abend ölverschmierte Hände und Unterarme hatte. Bevor er zu Tisch kam, wusch er sich gründlich mit Seife und Bürste am Brunnen. Denn er aß, ebenso wie die anderen Hausbediensteten, mit uns an der Tafel. Nur die Köchin pflegte in der Küche zu essen, weil sie die Speisen nicht unbeaufsichtigt lassen konnte.

Eines Abends behauptete Albert, es sei ihm peinlich, mit seinen nach Öl riechenden Händen mit uns zu tafeln. Erstaunt über so viel Feingefühl, versuchten die Eltern seine Bedenken wegzuwischen, indem sie versicherten, ihnen wäre der Geruch bisher nicht aufgefallen. Nun rückte Albert mit einem zweiten Argument heraus: Unten – damit war die Küche gemeint – gäbe es Bratkartoffeln, und die äße er für sein Leben gern. Also entließ ihn der Vater zu seinen Bratkartoffeln.

Da sich das nun Abend für Abend wiederholte, war uns allen bald klar, warum Albert lieber unten in der Küche aß: Elise Schwarz, unsere neue Köchin, hatte es ihm angetan. Obwohl es jeder von uns wusste, ließen wir uns ihm gegenüber nichts anmerken. Scheinbar unbefangen lud meine Mutter den verliebten Chauffeur immer wieder ein, mit uns zu speisen. Jeden Abend lehnte er mit derselben Begründung ab. Jeden Abend taten wir so, als glaubten wir ihm.

Doch Mutter hatte den Schalk im Nacken. Eines Abends behauptete sie: »Ich habe beobachtet, wie gründlich Sie Ihre Hände am Brunnen geschrubbt haben. Ich kann mir nicht vorstellen, dass sie jetzt noch nach Öl riechen. Zeigen Sie mal her!«

Zögernd streckte Albert ihr seine Hände entgegen, und Mutter schnupperte daran.

»Ich rieche nichts«, konstatierte sie. »Absolut sauber. Sie können ruhig mit uns essen.«

Verlegen lächelnd drehte er seine Chauffeursmütze in den Händen und stammelte: »Ja – ich – gnädige Frau – ich weiß nicht – ich kann nicht. Also, es gibt einen bestimmten Grund, warum ich in die Küche will.«

»Der Grund heißt Elise?«

»Erraten, gnädige Frau.« Damit war es endlich heraus.

»Dann mal nichts wie runter, sonst brennen die Bratkartoffeln noch an.«

Etwa ein halbes Jahr später, Elise war im vierten Monat, heirateten die beiden. Auf diese Weise blieben uns Köchin und Chauffeur erhalten.

Nachdem ich in der Geschichte schon ein bisschen voraus galoppiert bin, will ich wieder zurück in meine frühe Kindheit.

Bis zum Jahre 1919 hatte es meine Mutter auf vier Kinder gebracht. 1916 war meine Schwester Hilde und drei Jahre danach meine Schwester Karla dazu gekommen. Weil mein Vater uns nicht auf die polnische Volksschule geben wollte, wurden wir alle zu Hause unterrichtet. Es gab genügend junge, intelligente Menschen, die die Stelle eines Hauslehrers gerne annahmen, um etwas zu verdienen. Das waren deutsche Lehrerinnen, die keine Anstellung in der Schule gefunden hatten, oder deutsche Abiturienten, die sich erst das Geld für ihr Studium verdienen mussten.

Wenn eines von uns Kindern sechs Jahre alt geworden war, begann der Ernst des Lebens. Dann wurde ein Privatlehrer engagiert. Da wir vier Geschwister jeweils drei Jahre auseinander lagen, war es nicht möglich, uns gemeinsam zu unterrichten. So kam es, dass jeder von uns seine Lehrperson ganz allein für sich hatte. Die Vor- und Nachteile, die solch eine Erziehung mit sich brachte, kann sich jeder vorstellen.

Der Unterricht fing in der Regel um acht Uhr morgens an. Wenn irgendetwas dazwischenkam, z. B. ein Arztbesuch, konnte es durchaus auch mal später werden. Aber es wurde jeden Tag unterrichtet. Die Hausaufgaben erledigten wir unter Aufsicht einer Lehrperson am Nachmittag gemeinsam in einem Raum.

Unsere Lehrerinnen bzw. Lehrer hatten den Ehrgeiz, uns so zu unterrichten, dass wir den Schülern der öffentlichen deutschen Schulen in nichts nachstanden. Um eine Kontrolle darüber zu haben, fuhr jedes Jahr eine von den Privatlehrerinnen mit uns Zöglingen zur Überprüfung nach Danzig. Danzig war Freistaat, man konnte ihn ohne Visum oder sonstige Umstände besuchen. Nur an der Grenze, in Dirschau, musste der Pass bzw. der Personalausweis vorgelegt werden.

An solchen ›Überprüfungstagen‹ brachte uns der Kutscher mit einer Lehrerin zum Bahnhof nach Nitzewalde, wo wir den Zug bestiegen. Diese Bahnfahrten genoss ich sehr. Nach knapp zwanzig Kilometern erreichten wir Danzig. Dort wurden wir in einer Schule von einer ansässigen Lehrerin nach folgenden Kriterien überprüft: ›Kommt ihr mit?‹ – ›Seid ihr auf dem Laufenden?‹ – ›Habt ihr den gleichen Bildungsstand wie die Schüler öffentlicher Schulen?‹

Wenn unsere Lehrerin mit dem Überprüfungsergebnis zufrieden war – und das war sie eigentlich immer –, durften wir mit ihr in ein Museum gehen.

Eines Tages war das Ergebnis besonders gut ausgefallen. Deshalb gab es zur Belohnung etwas ganz Ausgefallenes: Wir durften ins Kino!

Als die Szene etwas intimer wurde, flüsterte unsere Lehrerin: »Kinderchen, jetzt müsst ihr euch mal ein bisschen bücken und den Kopf wegnehmen. Das ist noch nichts für euch.«

Das war zum Schreien! Denn gerade das entfachte unser Interesse. Sicher, wir waren damals noch nicht so aufgeklärt wie die Kinder von heute, die manchmal ihren Eltern noch was erzählen könnten. Besonders wir vom Lande waren etwas zurück. Aber so harmlose Küsse, wie sie damals in den Stummfilmen gezeigt wurden, hätten wir bestimmt sehen können, ohne Schaden davonzutragen.

Nach der Rückkehr aus Danzig pflegte die begleitende Lehrerin meinem Vater regelmäßig einen Bericht über die Ergebnisse der Überprüfung zu erstatten. Ich war nie eine Musterschülerin. Dennoch muss mein Vater einmal außerordentlich zufrieden mit mir gewesen sein. Denn er schenkte mir spontan ein Pferd! Es war kein neues Pferd, sondern stand seit langem in unserem Stall. Aber von diesem Tage an war es mein persönliches Eigentum. Seinen bisherigen Namen ignorierend, gab ich ihm den geheimnisvoll klingenden Namen ›Sehnsucht‹.

Nun gab mein Vater mir Reitunterricht. Für einen altgedienten Rittmeister war das kein Problem. Wir hatten beide unsere Freude daran. Sobald ich das Reiten einigermaßen beherrschte, ritt ich oft mit Vater zur Inspektion über die Felder oder um die Feldarbeiter zu kontrollieren.

Zum Reiten trug ich einen weiten, schwarzen Hosenrock, der bis zu den Knöcheln reichte. Der Hosenrock ist also keineswegs eine Erfindung der Neuzeit. Statt Reitstiefeln trug ich feste Schnürschuhe. Als Top, wie man heute sagen würde, diente eine weiße Hemdbluse. Auf dem Kopf trug ich, je nach Witterung, ein Kopftuch oder einen Sonnenhut.

An einem schönen Sommertag ritt ich mit ›Sehnsucht‹ ganz allein los in die Natur, ohne Ziel und ohne Auftrag. Zuerst ging es durch den Wald, dann kam ich hinaus ins freie Feld. Der Weg war etwas abschüssig und bestand aus einem Sommer- und einem Winterweg. Jeder dieser Wege war so breit, dass man bequem mit einem Fuhrwerk darauf fahren konnte. Im Sommer, d. h. bei trockenem Wetter, benutzte man lieber den Sommerweg, der aus Erde bestand. Das war für die Huftiere angenehmer zu gehen. Im Winter bzw. bei nassem Wetter benutzte man den Winterweg. Der war mit Kopfsteinpflaster belegt. Begegneten sich zwei Fuhrwerke, so konnte man problemlos auf den anderen Weg ausweichen, denn beide lagen auf dem gleichen Niveau. Einen schmalen Fußweg gab es außerdem.

Bei der Heimkehr von meinem sommerlichen Ausflug trottete ich also mit ›Sehnsucht‹ ganz gemächlich auf dem Sommerweg dahin. Wir waren beide von dem langen Ausritt müde. Und plötzlich, ehe ich mich versah, fand ich mich unter dem Pferd liegend wieder. Was war geschehen? Ich sah mich um: Ich lag auf einer ganz ebenen Stelle, kein Stein, keine Wurzel zu sehen. Das Pferd konnte also nicht gestolpert sein.

Vermutlich war ich eingenickt, hatte mich nicht mehr festgehalten und war einfach abgerutscht. ›Sehnsucht‹ stand ganz still und beschnupperte mich, als wollte sie fragen: ›Na, hast du dir wehgetan? Bist du verwundet? Bist du verletzt?‹

Als ich mich von meinem Schreck erholt hatte, rappelte ich mich hoch und streichelte mein treues Pferd. Da schien es ganz beruhigt. Ich stieg wieder auf und ritt seelenruhig nach Hause. Für seine Umsicht belohnte ich ›Sehnsucht‹ mit zwei Stück Zucker.

❧

Auf unserem Gut wurde regelmäßig geschlachtet. Zusammen mit einer deutschen Wirtschafterin pökelte Mutter das Schweine- oder Kalbfleisch, konservierte es in Dosen und verarbeitete es zu Würsten und Schinken.

Ich mochte diese Frau, weil sie mir immer etwas zusteckte. Eines Morgens, noch vor Unterrichtsbeginn, wollte ich sie besuchen. Ich war damals etwa acht Jahre alt. Da ich sie in der Küche nicht antraf, hoffte ich, sie in der Speisekammer zu finden. Übermütig hopste ich in die Kammer. Unglücklicherweise blieb dabei mein Faltenrock an dem Henkel eines Schmalztopfs hängen und brachte ihn zum Stürzen. Die Wirtschafterin musste ihn erst kurz vorher da hingestellt haben, denn er enthielt noch kochend heißes Schmalz. Dieses Schmalz ergoss sich über meine Beine und verbrannte sie fürchterlich. Noch heute ist eine große Narbe davon an meinem Oberschenkel zu sehen.

Mit dieser ›Verwundung‹ musste ich wochenlang im Bett liegen. Meine Lehrerin, die schon ein wenig älter war und die wir eigentlich recht gern mochten, sollte mich vorübergehend am Krankenbett unterrichten. Das lehnte sie aber rundweg ab. Sie verkrafte das psychisch nicht, sagte sie. Dann verließ sie mein Zimmer mit der Bemerkung: »Das kann ich nicht sehen.« Sie kam mit meinen Verbrennungen nicht zurecht. Und meine Eltern sahen sich genötigt, ganz schnell eine neue Lehrkraft für mich zu finden.

Diese kleine Episode habe ich noch so lebhaft in Erinnerung, als sei sie gestern gewesen.

❧

Vater und Mutter müssen sich sehr gern gehabt haben. Das merkten wir an der Art, wie sie voneinander und wie sie zueinander sprachen, und an vielen anderen kleinen Liebesbeweisen. Einmal dachte sich Vater einen ganz besonderen Liebesbeweis für Mutter aus.

Das war zu einem runden Geburtstag. Nach dem üblichen Gratulationsritual am frühen Morgen reichte Vater ihr den Arm und führte sie hinaus in den Park. Wir Kinder folgten auf Vaters Geheiß in respektvollem Abstand. Verwundert ließ Mutter sich über die gepflegten Wege bis an die Hecke führen. Dort schloss Vater die kleine Pforte auf, und trat mit Mutter hinaus. Verwundert rieb sie sich die Augen. Dort, wo bisher nur Felder gewesen waren, erblickte sie jetzt einen Wald. Es war ein kleiner Wald, ich meine, einer aus lauter jungen Bäumchen. Auch in seiner Ausdehnung war er bescheiden. Aber es war ein Wald.

»Dein Geburtstagsgeschenk«, erklärte Vater, dabei deutete er mit großer Geste über das Wäldchen. Mutter traten Tränen der Rührung in die Augen. Sie kam aus dem Staunen nicht mehr heraus. Dass es Vater gelungen war, eine solch große Anpflanzung ausführen zu lassen, die wochenlang gedauert hatte, ohne dass sie etwas davon bemerkt hatte, konnte sie nicht fassen.

Das Waldstück wurde nach Mutters Namen ›Annenwäldchen‹ genannt, worauf sie Zeit ihres Lebens stolz war.

❧

Nachdem mein Bruder seine ersten vier Schuljahre bei einem Privatlehrer durchlaufen hatte, kam er auf das ›Konradinum‹ nach Danzig. Der Übergang auf dieses Gymnasium klappte problemlos. Der Wechsel vom Einzelunterricht zum Klassenunterricht machte meinem Bruder nichts aus. Inmitten der vielen Kameraden fühlte er sich wohl, zumal noch andere Landkinder aus dem Kreise Graudenz da waren.

Als es dann bei mir so weit war, dass ich auf eine höhere Schule überwechseln sollte, sperrte ich mich dagegen. Ich wollte weder von zu Hause weg, noch konnte ich mir vorstellen, mit vielen anderen Kindern zusammen lernen zu müssen. Um mir die Umstellung zu erleichtern bzw. um mir den Wechsel schmackhaft zu machen, versprach man mir, ich brauche auch keine Aufnahmeprüfung zu machen. Ich solle nur mal für einen Monat auf Probe in diese Schule gehen. Wenn es mir nicht gefalle, könne ich wieder nach Hause zurück. Auf diesen Handel ließ ich mich ein. Man steckte mich also in eine wildfremde Klasse der ›Goethe-Oberschule‹ in Graudenz.

Mit dem Lernen hatte ich keine Probleme. Nur an den Umgang mit den Stadtkindern musste ich mich gewöhnen. Bei uns hatte ich immer nur mit Dorfkindern gespielt, mit den Kindern unserer Angestellten. Dadurch war ich ein bisschen weltfremd und hatte große Eingewöhnungsschwierigkeiten in der Stadt. Ich dachte nicht, dass ich auch nur einen einzigen Tag über den Probemonat hinaus hier bleiben würde. Als sich dieser Monat aber seinem Ende zuneigte, hatte ich schon so viele Freundschaften geschlossen, dass ich nun nicht mehr weg wollte.

Ich konnte nicht täglich von uns bis nach Graudenz und zurück fahren. Das bedeutete: Ich musste in der Stadt untergebracht werden. Meine Eltern kannten eine reizende deutsche Familie, zu der sie mich in Pension gaben. Ich wohnte mit Traute, der Pensionstochter, zusammen.

An jedem Sonnabendnachmittag aber fuhr ich mit der Bahn bis zu unserer Station, wo mich unser Kutscher abholte. Zu Hause wartete immer etwas Erfreuliches auf mich. Am Sonnabend erlaubten wir uns den Luxus frischer Brötchen. Darauf freute ich mich immer wie ein kleines Kind. Außerdem war es herrlich, mal wieder neben Vater und Mutter zu sitzen.

Während der Schulferien war ich selbstverständlich immer zu Hause. Dann traf ich mich oft mit Marie Malinowski, der Tochter unseres polnischen Schmiedes. Sie war meine beste Freundin. Solange wir klein waren, haben wir viel miteinander gespielt. Und als wir älter wurden, haben wir miteinander gearbeitet. Wenn ihre Mutter in die Stadt fuhr – und das kam jede Woche einmal vor –, musste Marie das ganze Haus putzen und in Ordnung bringen. Ich half ihr oft dabei, damit ihr auch noch ein bisschen Freizeit blieb. Wir mussten das Geschirr vom Vortag und große, weiße

Schüsseln, die wie Nachttöpfe aussahen, abspülen. Nach dem Spülen wurden die weißen Gefäße über den Gartenzaun gestülpt. Das war ein vertrautes Bild im Dorf. Überall sah man auf den Zaunlatten diese Art von Schüsseln.

Dann wurden Küche und Flur gefegt. Malinowskis hatten einen Fliesenboden, der mit weißem Sand bestreut war, wie es in allen Häusern üblich war. Der Sand diente dazu, den feuchten Schmutz von den Feldern und den unbefestigten Wegen aufzusaugen, den man an den Schuhen ins Haus trug. Wenn der Sand schmutzig war, wurde er ausgekehrt, es wurde geputzt, und dann wurde wieder neuer Sand gestreut.

Danach kochten wir. Kaum war das Essen fertig, erschien ihr Vater, der Schmied, in der Küche, und wir setzten uns zu dritt an den Tisch. Da es in der Regel immer derselbe Wochentag war, den ich bei Marie verbrachte, gab es immer Stampfkartoffeln mit ausgelassenem Speck und gebratenen Zwiebeln darüber. Der Kartoffelbrei wurde in einer Schüssel angerichtet und auf den Tisch gestellt. In einer zweiten Schüssel befand sich klein gerissener Salat, der mit Essig, Salz, Zucker und etwas saurer Sahne angemacht war. Jeder von uns hatte seinen Stammplatz. Wir aßen mit unseren Löffeln direkt aus den beiden Schüsseln. Jeder holte sich von seiner Seite das, was er essen wollte. Auch den Salat aßen wir mit dem Löffel.

War ich ausnahmsweise mal an einem anderen Wochentag im Haus des Schmieds, gab es regelmäßig Eintopf. Das war in allen Häusern gleich. Montags gab es z. B. immer Erbsensuppe. Dienstags gab es Nudeln, mittwochs Bohnen. Dieser Speiseplan ging montags wieder von vorne los. Warum das so war, weiß ich nicht. Es kam nur ganz selten vor, dass mal eine Hausfrau ihren Wochenplan änderte.

In den weißen emaillierten, mit dunkelblauem Rand verzierten Töpfen, die jede Familie über ihre Zäune stülpte, wurde die Milch aufbewahrt oder zu Dickmilch gegoren. Dabei setzte sich oben eine mächtige Sahneschicht ab. Über die Sahne streute man gekrümeltes Bauernbrot mit Zucker als Nachtisch. Das schmeckte herrlich! Ach, das schmeckte wunderbar! Mir läuft jetzt noch das Wasser im Mund zusammen, wenn ich nur daran denke.

Marie machte nach ihrer Schulentlassung eine Lehre als so genannte ›Weißnäherin‹. Sie kam oft zu uns ins Haus und nähte, flickte und stopfte unsere Sachen. Damals wurde nicht gleich alles weggeworfen, auch nicht im Herrenhaus. Wir mussten mit unseren Sachen sparsam umgehen. In verschlissene Bezüge und Laken setzte Marie kunstvoll und geschickt Flicken ein.

Sie nähte auch unsere einfache Kleidung, wie Schürzen, Kinderkleider und einfache Blusen. Für die besseren Sachen hatten wir in Graudenz eine richtige Schneiderin. Dort ließ Mutter die Sonn- und Feiertagsblusen nähen, die wir zu den unvermeidlichen dunkelblauen Faltenröcken aus Cheviot trugen. Das war ein aus der Wolle von Cheviotschafen hergestelltes Kammgarngewebe in Köperbindung, das ganz besonders gut die Falten hielt.

Bevor wir die Stadtschule besuchten, trugen wir nur handgearbeitete, feste, geschnürte Schuhe, die unser Dorfschuster gearbeitet hatte. Der flickte auch die Schuhe der Dorfbewohner und der Herrschaft. Als wir dann älter waren und neue Schuhe brauchten, gingen wir zu einem Schuhmacher in Graudenz.

Später habe ich mir meine Sachen selbst genäht. In der ›Werner-Schule‹, auf die ich noch zu sprechen komme, war ich auch in diese Kunst eingeführt worden. Dort habe ich sogar gelernt, Schnittmuster selbst anzufertigen. Nach diesen Vorlagen habe ich dann meine Kleider zugeschnitten und genäht. Das machte ich nicht nur, um zu sparen. Es machte mir Freude, wenn ich meine eigenen Ideen verwirklichen konnte, und weil das Kleidung war, die nicht jeder hatte. Wenn Mutter ein Stück besonders gut gefiel, bat sie mich, für meine Schwestern auch so etwas zu nähen. Wir gingen deshalb oft gleich gekleidet.

Damals war es üblich, im Sommer weißen Nessel zu tragen. Den Rock ließ ich weiß, aber das eng anliegende Oberteil, ähnlich wie ein T-Shirt heute, habe ich mit Stofffarben bemalt. Wir sahen darin entzückend aus und ernteten viele bewundernde Blicke.

Weil mich Landwirtschaft und alles andere mehr interessierte als das Abitur, ging ich mit dem Einjährigen (mittlere Reife) ab. Das war 1931. Vater bot mir an, dass ich zur Weiterbildung auf eine Schule in Berlin gehen dürfte.

Vorher sollte ich jedoch in einem landwirtschaftlichen Betrieb in Pommern, der als Musterbetrieb galt, ein einjähriges Praktikum machen. Nach einem halben Jahr hatte ich mir dort einen Überblick verschafft und erklärte meinen Eltern:

»Das ist reine Zeitverschwendung und rausgeschmissenes Geld. Ihr zahlt, und ich lerne nichts.«

Mir war nämlich sehr bald aufgefallen, dass man sich kaum um uns Praktikanten kümmerte. Sicher, wir mussten arbeiten. Aber man übertrug uns nur einfache, stupide Aufgaben, die wir längst konnten. Man brachte uns so gut wie nichts Neues bei. Für mich sah das ganz danach aus, als wollte sich der Betrieb auf Kosten der Praktikantinnen sanieren. Also kehrte ich nach Hause zurück, um den Beginn des neuen Schuljahres auf meiner Berliner Schule abzuwarten.

Diese Zeit nutzten Mutter und unsere Wirtschafterin und brachten mir eine Menge von dem bei, was der Ausbildungsbetrieb bei mir versäumt hatte.

Nach dem halben Jahr siedelte ich nach Berlin und besuchte die ›Rot-Kreuz-Werner-Schule‹ in Berlin-Lankewitz. Von dieser Schule hatten wir durch die angehenden Schwiegereltern meines Bruders erfahren, die in diesem Stadtteil lebten.

Mein Bruder Ekkehard bereitete sich auf dem ›Konradinum‹ in Danzig auf das Abitur vor, um danach ein theoretisches Studium der Landwirtschaft anzuschließen. Er verbrachte sämtliche Ferien im Elternhaus. Dort wurde er mit der praktischen Seite der Landwirtschaft vertraut gemacht, wie sich das für den Erben eines Rittergutes ziemte.

Nun ergab es sich, dass unsere jüngste Schwester, die Karla, eine neue Lehrerin bekommen hatte. Fräulein Langer war ein bildhübsches, junges Mädchen. So blieb es nicht aus, dass sich der Primaner Ekkehard Namos in sie verliebte.

Meine Eltern nahmen die Primanerliebe nicht weiter ernst, zumal die Lehrerin um einige Jahre älter war als ihr Verehrer. Sie wussten, dass der Sohn nach den Ferien zurück nach Danzig musste. Außerdem würde in acht Monaten die Volksschulzeit von Karla beendet sein. Sie würde auf die Oberschule nach

Graudenz gehen, und Fräulein Langers Dienst in unserem Hause würde damit beendet sein.

Die Eltern rechneten allerdings nicht mit der Beständigkeit meines Bruders und mit der ebenso großen Anhänglichkeit der jungen Dame ihm gegenüber. Die Einzelheiten dieser Liebesgeschichte entziehen sich meiner Kenntnis. Ich weiß nur, dass es einige Vorbehalte und mehrere Auseinandersetzungen deswegen im Elternhaus gegeben hat. Die junge Dame sah gut aus, war gebildet und hatte beste Manieren – aber sie war ein Stadtmädel. Und sie passte nach Meinung unserer Eltern nicht in ein Gutshaus. Da meine Eltern beide aus der Landwirtschaft stammten, waren sie der Ansicht, zu ihrem Sohn passe nur eine Frau, die ebenfalls in und mit der Landwirtschaft aufgewachsen war.

Schließlich gaben sie doch nach. Sie wollten ihren einzigen Sohn nicht unglücklich machen. Und da das Mädchen aus gutem Hause war und eine anständige Mitgift zu erwarten hatte, tolerierten sie die Verbindung. Sie stellten nur die eine Bedingung: Mein Bruder solle mit der Heirat noch warten, bis er seine Studien abgeschlossen hatte.

So weit war der Stand der Dinge, als ich mich anschickte, die Schule in Berlin zu besuchen. Von Fräulein Langers Eltern also hatten wir diese Adresse gehabt.

Die ›Rot-Kreuz-Werner-Schule‹ wurde von Rotkreuz-Schwestern und einer wahnsinnig strengen Oberin geleitet. Aber so was von streng! Doch bei der lernte man was! Diese Schule bildete junge Mädchen in Krankenpflege, Kinderpflege, in Wäschebehandlung, Hauswirtschaft mit Kochen und allem, was dazu gehört, in Gartenarbeit und Viehhaltung inklusive Melken aus. So eine Schule gibt es heute nicht mehr. Auch die Art des Unterrichts war anders als auf anderen Schulen.

Zu den verschiedenen Themenbereichen wurden Kurse und Kolloquien angeboten, die von auswärtigen Oberinnen und Schwestern geleitet wurden. Uns Schülerinnen oblag es, diese Schwestern, teils Ordensschwestern, zu betreuen. Das bedeutete: Wir mussten ihre Zimmer putzen, für sie kochen, ihre Wäsche machen – kurz, alle notwendigen Tätigkeiten für sie ausführen. Auf diese Art und Weise lernten wir alles von der Pike auf. Das war sehr positiv, und ich hätte diese Schule gern bis zum Ende durchgemacht. Doch es sollte anders kommen.

Zunächst möchte ich aber ein bisschen über mein Leben im Pensionat berichten.

Für meinen Aufenthalt hatte mein Vater im Monat hundert Mark aufzubringen. Neunzig Mark davon entfielen auf die Pension, zehn Mark bekam ich als Taschengeld. Für meine kleinen Bedürfnisse reichte das völlig aus. Aber nicht alle Mitschülerinnen hatten so bescheidene Ansprüche wie ich.

Wir wohnten zu viert in einem Zimmer. An der rechten Wand standen zwei Betten hintereinander, genau wie auf der linken Seite. In der Mitte des Raumes, unter der Lampe, befanden sich vier Schränke.

Rosina, eine meiner Zimmergenossinnen, ein junges Mädchen aus Plauen im Vogtland, bekam vierzig Mark Taschengeld im Monat! Damit kam sie nie aus. Zusätzlich bekam sie noch ›Fresspakete‹ von zu Hause mit Kuchen, Süßigkeiten, Wurst und Schinken. Diese Vorräte bewahrte sie stets unter ihrem Bett auf.

Das muss sich in Mäusekreisen herumgesprochen haben. Denn es dauerte nicht lange, da bevölkerten einige von ihnen unser Zimmer. Mit Fallen wurden wir ihrer Herr, und Rosina bekam die Auflage, ihr Paket oben im Schrank aufzubewahren.

Im Übrigen aber waren wir in unserem Zimmer eine verschworene Gesellschaft. Auch im Hause war eine wirklich nette Gemeinschaft, es herrschte ein tolles Einvernehmen.

Aber es bestand ein strenges Reglement: Punkt zehn Uhr abends mussten wir in unseren Zimmern sein. Um fünf vor zehn hatten wir uns bei der Oberin mit Hofknicks und den Worten: »Frau Oberin, wir wünschen Ihnen eine gute Nacht!« zu melden. Huldvoll pflegte sie ihr Haupt zu neigen, uns zuzulächeln und zu erwidern: »Gute Nacht, meine lieben Mädchen, schlaft gut.« Dann begaben wir uns auf unsere Zimmer, und wenig später war es totenstill im ganzen Haus.

Es gab keinen Ausgang abends. Als wir fragten, weshalb das so ist, erfuhren wir, dass es bei einem der vorhergehenden Lehrgänge mal eine Entgleisung gegeben hatte. Die Mädchen hatten über die Stränge geschlagen. Statt um elf Uhr waren sie erst weit nach Mitternacht ins Internat zurückgekommen. Deshalb bekamen sie Ausgehverbot. Und was taten die unternehmungslustigen Damen? Sie stiegen abends aus den Fenstern und kamen erst in den frühen Morgenstunden wieder zurück. Das hatte ein furchtbares Aufsehen gegeben. Seit dieser Zeit herrschte abends eine absolute Ausgangssperre, und der Nachtwächter wurde mit strengsten Auflagen versehen. Die Schlafräume wurden so streng bewacht, dass kaum eine Maus die

Chance gehabt hätte, aus dem Hause zu schlüpfen. Vielleicht hatten die Mäuse sich deshalb in unserem Zimmer versammelt …

Diese Sperre hat mir nichts getan. Ich fand sie sogar vernünftig. Denn wenn man nachts rumzieht, ist man am nächsten Tag nicht auf dem Damm, zweitens kostet es Geld, und drittens hätte ich mich in dieser Riesenstadt sowieso nicht zurechtgefunden.

Im Grunde genommen fand ich diese Regelung also ausgezeichnet. Nur einmal ging sie mir gegen den Strich. Da durchkreuzte sie nämlich meine Pläne.

Alle vierzehn Tage hatten wir einen freien Sonntag, den viele zu einem Heimatbesuch nutzten. Davon machte ich nicht oft Gebrauch, weil ich meinen Eltern nicht zumuten wollte, auch noch ständig das Fahrgeld für mich aufzubringen. Wenn man sonntags in der Stadt ausging, musste man sich immer eintragen, wo man hinging, wie lange man ausblieb und den Grund für den Ausgang.

Nun war es so: Ich war noch nicht lange in diesem Pensionat, da feierte der Bruder meiner angehenden Schwägerin, der Herr Langer, seine Verlobung. Die Feier war im Hause seiner Eltern, die mich bereits kannten. Deshalb hatten sie auch mich zu diesem Ereignis eingeladen. Das freute mich sehr. Abgesehen davon, dass Verlobungsfeiern für ein junges Mädchen einen gewissen Reiz haben, freute ich mich vor allem, dass ich dort meinen Bruder wiedersehen würde.

Es war eine schöne Feier, und ich fühlte mich wohl in dieser Gesellschaft. Plötzlich fiel mein erschreckter Blick auf die Uhr: »Kinderchen, ich muss nach Hause. Um fünf vor zehn muss ich vor meiner Oberin erscheinen.«

Der junge Verlobte lachte nur.

»Hör mal zu, du bist doch bei Verwandten! Und noch dazu auf einer Verlobungsfeier. Da gelten solch strenge Regeln nicht.«

Ich beharrte jedoch darauf, ich müsse aufbrechen, sonst bekäme ich den größten Ärger.

»Ach, was«, wischte der junge Herr Langer meine Bedenken beiseite. »So schlimm wird's nicht werden. Ich rufe die Oberin an.«

Gespannt beobachtete ich während des Telefonats das Mienenspiel meines Schwippschwagers in spe. Vielleicht ließen sich daraus schon Rückschlüsse ziehen. Es schien nicht günstig für mich zu stehen. Seine Miene verfinsterte sich zusehends, seine Argumentation wurde schwächer. Er schien die Welt nicht mehr zu verstehen. In seiner Wut und Enttäuschung, dass er für mich nichts hatte ausrichten können, zischte er ins Telefon: »Alte Spinatwachtel!« Dann knallte er den Hörer auf die Gabel.

Erbleichend stieß ich hervor: »Um Gottes willen! Jetzt werde ich ein Donnerwetter erleben. Ich muss sofort los.«

Außer Atem erreichte ich das Pensionat. Bei der Pfortenschwester zog ich erste Erkundigungen ein: »Na, Schwester Erna, wie ist die Stimmung?«

»Ach, Gerda, komm mal rein. Es geht schon.«

Punkt zehn klopfte ich an die Tür der gestrengen Frau. Pochenden Herzens trat ich ein und grüßte sie mit zitternder Stimme.

»Frau Oberin, ich melde mich zurück. Ich wünsche Ihnen eine gute Nacht.«

Die Oberin hat während der ganzen Zeit, die ich in ihrer Schule verbracht habe, nie so freundlich geguckt wie an diesem Abend. Offensichtlich freute sie sich, dass sie sich durchgesetzt hatte. Sie freute sich, dass ich gehorcht hatte. Die ›Spinatwachtel‹ hatte sie wohl vergessen oder verdrängt. Vielleicht hatte sie die Äußerung am Telefon auch nicht verstanden. Mir fiel jedenfalls ein Stein von der Seele. Friedlich und ruhig suchte ich mein Bett auf und dachte, wer weiß, wozu es gut ist.

❧

Etwa ein Jahr nach diesem Vorfall erhielt ich wieder eine Einladung zu einer Verlobung. Diesmal fand sie in unserem eigenen Hause statt. Nun war mein Bruder der Glückliche. Seine Verlobungsfeier beeindruckte mich noch mehr als die erste, die ich erlebt hatte. Vielleicht, weil dieser Verlobte mir näher stand als der vorige. Der zweite Grund mochte sein, dass ich unbeschwerter mitfeiern konnte – ohne den Druck, um eine bestimmte Uhrzeit wieder weg zu müssen. Denn diese Feier fiel in meine Ferienzeit. Mit Sicherheit aber war der dritte Grund ausschlaggebend für meine Freude: Während dieser Verlobungsfeier verliebte ich mich zum ersten Mal in meinem Leben! Ich war süße achtzehn, bisher behütet und sehr abgeschieden aufgewachsen, und plötzlich stand ›Er‹ vor mir: Ein Bild von einem Mann!

Jetzt muss ich in meiner Erzählung ein wenig zurückgreifen.

Vater pflegte auf dem Gut immer einen Beamten zu haben, weil die Verwaltung eines so großen Betriebes nicht von einem Mann allein zu bewältigen war. Beamte waren meist nachgeborene Söhne eines Gutsherrn, die die Landwirtschaft liebten, den heimischen

Betrieb aber nicht übernehmen konnten. Während meiner mehrmonatigen Abwesenheit war unser langgedienter Beamter, der noch aus der Zeit meines Großvaters stammte, in den Ruhestand getreten. Vater hatte deshalb einen Nachfolger eingestellt, den dritten Sohn eines weiter entfernt wohnenden Gutsnachbarn. Bald schon stellte sich heraus, dass der neue Beamte sehr tüchtig war, und Vater war froh, einen so guten Griff getan zu haben.

Dieser junge Mann war es nun, der auf der Verlobungsfeier meines Bruders einen so nachhaltigen Eindruck bei mir hinterließ. Er muss von mir ebenso beeindruckt gewesen sein. Denn in den nächsten Tagen suchte er immer wieder verstohlen meine Nähe.

Schon wenn ich ihn von ferne sah, klopfte mein Herz schneller. Wenn er mich ansprach, errötete ich und brachte vor Verlegenheit kaum ein Wort heraus. Diese erwachende Liebe genoss ich sichtlich. Dass sie vorerst geheim bleiben musste, fand ich besonders romantisch. Unsere Liebe hielt ich schon deswegen geheim, weil ich bei meinem Bruder erlebt hatte, welche Wellen das aufgeworfen hatte.

Vor meiner Rückreise nach Berlin gestand mir Gerald seine Liebe und bat um meine Adresse.

Wieder zurück in Berlin, schwebte ich im siebten Himmel. Dennoch vernachlässigte ich meine Studien nicht. ›Jetzt erst recht‹, dachte ich. Wenn ich schon bald eine Landwirtsfrau würde, dann wollte ich eine tüchtige sein. Das hinderte mich jedoch nicht daran, eifrig an meinen Verehrer zu schreiben. Fast täglich verfasste ich zärtliche Liebesbriefe und schmuggelte sie aus dem Haus. Er antwortete mit glühenden Liebesbriefen, die ich heimlich postlagernd abholte. Jeden zweiten Tag bekam ich einen Brief und war selig. Ich war mir meiner Sache sicher und stellte Überlegungen an, wann und wie ich meine Eltern von der bevorstehenden Verlobung in Kenntnis setzen sollte. Bei der nächsten Verlobungsfeier, die auf unserem Gut stattfand, würde ich der strahlende Mittelpunkt sein. Diesmal würde ich die Huldigungen der Gäste entgegennehmen, ihre Glückwünsche, ihre Bewunderung, ihre Geschenke.

Bei meinem nächsten Besuch im Elternhaus packte ich den Stier bei den Hörnern. Ohne lange Vorrede verkündete ich meinen Eltern, ich wolle mich mit Gerald Lauzus verloben. Da stießen beide einen Entsetzensschrei aus. Wie aus einem Munde riefen beide: »Dass du den heiratest, das kommt überhaupt nicht infrage!«

Verblüfft schaute ich von einem zum andern. Gewiss, mit einigen Vorbehalten von ihrer Seite hatte ich gerechnet, vor allem wegen meiner Jugend. Ich war gerade erst neunzehn geworden. Aber eine solch kategorische Ablehnung hatte ich nicht erwartet. Augenblicklich versetzte ich mein ganzes Inneres in Kampfbereitschaft.

Ehe ich jedoch die angemessenen Worte vorbringen konnte, stellte Mutter die schwer wiegende Frage in den Raum: »Du wirst doch nicht einen heiraten wollen, der dir schon vor der Ehe untreu ist!«

Ich rief mir seine brieflichen Liebesbeteuerungen ins Gedächtnis zurück.

»Wie könnt ihr so etwas behaupten? Gerald liebt mich und würde nie nach einer anderen gucken.«

»Wenn es nur das Gucken wäre, würde ich nichts sagen«, ergriff mein Vater nun das Wort. »Vom Gucken entsteht kein Kind.«

Fassungslos blickte ich abwechselnd Vater und Mutter an. Mutter schluckte.

»Es tut mir Leid, Gerda, dass wir dir diesen Schmerz zufügen müssen. Aber eine unserer polnischen Arbeiterinnen erwartet ein Kind von ihm. Sie steht kurz vor der Niederkunft.«

Ergänzend fügte mein Vater hinzu: »Wir hatten ja keine Ahnung, dass du mit diesem Casanova ein Techtelmechtel angefangen hast. Jedenfalls verbieten wir dir die Heirat mit ihm.«

»Das brauchst du gar nicht. So, wie die Dinge liegen, verzichte ich freiwillig auf ihn.« Mir war eine Welt zusammengebrochen. Aufschluchzend warf ich mich in die Arme meiner Mutter.

Später wurde ich mal von einer Freundin gefragt: »Du hast dir einfach den Mann deiner Träume verbieten lassen? Du hast deinem Vater gehorcht?«

Darauf war meine ehrliche Antwort: »Für seine rechtzeitige Aufklärung bin ich ihm heute noch dankbar.«

Abgesehen von dem Heiratsverbot, das Vater auf jeden Fall hätte aussprechen dürfen, weil ich noch nicht volljährig war, wollte ich diesen Mann nicht mehr. Selbst wenn er auf Knien zu mir gerutscht wäre und mir beteuert hätte, dass so etwas nicht mehr vorkommt – mein Vertrauen zu ihm war zerstört und meine Liebe gleich mit.

Es bestätigte sich wenige Jahre später, dass meine Eltern und ich richtig gehandelt hatten. Gerald Lauzus hatte nicht im Geringsten daran gedacht, die Mutter seines Kindes zu heiraten. Er heiratete eine andere Frau, ebenfalls eine Gutsbesitzertochter. Nun erfuhren wir, dass sie sich nach kurzer Ehe wieder von ihm getrennt hat, weil sie seine dauernden Seitensprünge nicht ertragen konnte.

Ich jedenfalls kehrte, nachdem ich die ärgste Trauer überwunden hatte, nach Berlin auf meine ›Werner-Schule‹ zurück. Leider konnte ich sie, wie bereits angedeutet, nicht bis zum Abschlussexamen besuchen. Vater fiel es immer schwerer, das Geld für mich aufzubringen. Es war ja nicht nur das Pensionsgeld zu zahlen. Auch für das Visum, damit ich mich überhaupt im Altreich aufhalten durfte, war jedes Jahr eine erkleckliche Summe hinzublättern. Die Einnahmen aus der Landwirtschaft dagegen gingen immer mehr zurück. Also beorderte Vater mich nach Hause zurück.

Mit meinem guten Abgangszeugnis hätte ich leicht eine adäquate Stelle gefunden. Aber ich versuchte es erst gar nicht. Auf dem heimischen Gut warteten genügend Aufgaben auf mich. Vom ersten Tag meiner Rückkehr an arbeitete ich intensiv mit auf dem Gut. Ich half beim Kochen, im Garten, bei der Wäsche. All das, was eine Landfrau tun muss, das tat ich. Darüber hinaus half ich Vater bei der Buchführung. Auch das hatte ich auf meiner Schule gelernt. Daher saß ich öfters im Büro des neuen Beamten, den Vater als Ersatz für Gerald eingestellt hatte. Dort erledigte ich Schreibarbeiten und half beim Auszahlen der Gehälter.

Dass nach dem bewussten Vorfall Geralds Verbleiben auf unserem Gut nicht länger tragbar war, lag auf der Hand. Da ihm sein tüchtiger Beamter so schnell und auf so ungewöhnliche Weise abhanden gekommen war, hatte Vater sich genötigt gesehen, nach einem Ersatz Ausschau zu halten. Diesmal setzte er bei seiner Auswahl andere Kriterien an: Es kam nur ein verheirateter Bewerber infrage. Auf sein entsprechendes Inserat in dem Fachblatt für Landwirte meldeten sich einige Männer unterschiedlichen Alters. Nur verheiratete Männer!

Nun ist es nicht ganz einfach, allein aufgrund von Bewerbungsunterlagen den Fähigsten herauszufinden. Deshalb lud Vater jeden einzeln zu einem Vorstellungsgespräch ein. Doch das machte ihm die Entscheidung auch nicht einfacher.

Nun trug es sich zu, dass wieder mal einer der Kandidaten in seinem Arbeitszimmer vor ihm am Schreibtisch saß. Der junge Mann war frisch verheiratet und hatte ein kleines Kind. Neuhaus, so hieß der junge Mann, trat sehr bescheiden auf und gefiel Vater auf Anhieb. Da er aber bereits mit mehreren Bewerbern gesprochen hatte, die einen ähnlich guten Eindruck auf ihn gemacht hatten, war Vater noch unsicher. Plötzlich bückte sich Herr Neuhaus, hob eine Stecknadel vom Boden auf und legte sie auf den Schreibtisch. Die musste Mutter dort verloren haben. Denn sie nähte und stopfte oft in Vaters Zimmer, um ihm nahe zu sein.

In diesem Moment fiel bei Vater die Entscheidung. Durch diese kleine Geste, durch das Aufheben der Stecknadel, wusste er: ›Das ist ein Mann, der auf Kleinigkeiten achtet.‹ Spontan erklärte Vater: »Dich nehme ich. Du bist korrekt.«

Das war er dann auch. Vater hat nie bereut, diesen Beamten eingestellt zu haben.

❧

Nachdem ich bereits einige Monate zu Hause gearbeitet hatte, las ich in unserem landwirtschaftlichen Mitteilungsblatt von einem Kurs, in dem man sich zur Hauswirtschaftsleiterin ausbilden lassen konnte. Umgehend bewarb ich mich. Ich berichtete im Vorstellungsgespräch von meinem beruflichen Werdegang und legte meine Zeugnisse vor. Daraufhin empfahl man mir, ich solle doch versuchen, das Wirtschaftsexamen gleich abzulegen. Meine Vorbildung zeige an, dass ich es gar nicht nötig habe, diesen Kurs zu besuchen.

Die Prüfung schaffte ich tatsächlich im ersten Anlauf. Sofort wurde ich in meine neue Aufgabe eingesetzt. Mit einigen anderen Ausbilderinnen sollte ich junge Gutstöchter auf ihr Leben als Gutsfrau vorbereiten. Dazu hatte unsere Kreisbäuerin ihr eigenes Gut und einige andere ausgewählte Güter als Musterbetriebe zur Verfügung gestellt.

Meine Aufgabe bestand darin, die jungen Mädchen in allen praktischen Dingen der ländlichen Haushaltsführung auszubilden. Die Schülerinnen lernten bei mir Waschen, Bügeln, Stopfen, Schlachten, Einwecken und Nähen – alles, was eine Landfrau im Haushalt können musste. Stallarbeit und Feldarbeit gehörten nicht in diesen Bereich. Das war ein eigener Ausbildungsgang.

So war ich finanziell unabhängig, hatte eine Beschäftigung, die mir viel Freude machte, und ich konnte all das weitergeben, was ich gelernt hatte. Für mich war das eine große Aufgabe, die mein Leben enorm bereichert hat.

Heimweh

Maria, Jahrgang 1920, aus Bergen/Rügen

Mein Elternhaus, besser gesagt, mein Großelternhaus stand in einem winzigen Dorf auf der Insel Rügen. Die wenigen Häuser lagen verstreut, weil jeder der Dorfbewohner seine Felder direkt ums Haus herum hatte. Im Dorf lebten etwa hundertfünfzig Einwohner, die fast ausschließlich von der Landwirtschaft lebten. Außer einem kleinen Lebensmittelgeschäft gab es keinen Laden oder Handwerksbetrieb. Ja, es gab noch nicht mal eine Kneipe. Wer irgendetwas benötigte oder zu erledigen hatte, musste sechs Kilometer zu Fuß zum nächsten größeren Ort gehen. Das war Bergen, unsere Kreisstadt. Dort befand sich auch die Kirche. Unsere Schule war in einem kleinen Ort, ziemlich genau auf halbem Weg nach Bergen.

Wir lebten mit den Eltern meiner Mutter zusammen in deren Haus. Mein Vater war kein Landwirt, obwohl er von einem Bauernhof stammte. Den hatte, wie es üblich war, sein ältester Bruder übernommen. So sah er sich als dritter Sohn der Familie nach seiner Schulentlassung gezwungen, ein Handwerk zu erlernen. Er ging in Bergen in eine Elektrikerlehre.

Als er dann bei meiner Mutter einheiratete, wollte er seinen Beruf nicht aufgeben. Das war auch gut so. Der kleine Hof hätte nicht noch eine zusätzliche Familie ernähren können. Denn dort lebten noch die Großeltern und ein lediger Bruder meiner Mutter. Da unser Dorf jedoch noch nicht elektrifiziert war, gab es für meinen Vater dort absolut nichts zu tun. Zur Arbeit musste er mit dem Fahrrad in die umliegenden größeren Orte fahren, die bereits Elektrizität hatten. Später leistete er sich ein kleines Motorrad.

Ich hatte einen Bruder, der vier Jahre älter, und eine Schwester, die drei Jahre jünger war als ich. Da wir Geschwister altersmäßig so weit auseinander lagen, hatten wir wenig Kontakt miteinander. Stattdessen hatte jedes von uns gleichaltrige Spielkameraden. Die wohnten aber meist ein gutes Stück weit weg von unserem Haus.

Unser Aktionsradius war nicht groß. Wir kamen nur so weit weg, wie uns die Füße tragen wollten. Züge oder Busse fuhren bei uns noch nicht. Deshalb bestand bis zu meinem 20. Lebensjahr die Welt für mich nur aus der Insel. Sicher, der Großvater besaß einen Pferdewagen. Aber der wurde nur angespannt, wenn er seine Erzeugnisse auf dem Markt in Bergen verkaufen wollte. Manchmal durfte ich mitfahren. Ich weiß noch gut, wie erstaunt ich beim ersten Mal war, als ich sah, dass es außer unserem Dorf noch andere Orte gab. Und die Stadt erst! Die vielen, vielen Häuser, wo eines am anderen stand! Das war sehr beiendruckend.

Bereits morgens um fünf Uhr fuhren wir an den Markttagen los. Ich war fünf, als ich die ehrenvolle Aufgabe übertragen bekam, den Marktstand zu bewachen, während der Großvater das Pferd versorgte. Hinterm Bahnhofshotel gab es nämlich Ställe zum Ausspannen der Pferde – so, wie es heute für die Autos Parkplätze gibt, hatte dort jeder Bauer seinen bestimmten Platz, wo er das Pferd einstellen konnte.

Dann konnte er in Ruhe seine Erledigungen machen. Großvater fuhr ja nicht nur in die Stadt, um seine Waren auf dem Markt anzubieten. Er musste dort auch Saatgut oder Geräte und Dinge kaufen, die wir selbst nicht produzieren konnten, wie zum Beispiel Töpfe, Spielzeug oder Kleidung.

Wenn der Großvater dem Pferd Stroh untergeworfen, ihm zu fressen und zu saufen gegeben hatte, kam er an unseren Marktstand zurück. Dann dauerte es nicht mehr lange, bis die Kunden kamen. Meist waren das die Frauen aus der Stadt oder ihre Dienstmädchen. Von klein auf habe ich es geliebt, am Stand zu stehen. Besonders gern tat ich das von dem Zeitpunkt an, da ich schon selbst kassieren durfte.

Wir verkauften überwiegend Eier und Butter. Manchmal war es eklig anzuschauen, wenn Frauen eine Haarnadel aus ihren Zöpfen zogen, das runde Ende in die Butter tauchten und davon kosteten. Ich fand das schon als Fünfjährige unappetitlich und beklagte mich beim Großvater darüber. Der lachte nur.

»Das ist nun mal so, mien Deern, da ist noch keiner von gestorben.«

Nach dem Probieren kauften die Frauen zum Glück meist diese angestochene Butter.

Es gab noch etwas anderes, was ich unappetitlich fand und was mich auch schon als kleines Mädchen gestört hat: Manche Bäuerin kam in der dreckigen Kleidung, mit der sie auf dem Feld oder im Stall gewesen war, auf den Markt. Also, bei einer solchen Bäuerin hätte ich nichts gekauft. Andere Bäuerinnen verstanden es, sich appetitlich herzurichten. Sie trugen nette, saubere Marktkleider oder Kittelschürzen. Mein Großvater zog sich auch immer sauber an, und meine Mutter achtete immer darauf, dass ich auf dem Markt adrett aussah.

Meist waren unsere Sachen schnell verkauft. Wenn er mit seinen Geschäften zufrieden war, ging der Großvater mit mir zum Metzger. Dort kaufte er schöne Wurst, d. h. solche, die wir beim Schlachten nicht selbst herstellen konnten: Mettwurst, Fleischwurst oder Salami.

Danach setzten wir uns auf unseren Wagen, und das Pferd trottete mit uns heim.

Meine Großeltern waren nett zu uns Kindern. Die Großmutter war so eine kleine Mollige. Leider starb sie schon früh. Der Großvater aber war mir der Liebste, und ich war sein erklärter Liebling. Mit jedem Kummer konnte ich zu ihm kommen. Er wusste wundervoll zu trösten. Als ich noch klein war, durfte ich auf seinen Knien reiten. Später, wenn Jahrmarkt war, steckte er mir immer Extrageld zu: zwanzig oder fünfzig Pfennig. Jedes Kind bekam von ihm Jahrmarktsgeld. Aber ich bekam immer ein bisschen mehr, weil ich für ihn auch immer etwas Besonderes tat, ihm kleine Handreichungen machte. Er rauchte am Feierabend gerne seine große Pfeife. Die habe ich ihm immer gebracht oder den Tabak oder seine Pantoffeln.

Großvater baute den Tabak für seine Pfeife selber an. Ich half ihm bei der Tabakernte. Er schnitt die Pflanzen ab, und ich sortierte die Blätter. Drei oder vier Sorten Blätter waren das. Die guten verwendete er, um Zigarren daraus zu drehen. Die anderen Blätter wurden später geschnitten und für die Pfeife genommen. Grobschnitt nannte er das.

Wenn die Blätter sortiert waren, haben wir sie mit langen Nadeln auf Schnüren aufgefädelt. Wenn alle Blätter aufgefädelt waren, hängte der Großvater die Tabakschnüre mit den Blättern in der Scheune zum Trocknen auf. Immer in den Eingangsbereich, wo ein bisschen Luft hinkam. Meine Schwester und ich reichten ihm die Schnüre, damit er nicht jedes Mal von der Leiter heruntersteigen musste. Ich sehe noch heute, wie die Blätter da hingen und sich leicht im Luftzug bewegten.

Verkauft hat Großvater den Tabak nie. Den hat er selber geraucht. Er hat immer nur so viel angebaut, wie er für sich brauchte. Er hat aber auch nie Tabak in einem Laden gekauft.

❧

Bei uns wurden überwiegend Getreide, Kartoffeln und Rüben angebaut, aber auch Wrucken. Wrucken sind ähnlich wie Rüben, aber nicht so wässrig wie diese. Sie sind schlanker und haben gelbes Fruchtfleisch. Verwendet wurden die Wrucken für Mensch und Vieh, hauptsächlich aber für die Kühe. Ich habe hier in Rheinhessen, wo ich nun lebe, versucht, Wrucken anzubauen, aber die sind nicht gewachsen. Wahrscheinlich ist hier der Boden zu gut. Deshalb war ich wirklich überrascht, als ich mal in Mainz auf dem Markt eine Bäuerin entdeckte, die Wrucken anbot. Natürlich habe ich gleich zugeschlagen. Interessiert habe ich sie gefragt:

»Wissen Sie auch, wie die heißen?«

»Erdkohlrabi nennen wir sie«, sagte die Bäuerin. Nun wollte ich wissen, wo sie die herhatte. Umso erstaunter war ich über ihre Antwort.

»Die haben wir in Finthen (Vorort von Mainz) angebaut.«

Nun erzählte ich ihr von meinen vergeblichen Kultivierungsversuchen, worauf sie meinte: »Das verstehe ich nicht, bei uns wachsen sie gut. Das sind doch nur zwanzig Kilometer von euch weg.«

Vielleicht lag der Unterschied aber gerade in diesen zwanzig Kilometern.

Wrucken wurden, wie gesagt, auch in der Küche verwendet. Zubereitet wie Kohlrabi, mit einem schönen Stück gesalzenem Bauchfleisch und Kartoffeln dazu – das schmeckt! So habe ich auch die Wrucken aus Mainz-Finthen zubereitet. Das waren Heimatklänge!

Zu Hause auf Rügen, hatte jeder Bauer einen kleinen Nutzgarten am Haus. Das war ein durch einen Zaun vom Feld abgetrenntes Stück Land. In dem Garten wurde alles angebaut, was man für die Küche brauchte: Gemüse, Kräuter, Zwiebeln, Lauch, Beerensträucher, Obstbäume. Am besten gediehen Himbeeren und Schattenmorellen. Die standen in jedem Garten und wurden in jedem Haus eingemacht.

Frühe Sauerkirschen und Süßkirschen wurden bei uns nichts. Dafür war das Klima zu rau. Die blühten zu früh, da fuhr der Frost zu oft in die Blüten. Äpfel dagegen gab es genug. Die waren unempfindlich. Wahrscheinlich, weil sie spät blühen. Äpfel lagerten wir im Keller auf Regalen, die der Großvater gezimmert hatte. Sie waren zwar nicht besonders fachgerecht ausgeführt, aber sie waren stabil und reichten für unsere Zwecke. Auch Pflaumen gab es bei uns viele. Die wurden auf große Bleche gelegt und in den

Backofen geschoben, wenn das Brot raus war. Dann war der Ofen nicht mehr ganz so heiß; er hatte die richtige Temperatur zum Trocknen der Pflaumen.

Brot wurde bei uns jede Woche in dem großen Küchenherd gebacken. Ich erinnere mich noch gut, wie meine Großmutter an dem großen hölzernen Backtrog stand. Sie stemmte sich mit beiden Armen hinein und knetete den mächtigen Klumpen Brotteig durch. Den Sauerteig dafür hatte sie einige Tage vorher schon angesetzt. Der wurde am Backtag nun in den neuen Teig hineingearbeitet. Wir waren täglich acht Personen am Tisch. Da brauchte man schon eine Menge Brot.

1928 oder 1929 starb die Großmutter. Da hörte das dann mit dem Brotbacken auf.

Weil meine Mutter auf dem Feld arbeitete und keine Zeit für den Haushalt hatte, der Großvater aber versorgt werden musste, kam eine ledige Tante, eine Schwester meiner Mutter, auf den Hof. Die hatte einige Jahre bei einem Bauern gedient. Nun kam sie auf Geheiß des Großvaters nach Hause und musste das Kochen sowie die übrige Hausarbeit übernehmen. Gebacken hat sie aber leider nie.

❧

Noch bevor ich in die Schule kam, fand ich eine gleichaltrige Freundin. Elfriede. Wir spielten viel zusammen, wenn die Arbeit uns dazu Zeit ließ. Meist spielten wir bei uns im Haus, weil ich mehr Spielsachen hatte als sie. Elfriede wohnte ein bisschen weiter weg, am Waldrand. Aber sie scheute den Weg zu uns nicht. Sie kam gern, denn sie war ganz allein, ich meine: ohne Geschwister.

Von meiner Mutter existierte noch ein alter Kaufmannsladen, den ihr Vater für sie zusammengezimmert hatte. Dafür brauchten Elfriede und ich neue Waren. Die bastelten wir uns selber: aus Papier, aus Holzstücken, aus Tannen- und Kiefernzapfen und anderen Früchten der Natur. Eine Puppenküche und eine Puppenstube haben wir uns auch zusammengebastelt. Wir hatten vom Großvater zwei Holzkisten bekommen, die stellten wir so auf, dass die Öffnung nach vorne kam. Nun konnte man hineinschauen wie in eine richtige Puppenstube. Mit Garnrollen und Pappschachteln, mit Geschick und viel Fantasie bauten wir die Möbel. Zum Spielen haben die gereicht.

Wir hatten viel Spaß damit.

Eine Puppe hatte ich auch, die Lotti. Die konnte man ruhig mal fallen lassen, ohne dass was passierte. Denn ihr Kopf war aus Email. Als ich elf oder zwölf Jahre alt war, hat mich mein Onkel, der mit im Haus lebte, immer wegen dieser Puppe geärgert. Er konnte es nicht leiden, wenn ich mit ihr spielte. Ich sei schon zu alt, um mit Puppen zu spielen, meinte er. Immer wieder hat er sie mir heimlich weggenommen und irgendwo versteckt. Es dauerte immer eine Weile, bis ich sie wieder fand.

Ich kam gleichzeitig mit Elfriede in die Schule. Unser Schulweg war ziemlich weit. Wir nahmen deshalb immer eine Abkürzung, quer durch die Felder. Dann schafften wir es in einer guten halben Stunde. Im Winter sah das allerdings anders aus. Da lag oft hoher Schnee. Dann musste aus jedem Haus jemand zum Schneeschaufeln antreten, damit wir Kinder in die Schule gehen konnten.

Ja, das Schneeschieben! Das Schaufeln war amtlich festgelegt. Es gab einen bestimmten Platz, wo sich die

Männer unseres Dorfes trafen, wenn morgens eine entsprechende Schneehöhe erreicht war. Automatisch musste da jeder antreten. Da wurde nicht erst Bescheid gesagt.

Manchmal schneite es heftig. Da hatten die Männer mit ihren Schaufeln keine Chance. An solchen Tagen brauchten wir nicht in die Schule. Natürlich freuten wir uns darüber wie die Schneekönige. Dann blieb uns Zeit zum Schlittenfahren auf dem einzigen kleinen Hügel, den wir im Dorf hatten.

❧

Da es bei uns noch kein elektrisches Licht gab, haben wir abends – wie alle Dorfbewohner – unsere Petroleumlampen angezündet. Das Petroleum mussten wir in einer speziellen Petroleumkanne in dem kleinen Lebensmittelladen kaufen. Dort wurde die Kanne aus einem Tank befüllt, der in einer Ecke des Ladens stand. Wir kauften einen halben Liter oder einen ganzen, je nachdem, wie viel Geld wir hatten. Im Laden roch es immer nach Petroleum.

Nach kurzer Zeit wurde dieser Verkauf eingestellt, weil es zu gefährlich war – der Laden hätte ja in Brand geraten können. Zweitens war es gesundheitsschädlich, da neben dran gleich die offenen Lebensmittel lagen. Von da an mussten wir unser Petroleum in der Stadt kaufen.

Bevor abends die Lampen angezündet wurden, mussten sie aufgefüllt werden. Am unpraktischsten waren die Lampen im Stall. Im Winter war es ja morgens noch dunkel, wenn wir zum Melken gingen. Abends war es das Gleiche: Bis wir da zum Melken kamen, war es schon wieder dunkel. Jedes Mal mussten wir die Lampen mitnehmen. Das war sehr umständlich. In der einen Hand trug man die Lampe, in der anderen den Milcheimer oder das Futter. Man sah nicht nur viel zu schlecht mit diesen Dingern, nein, sie waren auch gefährlich. Man brauchte sie nur mal fallen zu lassen. Überall lag doch Heu und Stroh. Während des Melkens hing die Lampe an einem Haken an der Wand. Da konnte eigentlich nichts passieren. Besonders gefährliche Momente waren das Aufhängen und das Abhängen der Lampen. Da musste man sehr aufpassen, dass sie nicht herunterfielen. Trotz strenger Vorschriften und größter Vorsicht hat es immer wieder Stallbrände gegeben.

Im Jahre 1927 wurde alles anders. Da bekam unser Dorf elektrisches Licht.

Ein Onkel von mir, ein Bruder meiner Mutter, hatte das in Gang gebracht. Wie er das geschafft hat, weiß ich nicht mehr. Jedenfalls rückten eines Tages Männer mit einem Lastwagen mit mächtigen Masten an. Die Masten wurden unter den staunenden Augen von uns Kindern am Straßenrand aufgestellt, dann wurden Kabel von einem Mast zum andern gespannt und schließlich die Kabel zu einem Häuschen geführt, das man etwas außerhalb des Dorfes extra dafür erbaut hatte. Transformatorenhäuschen nannten sie es.

Als man uns erzählte, das alles werde gemacht, damit wir abends Licht in den Häusern hätten, haben wir nur gelacht. Wir wussten doch genau, dass man zum Lichtmachen eine Lampe und Petroleum brauchte. Wie sollte von dem kleinen Häuschen her das Licht durch die Kabel in die Häuser laufen? Wir Kinder glaubten nichts anderes, als dass man uns auf den Arm nehmen wolle.

Dann wurden die Hausanschlüsse gelegt. Von den Masten aus führten die Monteure die Leitungen bis zu den Häusern und befestigten sie an den Wänden. Zum Schluss kamen die Monteure in die Häuser. Zu dieser Zeit brauchte sich mein Vater nicht über Arbeitsmangel zu beklagen. Nun musste er nicht mehr in die anderen Ortschaften zur Arbeit zu fahren. Es gab ja nun genug in unserem Dorf für ihn zu tun.

Einige Leute, die das Geld dazu nicht hatten, ließen sich keinen Anschluss machen. Vielleicht trauten sie aber auch dem Braten nicht, genauso wie wir Kinder.

Bei uns im Haus wurde in jedem Zimmer geklopft und gebohrt. Man zog Leitungen durch Löcher in der Wand, befestigte sie an den Wänden und führte sie an der Decke entlang zur Zimmermitte. Ich guckte und guckte, ob nicht bald Licht aus dem Draht käme. Denn da meine Eltern offensichtlich an das Märchen glaubten und bereit waren, einen Haufen Geld dafür auszugeben, musste an der Sache doch etwas dran sein.

Eines Tages brachte mein Vater so komische Dinger mit nach Hause. Die nannte er Lampen. Dabei hatten die mit unseren guten alten Petroleumlampen kaum eine Ähnlichkeit. Vor allem fehlte der Docht, den man hätte anzünden können.

In jedem Zimmer hängte der Vater so ein komisches Ding an das von der Zimmerdecke hängende Drahtende. Meine Spannung stieg. Licht kam aber noch immer keines heraus. Meine Enttäuschung darüber äußerte ich unverhohlen.

»Warte nur ab«, vertröstete mich der Vater. »Da fehlt noch eine Glühbirne.«

Über diesen Ausdruck musste ich herzlich lachen.

Birnen kannte ich. Die wuchsen bei uns im Garten. Aber Birnen, die glühen sollten?

Zu guter Letzt zauberte mein Vater aus seiner Arbeitstasche hübsche, gläserne Gegenstände, die wirklich die Form von Birnen hatten.

»Das ist eine Glühbirne«, erklärte er mir, ehe er sie im Wohnzimmer in die Lampe schraubte.

»Es kommt ja gar kein Licht«, stellte ich, ein weiteres Mal enttäuscht, fest.

»Na, dann dreh mal an dem Schalter, den ich neben der Tür angebracht habe.«

Was sollte so ein Schalter, so weit von der Glühbirne weg, schon bei ihr bewirken? Skeptisch drehte ich daran. Und siehe da: Hell erstrahlte die Lampe beziehungsweise die Birne! Das war toll! Das ganze Zimmer war hell. Man konnte überall etwas sehen. Bei der Petroleumlampe hatten wir immer ganz dicht in den Lichtschein kriechen müssen, wenn wir lesen oder stopfen wollten.

Nach und nach ließen sich auch die Leute Strom legen, die bisher noch gezögert hatten. Wahrscheinlich hatten sie endlich das nötige Geld zusammengespart, oder sie hatten sich bei den Nachbarn davon überzeugen können, dass das elektrische Licht eine feine Sache ist.

❧

Mein Großvater hatte vier Kühe und zwei Pferde im Stall. Außerdem hielten wir ein paar Schweine. Jedes Frühjahr, bevor es warm wurde, haben wir eines davon geschlachtet. Und vor Wintereinbruch wurde noch einmal geschlachtet. Zum Schlachten musste man die kühle Jahreszeit nutzen, weil es damals noch keinen Kühlschrank und keine Gefriertruhe gab. Einen Teil des Fleisches haben wir gepökelt, ein anderer wurde sofort in Gläser eingeweckt, damit wir für die nächsten Monate Fleisch und Wurst hatten.

Den größten Anteil unserer Milch brachten wir zur Molkerei, die nicht weit entfernt von uns war. Wir lieferten die Milch in Zwanzig-Liter-Kannen ab, und dann bekamen wir in diesen Kannen die Magermilch zurück. Die brauchten wir fürs Vieh, für die Kälber und Schweine.

Außer Hühnern hatten wir auch Enten und Gänse, Gänse allerdings nur wenige. Die waren so schwer aufzuziehen. Aber die Enten gediehen gut bei uns. Wir hatten einen kleinen Teich, in dem sie immer rumgematscht haben. Die Enteneier wurden hauptsächlich als Bruteier gebraucht, damit es neue Entchen gab. Die Enten hielten wir nämlich als Fleischlieferant für zwischendurch. Mutter wollte ja nicht immer nur das eingepökelte oder eingemachte Schweinefleisch auf den Tisch bringen.

Einige der Enteneier haben wir, gekocht und klein gehackt, als Futter für die Hühnerküken verwendet. Gänse hielten die Dorfbewohner hauptsächlich wegen der Federn. Zum Gänserupfen kamen immer die Frauen aus der Nachbarschaft zusammen. Meine Mutter, meine Großmutter, später meine Tante und drei oder vier Nachbarinnen setzten sich in unsere Küche und rupften gemeinsam die Gänse. Das nächste Mal trafen sich dieselben Frauen dann bei einer anderen zum Rupfen. Das ging so reihum. In Gesellschaft machte das Rupfen einfach mehr Spaß, als wenn jede allein in ihrem Kämmerlein gesessen hätte. Besonders begehrt waren die Brustfedern, die Daunen. Die wurden immer in extra Säcken verstaut.

Selten hatten wir mehr als fünf oder sechs Gänse, weil sie schwer großzuziehen waren. Wir waren ja nicht immer auf dem Hof, um sie in Sicherheit zu bringen, wenn zum Beispiel ein plötzliches Gewitter kam. Da wurden die Gänseküken nass, weil sie sich ja nicht unterstellen konnten. Sie blieben, wo sie waren, und streckten den Schnabel in die Luft, um die Tropfen aufzufangen. Dabei wurden sie klitschnass. Dadurch erkälteten sie sich und starben dann. Wenn wir sie aber rechtzeitig erwischten, packten wir sie in alte Lumpen und trockneten sie am Kachelherd. Manchmal haben wir sie auf diese Weise durchgebracht.

Die Gänse blieben immer auf dem eingezäunten Hof und wurden von uns gefüttert. Brennnesseln haben wir gepflückt und zerhackt. Darunter wurden dann zerdrückte Pellkartoffeln und feiner Schrot gemengt. Das war ein köstliches Gänsefutter.

Auch die Enten und Hühner beteiligten sich an der Mahlzeit. Sie liefen ja alle durcheinander auf dem Hof. Sobald die Gänse ein gewisses Alter erreicht hatten, kamen sie in den Topf. Es gab natürlich auch Bauern, die viele Gänse im Stall gehalten haben. Das waren die Mastgänse, die an die Städter als Weihnachtsbraten verkauft wurden. Das haben wir nie gemacht.

Es blieb nicht aus, dass ich ab einem gewissen Alter im Stall mithelfen musste. So mit zwölf, dreizehn konnte ich schon Kühe melken und die Milch schleudern. Dazu musste ich sie in der Milchkammer in eine Zentrifuge schütten und die Zentrifuge mit einer Kurbel drehen, damit der Rahm von der Milch getrennt wurde. Der Rahm floss in einem dünnen Strahl auf der einen Seite heraus, die Magermilch in einem dicken Strahl auf der anderen Seite. Wenn die Milch in den Eimer lief, bildete sich oben drauf ein weißer, dicker Schaum. Der Schaum schmeckte vorzüglich. Es war fast nichts dran, aber es war das Einzige, das wir Kinder zwischendurch naschen konnten. Man hat ja aus allem was gemacht. Wir waren nicht so anspruchsvoll wie die heutigen Kinder.

Auch Butter musste ich zu dieser Zeit machen. Ich schüttete den Rahm der letzten Tage in ein Butterfass. Mit einem Stampfer musste ich dann so lange stampfen, bis aus dem Rahm Butter wurde. Das war ganz schön anstrengend. Dann holte ich die fertige Butter aus dem Fass. Übrig blieb die feine, säuerliche Buttermilch. Die tranken wir alle mit Begeisterung.

Damit war die Butter aber noch lange nicht fertig! Weil sie noch zu viel Wasser enthielt, musste sie zwischen zwei Brettern immer hin und her geschlagen werden. Anschließend strich ich sie sorgfältig in eine Holzform, in die genau ein Pfund Butter passte. Im Boden der Form war eine ausgeschnitzte Vertiefung in Form einer Blüte. Dadurch hatte die Butter nach dem Ausstülpen eine schöne erhabene Verzierung. Dann wurde die Butter auf einem Brett auf ein Stück Pergamentpapier gekippt. Das Papier wurde an einer Seite hochgeklappt und das nächste Butterstück daneben gestülpt. War das Brett voll, wurde es in einen Korb gelegt – die Butter war fertig für den Weg in die Stadt.

❧

Ich möchte noch ein Wort zur Reinlichkeit sagen.

Bei uns wurde jede Woche gewaschen. Wasser holten wir vom Brunnen im Hof. Jeder Hof hatte einen

Ziehbrunnen. Alles Wasser mussten wir vom Brunnen ins Haus schleppen: zum Kochen, zum Waschen und auch für das Vieh.

Das Regenwasser, das wir in Kübeln und Fässern aufgefangen haben, war nur zum Wäschewaschen. Es war wunderbar weich – da brauchte man nicht so viel Waschpulver.

Am Tag vor der Wäsche wurde eingeweicht. Die Wäsche war ja viel dreckiger als heute von der Feldarbeit und vom Stall. Und die Waschmittel waren noch nicht so gut wie heute. Am Waschtag selbst wurde die Wäsche dann mit Waschpulver in einem Riesenkessel auf dem Küchenherd gekocht. Der volle Kessel war so schwer, dass man ihn nicht tragen konnte. Deshalb wurde die Wäsche, nachdem sie lange genug gekocht hatte, mit einem großen Holzlöffel herausgefischt und eimerweise auf den Hof getragen. Dort stand auf einer Bank eine große Holzbütte und daneben ein Tisch. Darauf legte man die Herrenhemden breit aus, rieb die schmutzigsten Stellen, wie Kragen und Manschetten, mit Schmierseife ein und bearbeitete sie mit einer Wurzelbürste so lange, bis sie sauber waren. Das war zwar nicht schonend, aber die Wäsche wurde sauber. Die übrige Wäsche knetete und rührte und scheuerte man in der Bütte so lange, bis der Schmutz gelöst war.

Es war ein kleiner Reichtum, eine Mühle zu haben. Mein Großvater besaß eine eigene Windmühle. Die fiel später leider zusammen, weil nichts mehr dran gemacht wurde. Ein Flügel nach dem anderen brach ab. Es gab ja keinen Handwerker mehr, der etwas davon verstand.

Aber in meiner Kindheit war die Mühle Großvaters ganzer Stolz gewesen. Mehl konnte er damit nicht mahlen, nur Schrot für das Viehfutter. Manchmal war ich dabei, wenn er das Getreide in den Trichter kippte und unten Schrot rauskam. Wenn wir Mehl brauchten, mussten wir unsere Getreidesäcke zu einer größeren Mühle fahren, ebenfalls eine Windmühle. Dort kam ich immer vorbei, wenn ich zur Konfirmandenstunde musste. Da sah ich immer, wie die Bauern mit ihren Wagen Schlange standen.

Jeden Donnerstag mussten wir zum Konfirmandenunterricht nach Bergen. Da gab es kein Pardon. Wie wir dahin kamen, war dem Pfarrer egal. Uns blieb nichts anderes übrig, als die Füße zu benutzen. Bei Wind und Wetter. In diesem Zusammenhang fällt mir meine Tante Trina ein, die ebenfalls in unserem Dorf wohnte. Wenn sie etwas aus der Stadt brauchte, hat sie mir ihr Fahrrad geliehen und mich losgeschickt. Da war ich dreizehn, vierzehn Jahre alt. Wenn ich aber selbst mal was brauchte, hat sie mir ihr Fahrrad nicht geliehen. Das hat mich immer gewurmt. Diese Haltung habe ich, so lange sie lebte, nicht verkraftet. Es hat mir wehgetan, dass sie so egoistisch war. Sie dachte immer nur an ihre Besorgungen, die ich zu machen hatte. Zur Belohnung hätte sie mir das Rad doch auch mal leihen können, für meine eigenen Besorgungen. Für mich wäre es viel einfacher gewesen, zur Konfirmandenstunde zu kommen, wenn ich dazu das Fahrrad hätte benutzen dürfen.

❧

Das herausragende Ereignis des Jahres war immer der Jahrmarkt in Bergen. Alle gingen da hin, da ließ man sich durch nichts abhalten. Den Jahrmarkt hat der Großvater nie vergessen. Ich sehe ihn noch vor mir, wie er vor dem Spiegel steht und sich herausputzt. Er zog ein frisches Hemd an, seinen Sonntagsanzug und setzte seinen Hut auf. Der Hut war das Wichtigste. Den setzte er sonst das ganze Jahr nicht auf. Aber zum Jahrmarkt, da ging er nur mit Hut!

Die Großmutter ging nie mit, jedenfalls nicht zu der Zeit, an die ich mich erinnern kann. Aber meine Mutter und meine Geschwister ließen sich den Besuch des Jahrmarktes nicht entgehen. Wir gingen immer alle zu Fuß da hin. Sicher, der Großvater hatte Pferd und Wagen. Aber doch nicht für den Jahrmarkt! So großzügig war er nicht. Pferd und Wagen mussten für die Arbeit geschont werden. Das wäre zu kostspielig gewesen, die Pferde für einen Weg einzusetzen, den man ebenso gut laufen konnte.

Erwartungsvoll ging es also zu Fuß nach Bergen. Wie ich bereits erwähnte, gab der Großvater jedem von uns Jahrmarktsgeld und mir immer ein bisschen mehr. Wenn wir auf dem Markt eintrafen – was für ein Erlebnis! Ich kam mir vor wie im Paradies. Ein Karussell gab es, eine Schießbude, eine Schiffschaukel und die Jahrmarktsschreier! Die priesen alles Mögliche an. Bude an Bude reihte sich aneinander, in denen man die unterschiedlichsten Sachen kaufen konnte: Spielzeug, Süßigkeiten, Kleidung, Schuhe, Töpfe und was weiß ich sonst noch alles.

Zu verlockend waren die Angebote. Da hieß es genau überlegen, wofür man seine Pfennige ausgab. Bei meinen Geschwistern war das Geld immer gleich weg. Ich dagegen überlegte und rechnete und verwarf meine Pläne so oft, dass ich manchmal mein Geld noch nicht ausgegeben hatte, wenn es wieder heimwärts ging. Nur, um schnell noch etwas zu kaufen, erstand ich mir einmal eine Zuckerstange. An der hatte ich zu lecken, bis wir wieder zu Hause waren.

❧

Nach meiner Konfirmation rückte der Tag meiner Schulentlassung näher. Mit Bammel sah ich ihm entgegen. Denn meine Mutter hatte aus der Zeitung eine Lehrstelle für mich gefunden. Ich sollte als Lehrling in einen Haushalt nach Barbe gehen, einem kleinen Badeort, der zwanzig Kilometer von unserem Dorf entfernt lag. So weit sollte ich von zu Hause weg!

Die Familie, in die ich kam, bestand aus einem unverheirateten Lehrer und seiner achtzigjährigen Mutter. Die alte Frau hatte den Haushalt bis zu diesem Zeitpunkt allein geführt und alles selbst gemacht. Nun brauchte sie aus Altersgründen ein Mädchen, das ihr zur Hand ging.

›Zur Hand gehen‹ war aber sehr milde ausgedrückt. Von Anfang an musste ich alles machen. Zum Glück hatte ich das zu Hause schon gelernt. Nur das Kochen machte sie anfangs noch selbst. Nach und nach brachte sie mir bei, wie und was sie und ihr Sohn gern mochten, und dann übernahm ich auch das Kochen. Zehn Mark habe ich als Lohn bekommen. Davon kaufte ich mir Kleidung oder auch mal ein Paar Schuhe.

So nett Mutter und Sohn auch zu mir waren, ich hatte doch ständig Heimweh. Meine Mutter fehlte mir so sehr. Wäre es nicht gar so weit gewesen, dann wäre ich jeden Tag nach Hause gelaufen. Weil es aber so weit war, marschierte ich die zwanzig Kilometer nur am Samstag. Sonst hätte ich es nicht ausgehalten vor Heimweh. Zu Hause redete mir meine Mutter jedes Mal gut zu, ich solle wieder zurückgehen. Meine Arbeitgeber in Barbe gaben sich die größte Mühe, mir den Aufenthalt angenehm zu machen. Trotzdem, als nach zwei Jahren die Lehrzeit endlich um war, bin ich mit fliegenden Fahnen wieder nach Hause zurückgegangen.

Eigentlich hätte ich Schneiderin wie meine Mutter werden wollen. Sie hat immer alles für die Familie oder auch schon mal für Verwandte genäht, wenn diese sie eindringlich darum baten. Den Stoff hat sie in Bergen gekauft, im Kaufhaus Sauer. Da bin ich leidenschaftlich gerne mitgegangen. Das war immer so schön, aus den vielen bunten Stoffen etwas aussuchen zu können. Aber meine Mutter wollte nicht, dass ich Nähen lerne.

Mein Glück zu Hause währte nicht lange.

»Du musst Geld verdienen«, eröffnete mir meine Mutter nach wenigen Tagen. »Ich habe eine neue Stelle für dich gefunden. Auch in Barbe. Aber beim Kurdirektor. Da verdienst du wesentlich mehr.«

Folgsam, wie ich war, ließ ich mich nach dort abschieben. Ich verdiente wirklich mehr, musste aber auch mehr arbeiten. Dennoch hatte ich es gut. Ich hatte ein schönes Zimmer, bekam gutes Essen und konnte auch mal an den Strand gehen.

Die Frau des Kurdirektors war vielleicht ein bisschen hochgestochen. Aber das störte mich nicht – zu mir war sie nett. Das hätte meine Mutter auch nicht geduldet, dass ich dort bleibe, wenn es mir nicht gut gegangen wäre. Arbeiten muss man ja. Das gehört zum Leben.

Gut zwei Jahre blieb ich dort. Dann begann der Zweite Weltkrieg, und die Kurgäste wurden schlagartig weniger. Deshalb brauchte man mich nicht mehr. Frohen Herzens kehrte ich nach Hause zurück.

Bei Kriegsausbruch waren viele Männer eingezogen worden, auch mein Onkel. Er kam zur Kavallerie.

Wenn auch die Männer weg waren – das Leben musste schließlich weitergehen. Auch bei der Bahn. Deshalb suchten sie weibliche Angestellte. Ich bewarb mich umgehend und wurde angenommen.

Nach meiner Ausbildung wurde ich am Fahrkartenschalter und in der Güterabfertigung eingesetzt. Über diesen guten Posten war ich sehr glücklich. Er war nicht nur sicher, er machte mir auch Spaß! Es war ein wesentlich angenehmeres Arbeiten als in der Landwirtschaft oder in einem Stadthaushalt.

Das Schönste aber daran war, dass ich am Bahnhof in Bergen eingesetzt wurde. So konnte ich jeden Tag nach Hause gehen! Von meinem Lohn sparte ich jeden Pfennig, bis ich mir ein Fahrrad kaufen konnte.

Nun fühlte ich mich wie im Paradies.

Eine überschattete Kindheit

Bärbele, Jahrgang 1927, aus Singen/Hohentwiel

Meine Kindheit war überschattet von der Scheidung meiner Eltern. Damit will ich nicht sagen, dass es nicht auch schöne Zeiten gegeben hat und Momente der Freude. Doch immer wieder belastete mich die Tatsache, dass sich meine Eltern nicht mehr verstanden. Eine Scheidung ist ja nicht plötzlich da. Sie ist auch nicht abgeschlossen, wenn sie ausgesprochen worden ist. Ich habe schon lange vor der Scheidung vieles mitbekommen, was mich belastet hat. Und danach erst recht.

Wir waren fünf Geschwister. Die beiden Großen, damals dreizehn und vierzehn Jahre alt, steckten das Ganze leichter weg. Vielleicht hatten sie eine robustere Natur als ich. Und auch unserer Gerda, nur ein Jahr jünger als ich, schien es nichts auszumachen. Gerda war ein lebhaftes Kind. Sie ist auf jeden zugegangen. Die war zu lebhaft, meine ich. Was ich zu wenig hatte, hatte die zu viel.

Mich aber und auch meinen jüngsten Bruder Hermann hat die Trennung meiner Eltern arg getroffen. Ängstlich und ein bisschen in mich gekehrt war ich ja schon immer gewesen. Durch die Scheidung wurde das noch verstärkt. Ich verkroch mich in mein Schneckenhaus. Selbst von meiner Freundin zog ich mich zurück. Die Scheidung meiner Eltern hat mich so sehr belastet, dass ich davon krank geworden bin, körperlich und seelisch. Ich verfiel in Schwermut. Vorher bin ich recht gern in die Schule gegangen. Nicht nur, weil die Lehrerin immer so interessant erzählte, sondern auch, weil ich gerne mit den Mitschülern spielte. Während der Wochen der Scheidung und besonders danach wurde ich dann regelrecht kontaktscheu.

Auch zu Hause sonderte ich mich ab. Am liebsten spielte ich ganz allein mit meiner Puppe. Bei schlechtem Wetter blieb ich in meinem Zimmer, bei schönem Wetter spielte ich im Hof mit meinem Puppenwägele. Meine Puppe war mein Ein und Alles. Mit ihr konnte ich reden, ihr konnte ich meinen ganzen Kummer anvertrauen.

Mein Vater war Kaufmann und dadurch viel unterwegs. Das fand ich eigentlich gut, denn ich hatte regelrecht Angst vor ihm. Als wir mit Mutter aus unserem Elternhaus wegzogen, hat er mir gar nicht so sehr gefehlt.

Damals waren Scheidungen noch nicht so häufig wie heute. Eine Scheidung galt als Makel für die ganze Familie. Es war eine Kränkung, die der Vater uns und der Mutter angetan hatte, eine Blamage vor der Öffentlichkeit. Ich dachte, jeder würde mit Fingern auf uns zeigen.

Mit dem Scheidungsurteil verlor meine Mutter die Wohnung. Nun wurde die ganze Familie auseinander gerissen. Ich habe furchtbar geweint. Meine Eltern hatten sich darauf geeinigt, dass die Mädle bei der Mutter bleiben sollten und die Buben beim Vater. Wir Kinder wurden gar nicht gefragt. Dabei haben wir fünf Geschwister sehr aneinander gehangen. Wir haben anfangs alle unter dieser Entscheidung gelitten.

Mein jüngster Bruder, der Hermann, und ich verschmerzten es am wenigsten.

Mutter und wir Mädle mussten ausziehen. Da Mutter nicht gleich eine Wohnung fand, schlüpfte sie ohne uns bei einer Freundin unter. Meine älteste Schwester, die Maria, kam gerade aus der Schule und ging in ihr Pflichtjahr, wie das damals üblich war. Wir beiden Jüngeren aber, die Gerda und ich, kamen, bis die Mutter eine kleine Wohnung gefunden hatte, in ein Heim.

Bis zur Scheidung hatten wir immer ein Dienstmädchen gehabt. Jetzt konnte sich Mutter natürlich keines mehr leisten. Da haben wir Mädle kräftig im Haushalt mithelfen müssen. Wir konnten die Mutter doch nicht alles allein machen lassen, wenn sie müde und geschafft nach Hause kam.

Damals, in den Dreißigerjahren, war es ungewöhnlich, dass eine Frau arbeiten ging, zumal, wenn sie Kinder aufzuziehen hatte. Aber meiner Mutter blieb nichts anderes übrig. Wir wären sonst verhungert. Sie ging auf die ›Aluminium‹ arbeiten. So nannte man das Werk, das Dinge aus Aluminium herstellte: Töpfe, Bestecke, Teller, Backbleche und Silberpapier, das man hauptsächlich zum Verpacken von Schokolade verwendete. Heute nennen wir das Alufolie.

Meine Brüder und wir kleinen Schwestern besuchten auch nach der Trennung dieselbe Volksschule. In den Pausen konnten wir uns also sehen. Wie eine kleine, verschreckte Herde standen wir immer beisammen. Bei der Gelegenheit schob ich Hermann immer ein Pausenbrot zu, das Mutter eigens für ihn geschmiert und mir in die Tasche gesteckt hatte.

»Bring das dem Hermann mit«, hatte sie mir ans Herz gelegt. »Er hat immer so'n Hunger.«

Uns belastete nicht nur die Scheidung als solche. Es war auch die anschließende schlechte Zeit. Denn zwei Jahre später brach der Zweite Weltkrieg aus.

So etwas wie ein ›Besuchsrecht‹ hat es damals wahrscheinlich noch nicht gegeben. Denn wir haben den Vater nur selten besucht, nur an Weihnachten und zu Ostern. Und nur, weil die Mutter gedrängt hat: »Geht halt und besucht euren Vater. Wenn der auch nicht mehr bei uns wohnt, so bleibt er doch euer Vater.« Na ja, um der Mutter zu gehorchen und um die Brüder zu sehen, sind wir eben hingegangen.

Vater ist nie zu uns gekommen. Vielleicht wollte die Mutter das nicht. Es wäre sicher schmerzlich für sie gewesen, den Mann wieder sehen zu müssen, der sie wegen einer anderen verlassen hatte.

Vielleicht war es aber auch die neue Frau, die nicht wollte, dass uns mein Vater besuchte. Mit diesem Gedanken habe ich mich immer getröstet. Denn der Gedanke, dass er nicht kommt, weil er kein Interesse an uns hat, war zu schmerzhaft. Ich dachte, er liebt mich nicht mehr. Und manchmal befürchtete ich, der Vater ist gegangen, weil ich etwas falsch gemacht habe.

Mein jüngster Bruder, der Hermann, hatte es in der neuen Familie nicht gut. Wir wussten, dass er nicht genug zu essen bekam und dass er wie ein Aschenputtel gehalten wurde, wenn man das bei einem Jungen so sagen darf. Seine Stiefschwester dagegen, die Tochter aus der ersten Ehe der neuen Frau, wurde wie eine Prinzessin gehalten. Das ›Dämle‹ bekam Klavierunterricht, während Hermann den Haushalt machen musste. Ich meine, es hat ihm nicht geschadet. Aber die Ungerechtigkeit – die hat ihn und mich gestört.

Einmal ist er davongelaufen. Es ging ihm wirklich schlecht. Plötzlich stand der Hermann vor unserer Tür. Er weinte.

»Mutter, lass mich bei dir bleiben.«

Der Mutter war das recht. Ihr tat der Bub ja so Leid. Wir beiden Mädle freuten uns mächtig. Endlich würde der Hermann wieder bei uns wohnen.

Das war um Weihnachten herum.

Auf einmal läutete es, und mein Vater stand vor der Tür, seine neue Frau direkt hinter ihm. Sie wollte sich mit ihm in unsere Wohnung drängen. Aber er fauchte sie barsch an: »Du bleibst draußen!«

Ich hab mich gewundert, dass er so mit ihr sprach. Es hat mich aber auch gefreut. Denn sie war es doch gewesen, die unsere Familie ins Unglück gestürzt hatte. Der Vater stand in der Küche und streckte die Hand nach dem Hermann aus. Da haben wir Mädle uns dazwischengestellt und gefleht:

»Vater, tu dem Hermann nichts. Der hat halt zu uns wollen. Lass ihn bitte hier!«

»Dem passiert nichts«, versicherte der Vater. »Dafür garantiere ich. Aber er muss mit!«

Der Hermann hatte sich nicht von der Stelle gerührt. Jetzt wollte die Frau, die vor der offenen Tür gewartet hatte, eingreifen. Aber der Vater schnauzte sie wieder an:

»Du bleibst draußen! Das ist meine Sache.«

Diese Haltung hat mich irgendwie beeindruckt. Aber was blieb meinem kleinen Bruder trotz dieses Auftritts übrig? Der Vater hat ihn mitgenommen, und er hat weiter gelitten.

Auch meinem älteren Bruder muss es in der neuen Familie nicht gut gegangen sein. Aber er hat nie geklagt. Als er aber alt genug war, meldete er sich sofort freiwillig als Soldat. Hermann erzählte, dass er das nur gemacht hatte, um von daheim wegzukommen. Er habe das Leben dort nicht mehr länger ertragen wollen.

Nun war der Hermann ganz allein dieser Familie ausgesetzt. Auch er meldete sich in seiner Verzweiflung noch Anfang 1945 zum Kriegsdienst. Da war er gerade mal sechzehn. Er kam nach München und hat dort eine militärische Ausbildung angefangen. Aber ehe er zum Einsatz kam, war der Krieg aus. Zum Glück!

❧

Ich habe eine Patin gehabt und einen Paten, die sehr gut zu mir waren. Ich hing mit großer kindlicher Liebe an den beiden. Sie verstanden mich besser als mein Vater, ja sogar besser als meine Mutter. Obwohl ich mit ihnen gar nicht verwandt war.

Mein Vater hatte sein Geschäft genau am Tag meiner Geburt, am 13. Februar 1927, eröffnet. Eine Firma für Möbeltransporte. Mehrere große Möbelwagen liefen auf seinen Namen.

Einer von seinen drei Teilhabern ist mein Pate geworden.

Das kam so: Der Mann war schon längere Zeit kinderlos verheiratet gewesen. Seine Frau und er liebten aber Kinder über alles. Und als nun die Nachricht von meiner Geburt in der neu gegründeten Firma eintraf, hatte er sich so gefreut, dass er spontan verkündete: »Das wird unser Patenkind!«

Seine Frau und er übernahmen zusammen die Patenschaft. Ich bekam so manches von ihnen zugesteckt, was meine Geschwister nicht hatten. Zu Weihnachten, zum Geburtstag und zu Ostern schenkten sie mir immer etwas. Das ärgerte meine jüngere Schwester Gerda, und sie beschwerte sich: »Du kriegst immer alles doppelt.«

Ich hab halt immer sorgfältig auf meine Sachen aufgepasst. Deshalb hatte ich auch mehr als sie. Gerda hat viel kaputt gemacht. Ihren Puppen hat sie Arme und Beine herausgerissen und aus ihren Bilderbüchern die Seiten. Sie war halt ein ganz anderer Schlag als ich. Meine Patin hat mich deshalb immer gewarnt.

»Wenn die Gerda kommt, dann tu alles weg.« Das hab ich auch befolgt, damit sie mir mein Zeug nicht kaputt machen konnte.

Meine Paten haben viel für mich getan. Sie mochten mich. Vielleicht, weil ich durch die ganzen familiären Verhältnisse ein so ruhiges Kind geworden war. Sie wollten mich sogar ganz zu sich nehmen. Meine Mutter überließ die Entscheidung mir, ob ich dahin gehe oder ob ich bei ihr bleibe. ›Nein‹, dachte ich, ›da gehst du nicht hin. Du hast doch eine Mutter, und du hast deine Schwestern, von denen gehst du nicht weg.‹ Obwohl ich meine Patin liebte, löste ihr Vorschlag Panik bei mir aus. Ich dachte sogar, die fremde Frau will mich nur haben, damit ich bei ihr schaffe.

Die beiden waren über meine Weigerung natürlich sehr enttäuscht. Sie haben mir aber trotzdem wunderschöne Geschenke gemacht und waren nett zu mir wie vorher.

Nachdem meine große Schwester Maria ihr Pflichtjahr abgeleistet hatte, kam sie für eine Ausbildung als

Köchin ins ›Zentral- Hotel‹. Das war das erste Haus am Platze. Den Beruf hat sie viele Jahre lang ausgeübt. Wir Jüngeren durften immer zu ihr, wenn sie frei hatte. Dann kochte sie für uns unsere Leibspeisen.

In unserem Städtle gab es ein Freibad. Im Sommer, wenn es heiß war, steckte uns die Mutter schon mal ein Zehnerle zu. Dann sind die Gerda und ich zum Schwimmen gegangen. Anschließend haben wir gerne einen Abstecher zu Maria ins Hotel gemacht.

Einmal hatte sie etwas ganz Besonderes für uns. Von einem Festessen waren Froschschenkel übrig geblieben.

»Die müssen heute noch weg«, erklärte uns Maria. »Bis morgen halten die sich nicht mehr. Mögt ihr die?«

Hunger hatten wir ja. Wir wussten aber nicht, was da auf uns zukommt. Wir hatten noch nie so etwas gegessen. Meine Schwester bereitete die Schenkel vor unseren staunenden Augen zu.

»Die leben ja noch«, rief ich entsetzt, als einer der Froschschenkel in der Pfanne zur Seite sprang.

»Ach was«, klärte uns Köchin Maria auf. »Die bewegen sich nur, weil sich die Muskeln durch die Hitze zusammenziehen.«

Wir blieben trotzdem misstrauisch. Ganz vorsichtig kosteten wir davon. Und wie das schmeckte! Das Fleisch war butterzart. Im Nu waren alle Froschknöchelchen abgenagt.

Es war geplant, dass die Gerda und ich miteinander zur Erstkommunion gehen sollten. Vor der Scheidung waren die Maria und der Fritz auch gemeinsam gegangen. Nun meinte die Mutter, dass ein Doppelfest billiger zu feiern sei als zwei Einzelfeste. Da ich die Ältere war, musste ich also ein Jahr warten.

Als dieses Jahr endlich um war und wir schon eifrig den Kommunionsunterricht besucht hatten, ist meine Schwester kurz vor Ostern gestürzt. Sie war ja immer lebhaft und hat alles Mögliche angestellt. Nun war sie auf Stelzen gelaufen und mit ihnen so unglücklich gefallen, dass sie sich ein Bein gebrochen hat. Da hieß es nun für mich, noch ein weiteres Jahr zu warten.

»Aber ich will nicht noch mal ein Jahr warten«, jammerte ich. Meine Mutter überlegte, was sich da tun ließe, und hatte eine famose Idee: Sie lieh sich in der Nachbarschaft einen Kinderwagen aus, so ein Sportwägele. Da setzte sie am Tag der Erstkommunion meine Schwester hinein. Man muss sich das vorstellen: Ein elfjähriges Mädle im Kinderwagen!

So hat meine Mutter die Gerda zum Altar geschoben. Meine Mutter hatte sich die Kommunion ihrer beiden Töchter anders vorgestellt: Beide gingen in gleichen weißen Kleidern, die sie extra für uns nähen lassen hatte, nach vorn zum Altar. Beide in gleichen wollenen Umhängen, die sie extra aus feiner Schweizer Wolle gehäkelt hatte – es hätte ja kalt sein können. Beide in gleichen Schuhen, mit den gleichen Kränzchen und dem gleichen Kerzenschmuck.

Wegen Gerdas unglücklichem Stelzengehen wurde also nichts aus diesem gemeinsamen Auftritt. Ich glaube, die ganze Familie war enttäuscht. Aber das anschließende Fest, zu dem alle Verwandten eingeladen worden waren, war sehr schön. Nur mein Vater war nicht dabei. Mir hat er nicht gefehlt.

Meine Mutter stammte aus Mannheim. Es lebte noch eine Tante von uns dort, die Schwester meiner Mutter. Ihre andere Schwester hatte nach Zürich geheiratet. Deshalb verbrachten wir jüngeren Töchter – immer nur eine – unsere Sommerferien abwechselnd in Mannheim und in Zürich.

In den Sommerferien 1939 war ich mal wieder dran, Urlaub in Mannheim zu machen. Anfang September, die Ferien waren noch gar nicht um, erschien ganz überraschend meine Mutter und holte mich ab.

»Es ist Krieg«, erklärte sie mir, »da will ich euch beisammen haben.« Sie setzte mich zu Hause ab und rannte sofort wieder zum Bahnhof. Mit dem nächsten Zug fuhr sie nach Zürich und holte Gerda ebenso unerwartet ab. Sie sind gerade noch über die Grenze gekommen. Kurz darauf wurde sie dichtgemacht.

In meinen drei letzten Schuljahren hatte ich eine Lehrerin, vor der ich immer Angst hatte. Als wir kürzlich Klassentreffen hatten, unterhielten wir uns auch über diese Lehrerin. So spät erfuhr ich erst, dass auch viele andere meiner Mitschülerinnen Angst vor ihr gehabt hatten.

»Die sollte heute noch mal da sein«, schimpfte eine meiner ehemaligen Mitschülerinnen. »Die würde sich umschauen. Das, was die mit uns gemacht hat, dürfte sie sich mit den heutigen Schülern nicht mehr erlauben.«

Auch rückblickend muss ich bestätigen, dass sie wirklich eine ganz böse Person gewesen ist, genauso wie ihre Freundin, unsere Handarbeitslehrerin. Wirklich, die beiden waren ganz böse Frauen.

Wir mussten damals viel auswendig lernen, z. B.

Schillers ›Glocke‹. Zu Hause hab ich's immer können. Sobald ich aber in der Schule war und die Lehrerin mich so böse anschaute, dann war's aus. Dann kam nichts mehr über meine Lippen.

Einmal wollte mich diese Lehrerin ungerechtfertigter Weise bestrafen. Das war so: Meine Mutter war krank. Ich sollte deshalb gleich nach dem Unterricht zu meiner Schwester Maria gehen und mir dort etwas zu essen geben lassen. Ich blieb so lange dort, bis Maria wieder ihren Dienst antreten musste. Erst dann wollte ich nach Hause gehen.

»Ich muss jetzt heim und noch einen Aufsatz schreiben.«

»Ach was«, bestimmte meine Schwester, »den Aufsatz schreibst du bei mir in der Küche.«

Das habe ich dann auch gemacht. Am Ende habe ich mit Schrecken festgestellt: »Um Gottes willen, Maria, das ja eine andere Tinte als die zu Hause! Jetzt meint die Lehrerin bestimmt, ich hätte den Aufsatz in der Schule geschrieben.«

»Ach was«, versuchte meine Schwester mich zu beruhigen. »Du musst halt sagen, wie es war. Du erklärst ihr, dass die Mutter krank ist, und dass du die Aufgaben bei mir im Hotel gemacht hast.«

Dennoch bin ich am anderen Tag mit Angst zur Schule gegangen. Wie üblich mussten wir die Hefte vorzeigen.

»Das hast du in der Schule gemacht!«, herrschte mich die Lehrerin an.

Ich hab's ja gewusst, dass es so kommt! Zitternd vor Angst beteuerte ich jedoch: »Nein, ich hab die nicht in der Schule gemacht.« Zu weiteren Erklärungen kam ich gar nicht.

»Raus!«, schrie sie mich an. Das war ihr einziger Kommentar.

Ich wusste, was sie damit meinte: Ich sollte nach vorne kommen, um mir einige ›Tatzen‹ abzuholen. So nannten wir das, wenn sie uns mit dem Tatzenstock über die offenen Handflächen schlug.

›Nein‹, dachte ich, ›das machst du nicht.‹ Ich trat zwar aus meiner Bank, aber statt ans Pult zu gehen, verließ ich die Klasse, entmutigt, wütend, weinend. Ich rannte zu meiner Schwester in die Hotelküche.

»Sie hat's nicht geglaubt. Ich hab's dir doch gesagt. Sie hat behauptet, ich hätte die Aufgabe in der Schule gemacht.«

»Was??«, empörte sich meine Schwester, und ihre Mitarbeiterin stimmte ihr zu.

»Das lassen wir nicht auf dir sitzen. Morgen gehen wir zu deinem Rektor.«

Am nächsten Morgen ging aber dann doch nur meine Schwester mit mir zum Rektor. Sie schilderte ihm den Sachverhalt.

Der ließ die verhasste Lehrerin rufen und machte ihr tatsächlich Vorhaltungen. In meinem Beisein und im Beisein meiner Schwester sagte er wörtlich: »Das hätten Sie aber nicht tun dürfen.«

Das machte mich ziemlich stolz. Andererseits erfüllte es mich mit Sorge vor den Folgen, die das haben könnte. Deshalb habe ich am ganzen Leibe gezittert.

Und ich hatte mit meiner Befürchtung Recht. Die Lehrerin ließ mich nach diesem Auftritt links liegen. Sie hat mich nicht mehr angeschaut. Sie hat mich im Unterricht nichts mehr gefragt. Sie hat sich nicht einmal mehr für meine Hausaufgaben interessiert.

Auf diese Weise hatte ich nun endlich meine Ruhe vor ihr. Aber es hat auch wehgetan.

❧

Gleich nach meiner Schulentlassung bin ich ins Pflichtjahr gekommen. Zu einem Bauern an die Schweizer Grenze. Das war ein Großbauer mit fünfzehn, sechzehn Kühen. Sogar ein Pferd hatte der.

Als ich vom Bahnhof kam, standen die Bäuerin und ein Mädle, das schon lange vor mir auf dem Hof war, am Fenster und erwarteten mich. Als sie mich sahen, wie ich mit meinem Köfferle in der Hand, an der Seite meiner Mutter, auf den Hof zuschritt, soll die Bäuerin sehr erschrocken gewesen sein.

»Um Gottes willen«, soll sie bei meinem Anblick ausgerufen haben. »Guck mal, das ist ja ein kleines Kind. Das bleibt nicht lang bei uns.«

Trotz dieser Prophezeiung blieb ich mein ganzes Pflichtjahr dort. Obwohl ich streng arbeiten musste, gefiel es mir bei diesen Leuten sehr gut. Bei allen Arbeiten, die in Haus, Stall und Feld anfielen, musste ich fest zupacken. Nur melken brauchte ich nicht. Der Bauer hatte mich rechtzeitig mit einem Lächeln gewarnt.

»Kind, wenn du melken lernst, dann musst du auch am Sonntagabend immer da sein. Stell dich also ein bisschen dumm an.«

Der war überhaupt nett zu mir. Der hat mir immer geholfen und mir hin und wieder etwas zugesteckt. Die haben ja auf dem Anwesen viel Obst gehabt. Die Bäuerin war ein wenig geizig, sie hat mir nie etwas davon gegeben. Der Bauer aber hat mir immer heimlich, wenn sie es nicht sehen konnte, etwas davon in die

Hand gedrückt. Der hat mich gemocht. So wie ihn habe ich mir immer meinen Vater gewünscht.

Melken brauchte ich also nicht. Aber ich musste oft die schweren Milchkannen zum Sammelplatz schleppen. Bevor ich die Milch wegbrachte, zog ich immer eine frische Schürze an.

Dann stellte ich mich vor den Spiegel und kämmte mich ordentlich. Manchmal band ich auch noch eine Schleife ins Haar. Es kamen ja auch immer mal Burschen zum Milchabliefern. Mit denen habe ich ganz gern ein Schwätzle gehalten, und dabei wollte ich schließlich ein bisschen nett aussehen. Die Bäuerin hat das gar nicht gerne gesehen.

Unser Bauernhof lag am Berg, man konnte also sehen, wenn jemand die Straße heraufkam. Oft hielt die Bäuerin schon Ausschau nach mir. Wenn ich dann mit der leeren Kanne den Berg heraufgekeucht kam, war sie oft ungehalten.

»Wo bleibst du denn schon wieder?«

Auch kochen brauchte ich nicht. Das hat die Bäuerin selber gemacht. An ihren Herd ließ sie niemand ran. Aber zurichten fürs Kochen mussten wir Mädle schon: Kartoffeln schälen, Gemüse putzen, Geflügel rupfen. Hungern brauchten wir wirklich nicht. Die Bäuerin hat gut gekocht, und es gab reichlich. Auch für uns.

Jeden Freitag musste ich putzen. Da half es nichts, wenn der Bauer jammerte: »Aber ich brauch's Mädle doch auf dem Feld.«

»Nein, das brauche ich heute.« Die Bäuerin setzte sich jedes Mal durch.

Ich musste wirklich tüchtig schrubben. Die Treppe, der Wohnzimmerboden und der Hausgang waren aus hellem Holz. Die musste ich so schrubben, dass sie fast weiß wurden.

Der Bauernhof lag am Rande des Dorfes, er war das letzte Haus auf der rechten Seite. Dann folgte eine kleine Steigung, und dann fing schon der Wald an. Im Winter musste ich immer mit in den Wald zum ›Puschelen‹. Wir sammelten dünne Holzstücke und Reisig und banden sie zu ›Puschen‹ als Anmachholz für den Ofen zusammen.

Wenn wir bei Schnee nicht in den Wald konnten, mussten wir Mädle Säcke flicken. Die Mäuse haben ja immer wieder Kartoffelsäcke und Getreidesäcke angenagt, oder durch den häufigen Gebrauch hatten die Säcke Löcher gekriegt. Wir zerschnitten also einen alten Sack und setzten Flicken auf die Säcke, die noch zu verwenden waren.

❧

Nach meinem Pflichtjahr bin ich direkt ins ›Zentral-Hotel‹ gekommen, als Zimmermädle. Das hatte meine Schwester organisiert.

Ich wurde nur ein paar Tage lang angelernt, dann war ich als Zimmermädle gleich für ein ganzes Stockwerk verantwortlich. Das hat mir sehr gut gefallen, obwohl es ein strenger Dienst war. Manchmal ging der bis nachts um halb zwölf Uhr. Und morgens fingen wir um sieben oder um acht Uhr an, je nachdem, wer für die frühen Gäste im Frühstückszimmer zu bedienen hatte.

Die Chefin war eine herzensgute Frau. Aber sie hatte eine Schwester, die ein bisschen geizig war. Wenn wir Mädle die Vesperbrote bekamen, konnten wir immer gleich sehen, wer die Vesper für uns hergerichtet hatte.

Die Schwester hat nämlich die Butter erst draufgeschmiert und dann wieder abgekratzt. Bei der Chefin dagegen war immer eine ordentliche Schicht Butter auf dem Brot. Die hat auch selbst überall zugepackt und hat sich nicht einmal gescheut, den elektrischen Blocker zu nehmen und die Zimmer zu bohnern.

Die Leute, die bei uns für ein oder zwei Wochen Urlaub abstiegen, waren bessere Leute. Da waren namhafte Personen aus ganz Deutschland darunter!

Ich hatte ein schönes Zimmer, ganz oben unterm Hoteldach, wo auch meine Schwester Maria wohnte. Außer Kost und Logis bekamen wir nur ein paar Mark Lohn, manchmal auch ein kleines Trinkgeld. Aber Geld war damals nicht wichtig. Man hat ja nichts damit anfangen können. Wir hätten höchstens mal ins Kino gehen können. Und an Kleidung habe ich auch nicht viel gebraucht. So konnte ich den Rest meines Lohns immer sparen. Den habe ich nachher gut für meine Aussteuer brauchen können.

Nachdem ich drei Jahre im ›Zentral-Hotel‹ gearbeitet hatte, ging ich für ein halbes Jahr in die ›Aluminium‹, weil ich mal was anderes machen wollte. Aber es gefiel mir dort nicht. Und deshalb ging ich doch wieder zurück in die Landwirtschaft. Das war schon gegen Ende des Krieges.

Eines Tages erfuhren wir aus dem Radio, dass der Krieg zu Ende ist. Wirklich gemerkt haben wir das erst einige Tage später, als nämlich die Franzosen ins Dorf einmarschierten. Da hat meine Bäuerin – sie hatte eine Tochter in meinem Alter – gerufen: »Ihr Mädle kommt hoch! Die Franzosen kommen.« Zu unserer Sicherheit hat sie uns auf dem Heuboden versteckt.

Als es schien, dass keine Gefahr mehr für mich bestand, habe ich den Dienst aufgegeben und bin heimgefahren. Nun musste ich eine neue Stelle finden. Denn von irgendetwas musste ich ja leben.

In der Stadt gab es einen Aufruf, es sollten sich Mädle melden für den Haushalt bei französischen Offizieren. Die waren mit ihren Familien in Wohnungen eingezogen, aus denen die Deutschen vertrieben worden waren.

Ich kam in eine Familie mit zwei Kindern. Die Tochter war zwei, drei Jahre alt und der Sohn schon siebzehn. Jeden Vormittag musste ich vier Stunden dort arbeiten. Genauer gesagt: Vier Stunden habe ich bezahlt bekommen. Ich bin aber gern bis nach dem Essen geblieben und habe noch abgespült und die Küche sauber gemacht. So hatte ich wenigstens mein Mittagessen.

Bei den Franzosen habe ich es sehr gut gehabt. Sie sprachen nur gebrochen Deutsch, aber wir sind gut miteinander zurechtgekommen. Ich bedauere heute noch, dass ich es versäumt habe, in dieser Zeit Französisch zu lernen. Ich hatte ja die Anordnung, mit der Kleinen – Dédée hieß das Mädle – nur Deutsch zu sprechen, damit sie es lernt.

Nachmittags hatte ich frei. In dieser Zeit bin ich ab und zu mal mit der Gerda und ein paar Freundinnen zum Tanzen gegangen. Wir waren eine richtig nette Clique. Mit einem Lastwagen sind wir überall dorthin gefahren, wo Tanzmusik war.

Und wie das so ist: Eines Tages ist etwas ›passiert‹. Ich habe erst im vierten Monat den Mut aufgebracht, meinem Vater mitzuteilen, dass ich schwanger war. Obwohl ich als Kind ständig Angst vor ihm gehabt hatte, bin ich zu ihm gegangen. Ich habe gedacht, ich muss ihm das sagen. Er sollte es nicht von anderen erfahren. Noch nicht einmal meine Mutter wusste es. Ich wohnte zwar bei ihr, aber ich hatte nicht den Mut, mit ihr darüber zu sprechen. Vielleicht hat sie es vermutet, aber sie hat nichts gesagt und nichts gefragt. Auch mein Vater hat sich weniger dazu geäußert, als ich erwartet hatte.

Nur das eine sagte er mit besorgter Stimme: »Mädle, du wirst es auf einen Stall voll Kinder bringen, wenn du so früh anfängst.«

Ich war damals zwanzig Jahre alt. Vater sollte nicht Recht behalten. Ich war zwar die Erste von uns Geschwistern, die ein Kind bekommen hat. Doch es ist ein Einzelkind geblieben. Meine Geschwister haben alle mehr Kinder als ich.

Nachdem ich es also meinem Vater gebeichtet hatte, sind wir gemeinsam zu meinen künftigen Schwiegereltern gegangen. Der Schwiegervater war Lehrer.

»Du bist alt genug. Du musst wissen, was du machst«, sagte er zu seinem Sohn. Und zu mir meinte er: »Mädle, du bist noch sehr jung. Ich kann nicht beurteilen, ob er der Richtige für dich ist.«

Wenige Tage danach haben wir geheiratet. Meine Französin, bei der ich im Haushalt gewesen war, stand mit einem riesigen Rosenstrauß vor der Kirchtüre und hat mich herzlich gedrückt. Sie war eine Seele von Frau.

Jetzt sind wir schon seit achtundfünfzig Jahren verheiratet. Demnach ist er doch der Richtige gewesen.

Schäferstündchen

Wilma, Jahrgang 1913, aus S. in Rheinhessen

Ich wurde in einer alten Wassermühle geboren.

Sie war seit Generationen im Besitz der Familie meiner Mutter. Bis kurz nach 1900 war sie von unserem kleinen Dorfbach angetrieben worden. Als der Bach mit der Zeit immer weniger Wasser führte, wollte mein Großvater die Mühle auf Ölbetrieb umstellen. Aber noch ehe er jemanden fand, der ihm die Umstellung ausgeführt hätte, wurde er sich bewusst, dass es niemanden gab, der nach ihm die Mühle weiter betreiben würde. Also lohnte sich die Investition nicht. Er legte die Mühle still.

Dennoch: Von klein auf faszinierte sie mich. Schon mit zwölf Jahren beschäftigte ich mich mit ihrer Geschichte. Alles musste ich über sie wissen. Ich habe regelrecht ›Mühlenkunde‹ studiert. Jeden, der noch etwas wissen konnte, fragte ich aus. Vom Großvater ließ ich mir Papiere zeigen, in denen etwas über Wasserrecht und Mahlrechte stand. Ich stieg in dem maroden Gelände herum und suchte nach Überresten. Der Wassergraben war längst zugewuchert. Früher war das Wasser vom Dorfbach zur Mühle geleitet worden und floss, nachdem es das riesige Mühlrad angetrieben hatte, wieder in den Bach zurück.

Nun war der Bach versickert und der Graben stellenweise mit Bauschutt gefüllt.

Nur das Wasserhaus stand noch. Von Efeu umwachsen wirkte es wie ein verwunschenes Schloss. Ein Wasserhaus besteht aus einer Wand, an der das Mühlrad befestigt ist, und einer Überdachung, die an einer Seite auf Stelzen ruht. Es überragt mit seinem Dach einen Teil des Mühlradgrabens.

Der ausgetrocknete und überwucherte Graben war unheimlich tief und so dunkel, dass man beim Hinuntersehen nichts Genaues erkennen konnte. Um mein Interesse zu befriedigen, musste ich also hinuntersteigen. Es war ganz einfach. Auf einigen vorstehenden rauen Steinen in der gemauerten Grabenwand konnte ich gut Tritt fassen. Wenn ich von unten dann nach oben guckte, wurde mir ganz schwindlig, so hoch war das – so hoch wie ein Haus. Als ich ganz unten war, stand ich mit den Füßen im Grundwasser. Aber das machte mir nichts. Ich hatte ja keine Schuhe an. Das Wasser war klar und kalt.

Der Großvater hat mächtig mit mir geschimpft und mir Vorhaltungen gemacht, dass das sehr gefährlich gewesen sei. Ich solle nie wieder in den Graben hinuntersteigen.

Das konnte ich ihm leicht versprechen. Denn alles, was zu erforschen war, hatte ich bereits erforscht.

❧

Aber zurück in meine frühe Kindheit. Der Erste Weltkrieg war ausgebrochen, da konnte ich noch nicht laufen. Gleich zu Beginn des Krieges musste mein Vater zu den Soldaten. Er war bei der Infanterie. Um nicht allein in dem großen Haus zu sein, zog meine Mutter mit mir zu seinen Eltern, die im gleichen Ort, nur in einer anderen Straße wohnten.

In dieser Zeit gab es in unserem Dorf große Baumaßnahmen. Zwischen unserem Ort und dem nächsten Dorf war ein Berg. Jetzt sollten die beiden Orte durch eine Straße, die über den Berg führte, verbunden werden.

An das Folgende erinnere ich mich verständlicherweise nicht selber. Meine Mutter muss es mir so oft erzählt haben, dass ich diese Zeit jetzt sehr lebhaft schildern kann.

An dem Straßenbau waren einige Architekten beteiligt. Sie bekamen ihr Essen bei den Bauern im Dorf. Zum Schlafen aber waren sie bei meinem Großvater Schorsch untergebracht. In der Wohnstube stand ein langer Tisch mit Bänken. Normalerweise saß die ganze Familie mitsamt dem Gesinde an diesem Tisch. Abends aber, wenn die Architekten von ihren Kostbauern auf den Hof meines Großvaters kamen, stellten sie mich – wie gesagt, ich konnte noch nicht richtig laufen – auf die Bank. Einer der Männer saß hinten, ein anderer vorn. Dann ließen sie mich von einem Ende der Bank zum anderen laufen. Aber nicht nur die Erwachsenen hatten ihre Freude daran, wenn ich so unbeholfen hin und her tappelte. Auch ich soll so begeistert gewesen sein, dass ich vor Vergnügen jauchzte. Und mein Mund soll dabei von all dem süßen Zeug, das die Männer mir zugesteckt hatten, nur so gebabbt (geklebt) haben.

Das Laufen muss ich auf diese Weise wohl sehr schnell gelernt haben. Denn bald danach ist mein Großvater Schorsch Tag für Tag stolz im ganzen Ort mit mir herumspaziert.

Auch mein Vater hieß Schorsch. Und mein drei Jahre jüngerer Bruder wurde ebenfalls Schorsch genannt. Ich habe ihn gern gehabt. Deshalb war ich sehr traurig, als er im Zweiten Weltkrieg fiel. Der Ältere von seinen beiden Buben hieß auch wieder Schorsch. Aber – was sag ich: Es war im Dorf allgemein üblich, dass der älteste Sohn nach dem Vater benannt wurde.

Meine Mutter stammte, wie ich schon erwähnt habe, aus einer Mühle. Ihre Mutter, meine Großmutter, starb, als Mutter erst zwei Jahre alt war. Deshalb wurde sie von ihrer Großmutter aufgezogen. Aber schon zwei Jahre später verstarb auch die Großmutter, meine Ur-Großmutter. Und als meine Mutter acht Jahre alt war, starb auch ihr Großvater. Da war sie nun mit ihrem Vater ganz allein auf der Welt.

Die Müllersleute sind sehr wohlhabend gewesen. Nach ihrem Tod hatte meine Mutter mit dem großen Anwesen auch Felder, Äcker und Weinberge geerbt. Und als sie heiratete, brachte sie 20 000 Goldmark mit in die Ehe.

Wie ich schon erzählt habe, sind wir gleich zu Beginn des Ersten Weltkrieges, als mein Vater zu den Soldaten eingezogen wurde, zunächst auf den Hof meines Großvaters Schorsch gezogen. Aber gleich nach dem Kriegsende entschied sich meine Mutter anders.

»Ich bin in der Mühle geboren und aufgewachsen. Da sollen auch meine Kinder groß werden.«

Deshalb sind wir also wieder in die Mühle gezogen. Die Mutter hat ihren Spaß daran gehabt, mich und meinen jüngeren Bruder dort aufwachsen zu sehen. Ich lebe noch heute gern hier.

Hinter der Mühle hatte mein Großvater lange vor meiner Geburt auf einer großen Wiese Obstbäume angepflanzt. Und weil er ein Meister im Pfropfen war, hatten wir jahrelang das beste Obst. Auch als ich noch ein Kind war.

Ich erinnere mich an einen November, in dem es so heftig geregnet hat, dass wir Hochwasser auf der Obstwiese hatten. Und noch bevor das Wasser abfließen konnte, kam starker Frost. Auf dem Wasser hatte sich eine dicke Eisschicht gebildet. Dann setzte schlagartig Tauwetter ein. Direkt um die Bäume herum taute es zuallererst, sodass jeder Baum gewissermaßen von einem Eisring umgeben war. Dann setzte ein starker Wind ein. Der Wind schlug die Eisringe wieder und wieder so heftig gegen die Baumstämme, dass die Rinden ganz und gar zerschlagen wurden. In der Folge dieses schweren Novemberwetters sind fast alle Obstbäume verdorrt. Mir tat es besonders Leid um den schönen Birnbaum. Obwohl er schon sehr alt gewesen war, hatte er immer noch wunderbar süße Birnen getragen.

Mein Vater wurde schon sehr früh im Krieg verwundet und kam sofort nach Hause. Auch nach seiner Genesung musste er nicht wieder zum Militär einrücken. Stattdessen beauftragte man ihn, das Russenlager im Dorf zu beaufsichtigen.

Damals hatte jeder Bauer ›seinen Russen‹. Die Gefangenen mussten den ganzen Tag bei ›ihrem‹ Bauern auf den Feldern arbeiten, und haben dann gemeinsam mit den Bauersleuten gegessen. Sie haben aber nicht bei ›ihren‹ Bauern gewohnt, sondern schliefen in einer Gemeinschaftsunterkunft. In diesem Russenlager musste also jemand sein, der das Ganze organisierte, und der vor allen Dingen aufpasste, dass keiner von den Gefangenen weglief. Diese Aufgabe wurde also meinem Vater übertragen.

Nebenbei bestellte mein Vater unsere Felder und Äcker mit drei Kuhgespannen. Pferde waren damals ja nicht mehr da. Die waren alle fürs Militär beschlagnahmt worden. Das eine Gespann war unser eigenes, das zweite gehörte meinem Großvater, und das dritte war von meinem Götchen. Wissen Sie, was ein Götchen ist? So haben wir damals zu unseren Patentanten gesagt. Sie war meine Tante, eine Schwester meines Vaters.

Ich war inzwischen schon fast fünf Jahre alt. Alt genug, dass man mir kleinere Arbeiten zuteilen konnte. Ich musste abtrocknen, abstauben, kehren, Holz reintragen und im Garten Unkraut rupfen. Und da auch wir einen Russen für die Feldarbeit hatten, musste ich ihn abends immer zu seiner Unterkunft bringen.

Manchmal habe ich mich vor meinen häuslichen Pflichten gedrückt und bin zu meiner Großmutter entschwunden. Sie verwöhnte mich immer, weil ich ihr absoluter Liebling war.

❧

Ein Jahr später kam ich in die Schule. Wir gingen in eine so genannte einklassige Landschule. Da waren alle Kinder in einem Klassenzimmer zusammen, von den Sechsjährigen bis zu den Vierzehnjährigen. Die Großen mussten sich regelrecht in die Schulbänke reinquetschen. Weil sie von dem langen, unbequemen Sitzen ganz steif wurden, haben sie sich immer mal bewegt. Das hat unseren Lehrer so aufgeregt, dass er mit dem spanischen Rohr hin ist und sie auf den Rücken und die Hände geschlagen hat. Das war ungerecht. Die Großen hätten eben andere Bänke gebraucht.

Vor meinem Vater hatte ich immer ein bisschen

Angst, besonders während meiner Schulzeit. Er verlangte, dass ich fleißig lernte, und vor allem, dass ich meine Schularbeiten noch vor dem Dunkelwerden fertig hatte. Aber das schaffte ich manchmal gar nicht. Während meine Eltern auf dem Feld waren, musste ich, ehe ich überhaupt zu den Hausaufgaben kam, spülen und abtrocknen, die Küche putzen und den Herd scheuern. Und wenn Einmachzeit war, gab es noch viel mehr zu tun: Erbsen oder Bohnen pulen, Zwetschen oder Kirschen entkernen – und das immer in riesigen Mengen.

Wie gesagt: Ich flüchtete manchmal vor diesen Arbeiten zu meiner Großmutter. Großmutter hat mich fromm erzogen. Sie hat mit mir gebetet, sie hat mir vom lieben Gott und vom Schutzengel erzählt. Der Großmutter verdanke ich das Bewusstsein, dass mir nichts passieren kann, weil ich ja einen Schutzengel habe. Wo immer ich war – den Schutzengel habe ich oft gespürt. Dieses Gottvertrauen, das Großmutter mir mitgegeben hat, hat mir in allen schwierigen Situationen geholfen. Sie war es auch, die mich auf meine Konfirmation vorbereitet hat.

Ich habe mich riesig auf meine Konfirmation gefreut. Mein Götchen hatte schwarzen Stoff für mein Konfirmationskleid gekauft und eine Schneiderin im Dorf mit dem Nähen beauftragt. Meine Mutter war ein bisschen enttäuscht darüber. Sie war so stolz auf mich, dass sie mir am liebsten ein teures Samtkleid gekauft hätte. Aber sie wollte dem Vater nicht so viel Geld dafür abnehmen und das Götchen nicht vor den Kopf stoßen. Denn das Konfirmationskleid kaufen war immer Sache des Götchens, wenn es finanziell dazu in der Lage war.

Der Pfarrer, der aus Rüsselsheim gekommen war, hat das Konfirmationsfest so schön und so feierlich gestaltet, dass ich es nie vergessen habe. Er hat für mich folgenden Konfirmationsspruch gewählt:

Habe deine Lust an dem Herrn,
er wird dir geben, was dein Herz wünschet.

Den werde ich bis an mein Lebensende nicht vergessen.

Das Konfirmationskleid habe ich aufgehoben. Vor ein paar Jahren hat es meine Enkelin angezogen. Es hat ihr so genau gepasst, als wäre es extra für sie geschneidert worden.

»Ja, Oma, was warst du damals schmal!«, hat sie gestaunt.

Das war ja auch kein Wunder, denn ich musste immer schwer schaffen. Wir hatten damals noch keine Wasserleitung. Jeden Eimer Wasser musste ich vom Brunnen holen. Wir hatten einen eigenen Brunnen mit einer Schwengelpumpe. Es war sehr anstrengend für mich, das Wasser hochzupumpen.

Wir haben alles, was wir zum Leben benötigten, selbst erzeugt. Und sogar ein bisschen mehr. Jede Woche ist Vater mit Butter, Eiern und Käse nach Mainz auf den Markt gefahren. Das war ja die einzige Möglichkeit, ein bisschen Geld für notwendige Anschaffungen oder Reparaturen zu verdienen. Zu diesen Marktfahrten spannte Vater unser Pferd – nach dem Krieg hatten wir wieder eines – vor den Erntewagen und belud ihn mit unseren Erzeugnissen. Oft haben auch ein paar andere Bauern ihre Waren mit auf unseren Wagen geladen und sind mit Vater nach Mainz gefahren.

Von unserem Ort bis nach Mainz sind es achtzehn Kilometer. Für ein normales Pferdegespann hätte es lange gedauert, bis das Fuhrwerk in der Stadt gewesen wäre. Aber unser Gaul, der Max, der hatte eine Eigenart.

Max konnte nur stallen – so nannte man das Wasserlassen – , wenn Stroh unter ihm lag. In Mainz stellte Vater während der Marktzeit unser Pferd immer in einem Stall ein und legte ihm Stroh unter. So konnte Max sein Geschäft verrichten, während Vater und die Bauern ihre Waren auf dem Markt verkauften. Das hat der Max genau gewusst. Drum ist er immer so zügig nach Mainz gegangen. Und auf dem Rückweg war es genauso. Da wusste er, dass er wieder in seinen Stall und zu seinem Stroh kam.

Vater freute sich immer, dass er jede Woche mehr Geld vom Markttag nach Hause brachte als in der Woche zuvor. Er sammelte das viele Geld für die Anschaffungen und Reparaturen in einem kleinen Koffer. Es wurde immer mehr, bis es schließlich Millionen und Milliarden waren.

Dann gab es einen großen Rutsch, und das ganze Geld war futsch. Das war 1923. Ich war gerade zehn Jahre alt.

Nach meiner Schulentlassung wäre ich gerne auf die Bank gegangen. Wir sagten damals ›Kasse‹ dazu. Ich durfte Vater manchmal begleiten, wenn er dort zu tun hatte. Ich habe immer mit großem Interesse zugeschaut, wie der Kassierer mit dem Geld hantierte, wie er Papiere ausfüllte, wie er Sachen einordnete. In der Schule hatte ich schon immer gerne gerechnet, besonders, wenn es um Geld ging. Eine solche Arbeit hätte mir zugesagt. Aber Vater lehnte meinen Berufswunsch rundweg ab.

»Nix da. Das gibt's nicht, dass du faul auf deinem Hintern rumhockst. Bei uns wird geschafft. Die Mutter hat Arbeit genug. Du musst ihr helfen.«

Und ich hatte viel zu tun! Da war nicht nur der Haushalt! Ich musste auch immer mit aufs Feld raus. Mit den zwei Ochsen wusste ich umzugehen wie ein Fuhrknecht.

Ich bearbeitete meinen Vater immer wieder mit meinem Wunsch, dass ich auch mal was anderes machen wollte. Irgendwann, nach ein paar Jahren, hatte ich ihn überzeugt. Ich durfte von zu Hause fort. Bekannte verschafften mir in einem Ort am Rhein, etwa dreißig Kilometer von uns entfernt, die Stelle einer Haustochter in einem Pfarrhaus.

Der Pfarrer war der gleiche Jahrgang wie mein Vater und hatte einen dreijährigen Sohn. Er, seine Frau und der Bub waren gut zu mir. Nur denke ich, dass die viel jüngere Pfarrersfrau ein bisschen eifersüchtig war. Die hat vielleicht gemeint, ich wolle ihrem Mann was. Aber ich wollte doch dem Pfarrer nichts. Ich habe nur meine Arbeit gemacht, und er war zufrieden mit mir – und das hat er halt manchmal zugegeben.

Anfangs habe ich nur fünf Mark Lohn im Monat gekriegt. Das war mir zu wenig. Ich habe mit dem Pfarrer darüber gesprochen, und dann hat er mir zehn Mark gegeben, weil ich so brav und so ehrlich war.

Einmal fragte er mich: »Sag mal, Wilma, hast du die Briefmarken weggenommen?«

»Nein«, habe ich erwidert. Ich war ziemlich empört über seine Frage.

»Ich nehme nichts. Außerdem – was soll ich mit Briefmarken? Ich schreibe ja keinem.«

Ich habe wirklich nichts weggenommen. Ich hatte es doch so gut bei denen. Weshalb sollte ich ihnen dann was Böses tun? Ich wollte mir die Stelle doch nicht vergraulen. Außerdem gab es immer gut zu essen.

Trotzdem habe ich es nur ein Vierteljahr beim Pfarrer ausgehalten. Dann bin ich fast vor Heimweh gestorben.

Der Pfarrer hatte mich am Muttertag mit in die Kirche genommen. Er hat so schön über die Mütter gepredigt, dass ich während des restlichen Gottesdienstes nur noch geweint habe. Das hat der Pfarrer gesehen. Nach dem Gottesdienst meinte er: »Ich glaube, du solltest doch mal heim zu deiner Mutter.«

Schon am darauf folgenden Wochenende gab er mir frei. Ich fuhr zum ersten Mal nach Hause. Ach, was hat sich meine Mutter gefreut!

Ich bin nicht mehr ins Pfarrhaus zurückgekehrt. Durch meinen Weggang von zu Hause habe ich erst gemerkt, dass das Leben draußen nichts für mich ist. Mir wurde klar: Ich gehöre in die Mühle und sonst nirgendwo hin auf der Welt!

Zur Weinlese im Herbst haben wir immer ein paar Leute eingestellt, Tagelöhner, die auch mit uns aßen. Dann waren wir acht Personen am Tisch. Um die satt zu kriegen, wurde vor der Weinlese immer ein Schwein geschlachtet. Auch zu Weihnachten und zu Ostern gab es regelmäßig ein Schlachtfest. Wir hatten deshalb immer genug zu essen.

Unsere Landwirtschaft bestand damals aus vier Kühen, zwei Ochsen, einem Pferd, fünf, sechs Säuen und etwa vierzig Hühnern. Die zwei Schafe, die ebenfalls dazu gehörten, hielten wir nicht für die Wolle. Sie wurden überhaupt nicht geschoren. Es ging uns ums Lammfleisch. Wir hatten deshalb immer ein Schaf und einen Bock, damit wir Lämmer kriegten. Wenn diese Lämmer ein bestimmtes Alter hatten, wurden sie geschlachtet.

Im Raum Würzburg gab es große Viehhalter mit Herden von 2000 bis 3000 Schafen. Bei denen waren richtige Berufsschäfer angestellt. Sie sind fast das ganze Jahr mit ihren Herden unterwegs gewesen. In unser Dorf kamen sie immer im Winter zum Pferchen. Da haben sie auf einem brach gelegenen Acker oder auf einem Kleestück ihren Pferch aufgestellt, die Schafe hineingetrieben und sie für drei oder vier Tage dort gelassen. Jeder Bauer hat sich gefreut, wenn ein Schäfer bei ihm pferchte. Der Kot von den Schafen war der beste Dünger überhaupt! Damals war es ja noch nicht so mit dem Kunstdünger.

Zu uns kam auch immer der eine oder andere Schäfer. Es war üblich, dass der Schäfer, so lange er beim Bauern pferchte, auch bei ihm aß. Mutter kochte dann etwas besonders Gutes und servierte ihm reichlich Wein. Wir wollten ja den Schäfer bei guter Laune halten, damit er im nächsten Jahr wiederkommt.

Eines Tages, ich war mittlerweile fast erwachsen, tauchte ein neuer Schäfer bei uns auf. Als er nach getaner Arbeit zum ersten Mal zum Essen zu uns kam, gab es gerade Pfannkuchen, Kartoffeln und Salat. Da hat der Schäfer – Hans hieß er – gemeckert.

»Was ist denn das für ein Essen? Die Pfannkuchen und den Salat esse ich. Aber die Kartoffeln können mir gestohlen bleiben.«

Mutter hat sich in den nächsten Tagen wirklich bemüht, immer was Gutes auf den Tisch zu stellen.

Der Schäfer imponierte mir. Er sah gut aus, war ein richtiger Naturmensch und fesselte mich mit seinen Erzählungen aus seinem Schäferleben. Jahraus, jahrein zog er durch die Lande. Was der alles zu sehen bekam! Große Teile Deutschlands kannte er wie seine Westentasche. Er gefiel mir von Tag zu Tag besser, obwohl er zwanzig Jahre älter war als ich. Am Ende war ich so von ihm begeistert, dass ich mit ihm losziehen wollte.

Meine Mutter beobachtete das misstrauisch. »Bist du verrückt? Weißt du nicht mehr, was du für ein Heimweh gehabt hast, als du nur dreißig Kilometer von zu Hause weg warst?«

Auch mein Vater schimpfte: »So ein Quatsch! Das kannst du dir gleich aus dem Kopf schlagen. Die Rumzigeunerei ist doch nichts für ein Mädchen. Das hört sich alles schön und romantisch an. Aber was ist, wenn du bei Wind und Wetter im Freien sein musst? Und meinst du, in dem Schäferkarren wäre es so gemütlich wie in deinem Bett?«

Das sah ich alles ein. Schweren Herzens blieb ich zurück, als ›mein Schäfer‹ Abschied nahm. Nun konnte ich nur darauf hoffen, dass er im nächsten Jahr wiederkommen würde.

Er kam tatsächlich. Ich war ebenso begeistert wie vor einem Jahr und verbrachte viele Stunden mit ihm. Wir sahen uns bei ihm und seinen Schafen und auch bei uns im Haus. Als ich bat, er solle mich heimlich mitnehmen, lachte er mich aus.

»Es würde dir nicht gefallen bei mir. Ich habe doch in jedem Dorf eine Freundin.«

Das tat weh! An so was hatte ich überhaupt nicht gedacht.

Trotz dieser Enttäuschung erwartete ich sehnsüchtig seine Wiederkehr im nächsten Jahr. Wieder machte er in unserem Dorf Station, und wieder verbrachten wir glückliche Stunden miteinander.

Als er im Jahr darauf abermals bei uns pferchte, konnte ich ihm stolz seinen Sohn präsentieren. Er freute sich riesig darüber.

»Jetzt bin ich alt genug, um sesshaft zu werden«, sagte er zu mir.

Wie es sich gehörte, hielt er bei meinem Vater um meine Hand an, und der willigte sofort ein. Er hatte es erwartet.

Nach der Hochzeit beendete Hans seine Tätigkeit als Schäfer. Er brachte die Schafe zu seinem Herrn zurück, kündigte ihm auf und kam mit der Bahn zu mir in die Mühle zurück.

Nun sollte aus dem Schäfer ein Bauer werden! Von Landwirtschaft hatte Hans nicht die geringste Ahnung. Er konnte nicht pflügen, er konnte keine Arbeiten im Weinberg verrichten, er konnte nicht säen, nicht mähen, nicht Heu machen. Beim Pflügen musste ich den Ochs führen, damit die Furche einigermaßen gerade wurde, ja, damit der Pflug überhaupt unter die Scholle kam. Die Befehle, die er den Ochsen gab, verstanden sie nicht, denn sie passten nicht in unsere Gegend.

Mir wurde die ganze Sache immer peinlicher. ›Ich bin ja blamiert, wenn jemand vom Feld nebendran sieht, wie dumm sich mein Mann anstellt‹, dachte ich. Am Anfang hatte ich die Hoffnung, dass Hans die Bauernarbeit mit der Zeit lernen würde. Aber er stellte sich auch weiterhin so dumm an, dass mir bald der Verdacht kam, dass er das gar nicht lernen wollte.

Nach vier Jahren war ich es leid mit ihm. Vor allem tat es mir weh, dass sein anfängliches Interesse an seinem Buben immer mehr abnahm. Ich war wütend auf ihn.

»Geh wieder da hin, wo du hergekommen bist!«, schmiss ich ihm an den Kopf.

Ohne lange Diskussion packte Hans sein Bündel. Wahrscheinlich hatte er nur auf meinen Rausschmiss gewartet, denn wirklich wohl gefühlt hatte er sich nie bei uns. Ehe er den Hof verließ, verlangte er dreitausend Mark von meinem Vater – als Entschädigung für die Zeit, die er bei uns verbracht hatte.

Da habe ich ihm eine andere Rechnung aufgemacht.

»Du brauchst mir keinen Unterhalt zu zahlen. Du brauchst für den Bub nichts zu zahlen. Wenn du also jeden Monat diesen Betrag sparst, hast du die dreitausend Mark bald zusammen.«

Hans ist ohne Widerspruch gegangen. Er hat sich wieder bei seinem Schafhalter in Würzburg beworben und ist weiterhin für ihn durch die Lande gezogen. So war er es gewöhnt, und so liebte er es.

Danach habe ich mich nicht mehr für Männer interessiert. Ich war glücklich, dass ich wieder alleine war, dass ich in meiner Mühle leben konnte, und hab meinen Bub allein großgezogen.

Die Fehlprognose

Rosa, Jahrgang 1930, aus Kössen/Tirol

Fünf Jahre nach der Geburt meiner Schwester erblickte ich auf einem Tiroler Bergbauernhof das Licht der Welt. Eigentlich sollte ich der lang ersehnte Bub werden. Wie groß war daher die Enttäuschung meiner Eltern, als wieder ein Mädchen in der Wiege lag. Besonders hart traf es den Vater. Er hätte doch so dringend einen Sohn gebraucht. Einen Sohn, der ihm bald zur Hand gehen konnte, einen männlichen Erben, der den traditionsreichen Hof übernahm. Nun war ich halt ein Mädchen und wurde Rosa genannt.

Die ersten Jahre wuchs ich wohl behütet auf. Aber mit sechs, sieben Jahren musste ich schon wie ein Junge sein. Das heißt, mein Vater nahm mich mit in den Stall, auf die Felder und auf die Alm. Anfangs fand ich das ganz lustig. Doch bald schon musste ich bei allen Arbeiten feste zupacken.

Vroni, meine große Schwester, blieb bei der Mutter und lernte die hausfraulichen Tugenden. Ich dagegen lernte das Kochen erst, als ich schon verheiratet war.

Im Sommer wurde bei der Ernte jede Hand gebraucht. Da musste auch meine Schwester mit zupacken. Die Aufstellung auf dem Feld sah immer so aus: Ich musste voraus, es folgte mein Vater, dann die Mutter und zuletzt die Vroni. Die Eltern ließen uns Schwestern mit Absicht in großem Abstand voneinander arbeiten, damit wir nicht miteinander reden oder gar spielen konnten und somit nicht die Arbeit vergaßen.

Im Alter von neun Jahren bekam ich mitten in der Heuernte einmal furchtbare Bauchschmerzen. Ich solle mich nicht so anstellen, hieß es. Ich riss mich also zusammen. Bald waren die Schmerzen verschwunden, und ich konnte weiter das Heu zusammenrechen. Aber nicht lange. Da waren die Schmerzen wieder da, heftiger noch als zuvor. Ich weinte. Weder gutes Zureden noch lautes Schimpfen meiner Eltern half. Es blieb ihnen nichts anderes übrig, als mich auf den Heuwagen zu packen und nach Hause zu bringen. Sie ließen den Doktor kommen. Trotz eingehender Untersuchung konnte der nichts finden. Die Schmerzen waren längst wieder verschwunden, und zwar ebenso plötzlich, wie sie aufgetreten waren.

Der Arzt hatte seine Tasche schon wieder gepackt und wollte gerade gehen, da schrie ich erneut auf vor Schmerz. Erschrocken kehrte er um. Er tastete meinen Bauch noch einmal gründlich ab. Dabei schüttelte er immer wieder mit dem Kopf. Er saß vor mir, hielt beide Hände vors Gesicht und murmelte mehrmals vor sich hin: »Was könnte das bloß sein?«

Nach einer Weile erhob er sich.

»Meine lieben Leut', meine Kunst ist zu Ende. Ich weiß nicht, was das sein könnte. Packen Sie ein paar Sachen zusammen, ich fahre das Kind nach Kufstein ins Krankenhaus.«

Das war die erste Autofahrt meines Lebens. Leider konnte ich sie nicht so recht genießen, weil der starke Schmerz wieder über mich hergefallen war. Auf dieser Fahrt sah ich zum ersten Mal den Walchsee. Da ich gerade ein paar schmerzfreie Minuten hatte, beeindruckte mich das große, ruhige Wasser des Sees sehr. Bis dahin hatte ich nur Wildbäche gekannt, die mehr oder weniger breit waren – je nach Jahreszeit. Obwohl ich nur acht bis neun Kilometer vom Walchsee entfernt zu Hause war, hatte ich ihn nie vorher gesehen. Vor lauter Arbeit war man ja damals nie weiter hinausgekommen als bis an die Grenzen des elterlichen Besitzes.

Im Kufsteiner Krankenhaus standen gleich mehrere Ärzte ratlos um mich herum. Jeder drückte mal auf meinen Bauch und sah mir in die Augen, dann schüttelten sie den Kopf. Keiner wusste mit meinem Zustand etwas anzufangen. Schließlich beendete der Professor, er war wohl der Chef des Krankenhauses, die Untersuchung.

»Wir müssen operieren. Nur so können wir der Sache auf den Grund gehen.«

Meine Eltern waren bestürzt, aber sie hatten keine Wahl. Mir selbst war schon alles gleich. Hauptsache, diese schrecklichen Schmerzen würden mich nicht mehr peinigen.

Als ich nach der Narkose aufwachte, saß eine Schwester an meinem Bett.

»Na, endlich!«, atmete sie auf.

Jeden Tag kamen nun Schwestern und immer wieder andere Ärzte an mein Bett. Alle waren sie freundlich zu mir und behandelten mich wie ein rohes Ei. Ich hatte ja keine Ahnung, wie schlimm es um mich gestanden hatte. Fieber wurde gemessen, mein Puls gefühlt und meine Fieberkurve angeschaut.

Keiner aber erklärte mir, was mir fehlte, und zu fragen wagte ich nicht. Das war mir auch nicht wichtig. Mir reichte es, dass diese höllischen Schmerzen weg waren. Sicher, die Bauchwunde tat auch weh, aber dieser Schmerz war erträglich und nahm von Tag zu Tag ab.

Irgendwann schnappte ich auf, dass man etwas Faustgroßes aus mir herausoperiert und nach Wien eingeschickt habe.

Fast drei Wochen blieb ich im Krankenhaus. Es hat mir sehr gut dort gefallen. In dieser Zeit brauchte ich nämlich nicht zu arbeiten, und ab dem achten Tag gab es gutes Essen. Ich bekam das erste Brötchen meines Lebens! Mei, war das gut! Vorher hatte ich nie ein Brötchen gegessen. Solch einen Luxus erlaubten wir uns daheim nicht.

Bevor ich mit meiner Mutter das Krankenhaus verließ, führte der Professor in meinem Beisein ein Gespräch mit ihr.

»Frau Neumeier«, begann er. »Es ist ein Wunder, dass Ihre Tochter noch lebt. Wenn Sie einen Tag später gekommen wären, wäre es zu spät gewesen.«

»Ja, mei«, erschrak meine Mutter. »Das hätt' ich nicht geglaubt, dass es so schlimm um unsere Rosa stand. Was war das denn, was sie gehabt hat?«

»Schauen S', Frau Neumeier«, erklärte der Arzt. »Ihre Tochter hätte eigentlich Zwillinge werden sollen. Das zweite Kind hat sich aber dummerweise im Bauch der Rosa eingenistet. Es hing direkt an der Gebärmutter, wie ein Myom. Der Embryo war versteinert und so umwachsen und umwuchert, dass wir ihn als solchen nicht erkennen konnten. In Wien hat man es aber eindeutig festgestellt. Das ist eine medizinische Rarität, Frau Neumeier. Das Ergebnis war für uns alle eine Sensation.«

Ganz verdattert nahm meine Mutter das zur Kenntnis.

»Ja – was, was sollen wir mit dem Mädel denn jetzt machen?«, stotterte sie vor Aufregung.

»Ihre Tochter ist noch sehr schwach. Sie bedarf noch einiger Wochen Schonung.«

»Ja, ja«, versprach meine Mutter.

Der Arzt erhob sich und reichte mir freundlich die Hand.

»Viel Glück, kleines Mädchen. Du warst sehr tapfer.«

Zu meiner Mutter gewandt fügte er hinzu: »Es ist schade, dass es ein Mädchen ist. Nach dieser Operation wird es keine Kinder mehr bekommen können.«

Das habe ich gehört. Und das habe ich geglaubt! Ja, darauf habe ich mich verlassen! Sonst wäre es nicht passiert, dass ich mit zwanzig schwanger wurde.

Dass die Schmerzen, die ich als Neunjährige durchgemacht hatte, nichts anderes als Wehen waren, habe ich erst bei der Geburt meines ersten Kindes erkannt. Aber bis es so weit war, lagen noch einige Jahre vor mir.

Vorerst hatten meine Eltern eine Wahnsinnsfreude, dass ich am Leben geblieben war, und verwöhnten mich für einige Wochen. Dann hieß es aber wieder in die Schule gehen und das Versäumte nachholen. Auch in Feld und Stall musste ich wieder feste ran. Es ging mir ja zusehends besser. Von da an bin ich richtig gut gewachsen und ein kräftiges Mädchen geworden. Vorher war ich eher zart und schwächlich gewesen.

Unser Schulweg dauerte eine gute halbe Stunde. Ab Mai mussten wir barfuß zur Schule gehen, über Stock und Stein. Asphalt gab es ja noch nicht. Schuhe waren teuer, die mussten für den Winter gespart werden. Wenn es Anfang Mai allerdings noch recht kalt war, mussten wir Strümpfe anziehen, bei denen das Fußteil fehlte. Die Mutter hatte von kaputten Strümpfen die Spitzen abgeschnitten und die Fersenteile ebenfalls, sodass eine Art Steg unterm Fuß übrig blieb. So haben wir die Strümpfe anziehen müssen. Ich habe das absolut nicht gerne gemacht. Meist bin ich in diesen Strümpfen nur bis zur Straße gegangen. Dort habe ich sie ausgezogen und im Gebüsch versteckt. Bevor ich nach Hause kam, habe ich sie wieder angezogen, sonst wäre ich mächtig ausgeschimpft worden.

Die übrige Schulkleidung bestand aus einem Werktagskleidchen, über dem wir eine Schürze trugen. Da meine Mutter gut nähen konnte, machte sie uns immer besonders schöne Schürzen, so mit Rüscherl und Voläntchen. Die waren aber nur für die Schule gedacht. Zu Hause trugen wir die schlechten Schürzen.

Sobald ich nach Hause kam, musste ich mich umziehen, das gute Zeug gegen das schlechte austauschen, und dann ging es rund. Ich meine damit, es ging gleich an die Arbeit. Die Hausaufgaben mussten warten.

Schon in meinem ersten Schuljahr legte ich den Schulweg meist allein zurück, obwohl meine große Schwester die gleiche Schule besuchte. Aber sie schimpfte immer mit mir, weil ich viel zu langsam ging. Sie stürmte immer voraus, um sich an der Hauptstraße mit ihren Freundinnen zu treffen. Bald hatte ich eigene Freundinnen, mit denen ich in Richtung Schule strebte.

Eigentlich ging ich gern in die Schule. Ich mochte Schwester Cäcilia, eine der drei Klosterfrauen, die die Kinder der ersten beiden Klassen – und zwar gemeinsam, also gleichzeitig – unterrichteten. Bei ihr war ich gern. Sie war eine ganz Liebe. Auch die Kochschwester, Beate hieß sie, mochten wir alle gern. Sie war zu jedem

Kind freundlich und kochte gut. Bei ihr schmeckte es sogar besser als zu Hause.

Wir hatten bis nachmittags um vier Uhr Schule. Deshalb konnten nur die Kinder zum Essen heimgehen, die in der Nähe wohnten. Die anderen wurden in der Schule verköstigt. Als dann die Zeiten schlechter wurden und die Schulspeisung ausfiel, bekam ich von zu Hause ein Butterbrot und eine Flasche Milch für die Mittagspause mit.

Im Winter war unser Schulweg schwierig. Wenn sehr viel Schnee gefallen war, stapfte mein Vater vor uns her, um uns einen Weg zu bahnen. Fiel der Schnee aber, während wir in der Schule saßen, kam uns der Vater bis zur Hauptstraße entgegen. Wieder ging er voraus, damit wir in seine Fußstapfen treten konnten. Auf der Hauptstraße war es dann leichter zu gehen, denn da fuhren ab und zu Pferdeschlitten. In diesen Kufenspuren konnten wir dann leicht entlangtrippeln.

Ich kann nicht behaupten, dass ich eine gute Schülerin gewesen sei. Dazu war ich viel zu lebhaft. Für alles andere habe ich mich mehr interessiert als fürs Lernen. Dafür blieb mir allerdings auch nicht viel Zeit. Denn meine Hausaufgaben durfte ich immer erst abends machen. Da fielen mir oft schon die Augen zu. Ich hatte einige Mädchen in der Klasse, die waren zwar sehr schüchtern, aber sie waren viel besser als ich. Die lernten zu Hause nämlich weiter. Vielleicht waren sie auch gescheiter und hatten mehr Interesse an der Schule. Aber das hat mich nicht gestört. Die waren halt so, und ich war so.

Mein liebstes Schulfach war Singen. Da habe ich jedes Jahr einen Einser gehabt, und bei der Singgruppe war ich immer ganz vorne dran. Alles andere war eher mittelmäßig, und im Zeichnen war ich gar nicht gut.

In der Oberstufe kam ich zu Schwester Stephana. Sie unterrichtete die beiden oberen Klassen und war sehr streng. Obwohl sie so streng war, war sie für die damalige Zeit sehr fortschrittlich. Sie erteilte uns nämlich Aufklärungsunterricht! Sie erklärte uns nicht nur, wie Kinder entstehen. Wir erfuhren auch schon etwas über Verhütung. Vor allem aber betonte sie immer wieder, dass Sex vor der Ehe Sünde sei, eine große Sünde! Sie beschwor uns Mädchen, uns nur ja nicht mit den Burschen einzulassen.

»Wenn das Mädchen vierzehn, fünfzehn Jahre alt ist«, dozierte sie, »wird es allmählich erwachsen. Das ist daran zu erkennen, dass es die Periode bekommt. So nennt man das, wenn das Mädchen alle vier Wochen blutet. Da braucht ihr keine Angst zu haben. Das ist keineswegs gefährlich. Das ist völlig normal und gehört zum Wunder des Lebens.«

Um uns das recht anschaulich zu machen, zeichnete sie die Scheide mitsamt der Gebärmutter und den Eierstöcken an die Tafel. Aber auch einen Penis mit Zubehör zeichnete sie an und beschrieb uns, welche körperlichen Veränderungen die Burschen in dieser Zeit durchmachen. Schwester Stephana war wirklich sehr fortschrittlich und aufgeschlossen.

Nach diesem Unterricht hatte ich nichts Eiligeres zu tun, als schnurstracks mit diesem neuen Wissen zu meiner Mutter zu eilen.

»Mam', Schwester Stephana hat uns heut' aufgeklärt. Die Buben hätten einen Penis und wir Mädchen eine Scheide. Aus der würde bald Blut kommen. Is' das wirklich wahr?«

»Ja«, nickte meine Mutter. »So ist es. Und wenn es bei dir so weit ist, dann kommst zu mir, dann geb' ich dir was.«

Bei mir war es dann mit fünfzehn so weit. Da gab mir die Mutter Binden, die sie bereits für mich vorbereitet hatte. Dazu hatte sie aus Leinen Streifen geschnitten, in mehreren Schichten übereinandergelegt und diese miteinander eingefasst. An beiden Enden war eine Art Knopfloch. Damit konnte ich die Binden in einen Gürtel einhängen, den sie ebenfalls für mich genäht hatte, und der vorne und hinten mit einem Knopf versehen war.

Nach Gebrauch musste ich diese Binden selber waschen. Wir hatten dazu einen eigenen Topf, in dem sie gesammelt, eingeweicht und dann gekocht wurden. Meine Mutter war da sehr pingelig und sehr sauber und hat mich genau angeleitet, wie diese Teile zu waschen waren.

❧

Ja, dass ich es nicht vergesse: Als ich zehn Jahre alt war, ist bei uns der heiß ersehnte Stammhalter doch noch angekommen.

Meine Mutter war bereits einundvierzig. Sie glaubte, die Wechseljahre hätten begonnen, bis sie die Kindsbewegungen spürte. Die Freude für meinen Vater war riesig, als am End' ein Bub dabei herauskam – statt der Wechseljahre.

Wir alle freuten uns über den Buben und haben ihn recht verwöhnt. Trotzdem ist ein netter Mensch aus ihm geworden.

Nach acht Schuljahren stand meine Entlassung an. Zu gern hätte ich einen Beruf erlernt. In einem günstigen Augenblick trug ich diesen Wunsch meinem Vater vor. Der lachte aber nur.

»So weit kommt's! Du bleibst daheim und hilfst mir arbeiten.«

Das traf mich hart, obwohl ich mir noch keine Vorstellung davon gemacht hatte, welchen Beruf ich hätte ergreifen wollen. Mich beseelte nur der eine Gedanke: ›Raus hier! Weg von zu Hause! Eigenes Geld verdienen!‹

Daraus wurde nun nichts. Also fügte ich mich in mein Schicksal. Ich sah ein, dass ich zu Hause gebraucht wurde. Der Bruder war ja noch zu klein zum Helfen. An seiner Stelle musste ich ran wie ein Junge. Im Herbst musste ich aufs Dach steigen und die kaputten Schindeln auswechseln. Im Winter ging ich mit dem Vater in den Wald und ersetzte ihm den Holzknecht. Die Stallarbeit blieb mir sowieso weitgehend überlassen.

Nur am Abend durfte ich mich darauf besinnen, dass ich ein Mädchen war. Da saß ich mit Mutter und Schwester in der Stube, und wir sponnen, webten oder strickten, was das Zeug hielt. Der Vater besserte unterdessen Heugabeln und Rechen aus, kloizte Schindeln und baute oder reparierte die Kraxn.

Schindeln kloizen bedeutet, dass man mit einem speziellen Messer Scheiben von einem Holzblock abhaut. Daraus werden die Schindeln gemacht. Und eine Krax ist ein Holzgestell, mit dem man Lasten auf dem Rücken trägt. Für jeden von uns hatte der Vater eine eigene Krax angefertigt. Meine steht heute noch auf meinem Dachboden.

In den Sommermonaten ging es für mich eher noch härter zu. Da meine Schwester als Sennerin auf die

Alm musste, blieb die ganze Landwirtschaft auf dem Hof am Vater und mir hängen, denn Knechte und Mägde hatten wir keine. Die Mutter konnte nur stundenweise mithelfen, weil sie mit dem kleinen Buben, mit Kochen und dem Haushalt ausgelastet war. Nur manchmal, bei schönem Wetter, half uns der Nachbar beim Heumachen. Alles wurde damals von Hand gemacht, Maschinen hatten wir nicht.

Um drei Uhr früh hieß es aufstehen, um den ersten Schnitt zu machen. Danach wurde das Gras vom Vortag zu kleinen Haufen zusammengerecht. Anderes Gras, das schon fast fertiges Heu war, musste gewendet werden. Zwischendurch eilte die Mutter in die Küche und kochte schnell etwas. Um halb zwölf läutete sie mit der Hausglocke, damit wir wussten, wann Essenszeit ist.

Jedes Bauernhaus hatte eine solche Glocke in einem kleinen Turm auf dem Dach. Es hatte ja niemand eine Uhr. Nur im Haus gab es eine Standuhr. Die anderen Bauern läuteten ebenfalls, zu unterschiedlichen Zeiten. Aber jeder konnte seine Glocke genau heraushören. Es gab fünf Zeiten, zu denen geläutet wurde: Zum Frühstück, zum Mittagsmahl und zum Abendessen wurde etwas länger geläutet. Zur Brotzeit um neun Uhr morgens dagegen und zum Nachmittagskaffee wurde die Glocke nur kurz betätigt. So wusste immer jeder, was die Uhr geschlagen hatte.

Nach dem Mittagessen ging die Mutter abspülen, während Vater und ich ›der Ruhe pflegten‹, wie wir das damals genannt haben. Das bedeutete, der Vater legte sich für eine dreiviertel Stunde aufs Ohr, und ich musste das Gleiche tun. Ich musste! Das hab ich nicht freiwillig gemacht. Lieber hätte ich in der Zeit etwas anderes getan. Vater achtete aber streng darauf, dass ich mich nach dem Essen sofort ins Bett legte, damit ich nachher zur Arbeit wieder frisch war. Dann ging's weiter. Bis zum Abend.

Wie ich schon sagte, verbrachte meine Schwester den Sommer auf der Alm. Mitte Mai war immer Almauftrieb. Zunächst ging es nur auf eine Höhe von 1300 Metern, wo meine Eltern eine Niederalm besaßen. Erst Anfang Juli wurden die Kühe auf die Hochalm getrieben. Das bedeutete für uns Mädchen Schwerstarbeit. Fast der gesamte Hausrat musste von der Niederalm auf die Hochalm getragen werden. Auf den Kraxn trugen wir Bett und Bettzeug, den schweren kupfernen Kaskessel, die Zentrifuge und vieles andere hinauf.

Nach dem Almabtrieb im September wurde alles wieder zur Niederalm gebracht, damit es im Frühjahr wieder zur Hand war. Zwei solcher Einrichtungen anzuschaffen, wäre zu teuer gewesen. Sorgfältig wurde alles im Heu versteckt, damit nichts gestohlen werden konnte.

❧

Außer Lebensmitteln produzierten wir auch andere Dinge, die man für das tägliche Leben brauchte. Schafe hielten wir für die Wolle, die Gänse für die Bettfedern, und Flachs bauten wir für Säcke, Leintücher und Tischdecken an.

Im Frühjahr säte der Vater den Leinsamen aus, Hahr nannte man ihn. Nach der Aussaat mussten wir immer wieder durch die Reihen gehen und Unkraut zupfen. Gegen Ende des Sommers waren die Pflanzen etwa einen dreiviertel Meter hoch. Mitsamt den Wurzeln wurden sie ausgerissen und quer über einer Stange zum Trocknen aufgeschichtet.

War der Flachs ganz trocken, wurde er in die Scheune zum Dreschen gebracht, damit der Samen rausfiel. Meist machten das Vater, Mutter und ich. Das Dreschen musste schön abwechselnd im gleichmäßigen Takt geschehen, damit nicht einer auf den Dreschflegel des anderen haute. Aber das war nicht der einzige Grund! Man hörte ja das Dreschen weit ins Land hinaus. Es wäre schlimm gewesen, wenn da ein Fehler im Takt zu hören gewesen wäre!

Nach dem Dreschen haben wir die Stängel wieder gebündelt und mit dem Ochsenkarren in eine feuchte Wiese zum Bleichen gebracht. Erst wenn die Rinde ganz hell geworden war, wurde alles zusammengerecht, gebündelt und wieder in die Scheune gefahren. Dort lagerte der Flachs bis zum Herbst.

Bei unserem Nachbarn, der aber ein gutes Stück von uns entfernt wohnte, gab es eine Brechstube. Das war ein eigenes Gebäude, das nur aus einem einzigen Raum bestand, der nicht größer als ein normales Wohnzimmer war. Rechts und links an den Wänden des Raumes waren lange Bretter angebracht. An der Wand gegenüber dem Eingang stand ein großer, gemauerter Ofen, ähnlich wie ein Kachelofen, nur dass er keine Kacheln hatte, sondern weiß gestrichen war. Ab Mitte Oktober wurde dieser Ofen kräftig eingeheizt. Es musste sehr viel Holz hineingeschoben werden, bis er die richtige Betriebstemperatur erreicht hatte.

An dieser Brechstube beteiligten sich sieben oder acht Familien. Man sprach sich ab, wer wann an die Reihe kam. Denn war die Stube einmal aufgeheizt, musste es zügig drauf und drauf gehen. Für den Einzelnen war es nämlich billiger, zwischendurch nachzuheizen, als wenn er die kalte Stube für sich allein hätte aufheizen müssen.

Sobald die Raumtemperatur 90 Grad Celsius erreicht hatte, breitete Mutter unseren Flachs auf den Brettern zu beiden Seiten aus. Nach einigen Stunden wurde er dann wieder herausgeholt. Weil es in der Stube so heiß war, reichte sie den Flachs so schnell sie konnte bündelweise heraus.

Zum eigentlichen Brechen standen vor der Stube ein paar Bänke mit fünf oder sechs Holzgeräten, den Brechen. Damit brechte man die Rinden, sodass sie abfielen und die Flachsfasern zum Vorschein kamen. Meist machten wir das in den Abendstunden, weil es dann nicht mehr so heiß war. Das zog sich oft bis in die Nacht hinein.

Dabei ging es zuweilen recht lustig zu. Man sang und alberte herum. Das lockte natürlich die Burschen des Dorfes an, und es wurde manchmal noch später. Lange durfte man aber nicht reden, man musste ja fertig sein, wenn die nächste Bäuerin ihr Zeug aus der Brechstube holte. Das Flachsbrechen war zwar eine staubige Arbeit, aber zugleich eine schöne. Ich hab's immer gerne gemacht.

Nach dem Brechen wurde der Flachs im Haus gelagert, bis ein Mann kam, der sich aufs Flachskämmen verstand. Dazu brachte er eine Art Rechen oder großen Kamm mit, durch den er den Rohflachs zog. Dabei kamen vorne die schönen, langen Fasern heraus, und das schlechte Zeug, Werg genannt, blieb hinten. Aber auch das wurde noch verwendet. Wir haben es im Winter gesponnen und breite und schmale Bänder daraus gewebt, die man für das Zubinden der Getreide- und Kartoffelsäcke brauchte.

Überhaupt: Vom Flachs wurde nichts weggeworfen. Alles konnte man verwenden. Hatte eine der Kühe Magen- oder Darmprobleme, kochte Mutter etwas von dem Leinsamen auf, und Vater flößte es der kranken Kuh ein. Das half immer. Die Rinden oder Schalen, die beim Brechen von den Fasern abgefallen waren, verwendeten wir als Streu fürs Vieh. Die guten, langen Fasern aber, diejenigen also, weswegen man sich die ganze Mühe machte, wurden zu feinem Leinen versponnen.

Ab einem gewissen Alter war das meine übliche Winterarbeit. Noch heute steht mein Spinnrad in meiner Schlafkammer.

Aus dem Leinen ließen wir Betttücher, feine Tischdecken und die Säcke weben, die wir mit Stroh gefüllt als Matratzen verwendeten. Dazu kam von Zeit zu Zeit ein gelernter Weber zu uns ins Haus.

All der Flachs, bei dessen Ernte, Brechen und Spinnen ich mitgeholfen habe, war eigentlich nur für meine Aussteuer bestimmt. Die Aussteuer meiner Schwester lag bereits im Schrank. Noch heute habe ich von diesen Leintüchern und Tischdecken. Das war eine unverwüstliche Qualität. Mit den heutigen Waschmaschinen ist das Waschen dieser Leintücher zwar viel einfacher geworden, aber trocken schleudern darf man sie nicht. Sonst brechen die Fasern, und man kriegt die Tücher beim Bügeln nicht mehr glatt.

Ab ihrem 15. Lebensjahr verbrachte meine Schwester ihre Sommer als Sennerin auf der Alm. Auf der Niederalm hatte sie oft Heimweh. Sie war ja ganz allein dort oben. Es gab niemanden, mit dem sie hätte reden können. Deshalb freute sie sich jedes Mal, wenn ich zum Nachschauen kam. Einmal in der Woche musste ich ihr nämlich Lebensmittel bringen.

Milch, Butter und Käse hatte sie ja im Überfluss, aber es mangelte an allem anderen. Auf meiner Krax hatte ich Brot, Zucker, Kartoffeln und vor allem Gemüse aus unserem Garten geladen. Ich blieb einige Stunden bei ihr, um mich von dem Aufstieg zu erholen. Nebenbei versorgte ich sie mit den Neuigkeiten aus dem Dorf und aus der Familie.

Auf der Hochalm fühlte sie sich wohler, denn dort gab es einige Nachbaralmen. Da konnte sie ab und zu mit einer anderen Sennerin ein Schwätzchen halten. Das war auch der Grund, weshalb ich sie auf der Hochalm besonders gern besuchte. Da ging es immer lustig zu. Vor allem gab es da nicht nur Sennerinnen, sondern auch Wanderer; und die Burschen vom Dorf ließen sich öfters mal blicken.

Auch beim Abstieg war meine Krax immer gut gefüllt, nun mit frischer Butter und mit Käse. Butterpapier gab es nicht. Stattdessen verwendeten wir so genannte Schmalzpletschn. Das waren große Blätter von Pflanzen, die überall auf der Alm wild wuchsen. In die abgewaschenen Blätter wickelten wir die Butterknollen hinein. Diese Pletschn waren eine gute Isolierung gegen die Sonnenwärme. Die Butterknollen kamen dann zuunterst in die Krax und der Käse darauf. So wanderte ich oft am späten Nachmittag zu Tal. Schon wegen der Butter vermied ich es, in der größten Hitze abzusteigen. Da wäre die Butter trotz der Pletschn davongelaufen.

Schmalzpletschn heißen die Blätter, weil die Butter bei uns Schmalz genannt wird – egal, ob sie noch frisch ist oder schon geschmolzen wurde. Den überwiegenden Teil der Butter ließ meine Mutter immer gleich nach meinem Eintreffen aus und füllte sie in Steinguttöpfe. Der Vorrat reichte den ganzen Winter über. Denn da konnte man keine Butter machen, weil die Kühe kaum Milch gaben. In der Sommerzeit dagegen, wenn die Kühe das saftige Almgras fraßen, gab es Butter reichlich.

Nach fünf Almsommern hatte meine Schwester genug davon. Sie kündigte meinem Vater und nahm eine Stelle in dem Dorf an, in dem ihr Freund lebte.

Jetzt wäre ich an der Reihe gewesen, auf die Alm zu gehen. Dazu hatte ich jedoch weder die Begabung noch die Lust. Mein Vater musste also einen Senner einstellen, der Lohn bekam. Auch den besuchte ich allwöchentlich, um ihm seine Lebensmittelration zu bringen, und um seine Produkte zu Tal zu befördern.

Einmal bat er mich, ihn einige Stunden zu vertreten. Er müsse dringend etwas erledigen. Das machte mir nichts aus, denn ich brauchte vor dem Abstieg eh ein paar Stunden Erholung. Ich war siebzehn Jahre alt, und da es ein wunderschöner Tag war, machte ich es mir auf der Bank vor der Hütte gemütlich.

Ich saß noch nicht lange in der Sonne, da rief von jenseits der Grenze eine Stimme herüber.

»He, du, ich find' meine Kühe nicht. Sind die vielleicht bei euch drüben?«

»Nein«, schrie ich von meiner Bank aus zurück. »Ich hab' keine bayerische Kuh nicht gesehen.«

Dann bequemte ich mich aber doch, mich bis an den Grenzzaun zwischen Bayern und Tirol zu begeben. Mit dem jungen Bursch ein Schwätzchen zu halten, versprach eine willkommene Abwechslung. Mir war es eh schon langweilig auf der Bank geworden.

So fing alles an.

Nach wenigen Sätzen erkannte ich in dem Burschen den Toni, unseren Nachbarssohn, wieder. Toni war vor sechs Jahren nach seiner Schulentlassung als ›Kiah-Bua‹ (Hütejunge) von seinen Eltern nach Reit im Winkl geschickt worden. Dort hatte er seine ›Karriere‹ bei einem Großbauern begonnen. Inzwischen war er gelernter Zimmermann mit Gesellenbrief und allem, was dazu gehörte. Im Winter arbeitete er als Zimmermann und im Sommer als Senner, weil ihm das Spaß machte.

Tonis verlorene Kühe waren mittlerweile aufgetaucht. Als wir uns voneinander verabschiedeten, fragte er mich, ob er mich nach dem Almabtrieb mal zum Tanzen abholen dürfe.

»Das darfst du schon«, willigte ich ein. »Aber erst musst du meinen Vater fragen. Das ist so der Brauch bei uns.«

»Ich weiß«, lachte er. »Mit den Bräuchen daheim kenne ich mich noch aus.«

In unserer Jugend gab es nur wenig Möglichkeiten zur Zerstreuung und Unterhaltung. Im Winter trafen sich die Burschen und Mädchen schon mal in einem der Bauernhäuser. Manchmal machten sie ganz harmlose Spiele, manchmal blies auch einer auf dem Kamm, und die anderen tanzten dazu. War gar einer dabei, der die Ziehharmonika spielen konnte, war's erst recht zünftig. Nur ganz selten durfte man zum richtigen Tanzen ausgehen. Es gab ja auch nur wenig Gelegenheiten dazu.

Eine solche Gelegenheit war an Kathrein. Am 25. November, dem Fest der heiligen Katharina, gab es immer einen Ball. Fragte ein Bursch bei uns an, ob er mich zum Tanz führen dürfe, gab es vom Vater nur selten ein Ja. Weil ich aber so furchtbar gerne tanzte, musste ich zu einer List greifen. Ganz brav begab ich mich zu Bett. In meiner dunklen Kammer wartete ich, bis Ruhe im Haus eingekehrt war. Dann schlich ich mich durch den Stall hinaus. Dabei hatte ich immer Glück; es ist mir nie jemand draufgekommen.

Als nun der Toni anfragte, ob ich mit ihm auf den Kathreinenball dürfe, gab's vom Vater natürlich wieder ein glattes Nein. Aber diesmal war es anders. Dieser Bursch ließ sich nämlich nicht damit abspeisen. Er blieb so lange bei uns, bis mein Vater zustimmte.

»Na jaa.«

Die Mutter lächelte. »Macht's euch lustig, aber bleibt's anständig!«

Das war immer derselbe Spruch. Den ließ sie jedes Mal los, wenn der Toni mich abholte. Denn von der Zeit an verbrachte ich mit ihm jede Sonnwendfeier und jeden Jakobitag. Das waren für uns zweifellos die Höhepunkte des Jahres. Beide Feste wurden nur auf der Alm gefeiert.

Am Jakobitag, dem 25. Juli, saß man in einer Almhütte zusammen. Gesang und Tanz waren die einzigen Vergnügungen, die man da hatte. Zu trinken gab es nichts. Bekam einer Durst vom Singen oder Tanzen, ging er raus an den Brunnen, nahm einen kräftigen Schluck Wasser und feierte bester Laune weiter.

Das Sonnwendfeuer wurde immer am 24. Juni, dem Johannistag, angezündet. Alle Jugendlichen trafen sich auf einer Alm und sammelten eifrig Holz, das auf einem Berggipfel zu einem riesigen Haufen aufgeschichtet wurde. Damit ausreichend trockenes Holz für das Sonnwendfeuer gesammelt werden konnte, hatten die Burschen im Jahr zuvor schon einige Latschen abgehackt und liegen gelassen. Das Holz musste trocken sein, denn Zündhölzer kosteten Geld. Wir mussten also sparsam damit umgehen.

Ja, das liebe Geld! Es war damals sehr, sehr knapp. Ich hatte bis zu meinem 20. Lebensjahr überhaupt noch keines gesehen.

Aber zurück zu unserm Sonnwendfeuer. Brannte es endlich lichterloh, dann fassten sich alle bei den Händen, bildeten einen Kreis ums Feuer, sangen und hüpften darum herum. Dann spielte einer mit der Ziehharmonika auf, und es wurde paarweise getanzt. Grad schön war's!

Wenn das Holz schon ziemlich abgebrannt und das Feuer nicht mehr ganz so hoch loderte, nahm jeder Bursch sein Mädel bei der Hand und sprang mit ihm durch das Feuer. Das war absolut das Höchste.

Na ja, wie das so geht, wenn man jung und verliebt ist, dann passiert schon mal was. Jedenfalls blieb meine Periode auf einmal aus. Darüber machte ich mir keine Gedanken. Aber meine Mutter! Eines Tages sprach sie mich an.

»Sag mal, Rosa, was ist da los? Seit Monaten habe ich keine Binden mehr von dir gesehen.«

»Was soll schon los sein?«, fragte ich in aller Naivität. »Ich hab' halt keine Periode mehr. Das ist alles.«

»Das ist alles, das ist alles«, äffte mich meine Mutter nach. »Kriegst du etwa ein Kind?«

»Ich? Ein Kind kriegen? Ja, wieso denn? Der Arzt hat doch damals gesagt, ich krieg keine Kinder. Das hast du doch selbst gehört.«

Meiner Mutter entrang sich ein tiefer Seufzer.

»Gehört hab' ich's schon. Ja, dass du dich daran noch erinnern kannst! Hast dich etwa darauf verlassen?«

»Ja, hab ich schon«, bekannte ich offen. »Schließlich ist der Doktor ein studierter Mann und weiß, was er sagt.«

»Mir kommt's grad so vor, als hätte er's nicht gewusst. Meiner Meinung nach steckst du jetzt mitten drin im Schlamassel. Weißt wenigstens, wer der Kindsvater ist?«

»Der Toni, wer denn sonst?«

»Der Toni ist schon recht. Er ist ein anständiger Kerl und fleißig dazu. Den kannst ruhig heiraten. Wenn das Kind auch so früh kommt, die Hauptsache ist, es ist gesund. Du solltest es dem Toni recht bald sagen, damit er dich heiratet.«

Das tat ich auch.

Toni hielt bei meinem Vater um meine Hand an.

»Damit hab' ich gerechnet«, war der knappe Kommentar meines Vaters. »Meinetwegen könnt ihr heiraten. Von euch will ich nix, aber von mir kriegt ihr auch nix.«

»Ich kann dir auch nix geben, ich hab' selbst nix«, entgegnete der Toni.

Wenig später hörte Toni als Zimmerer auf. Als Holzknecht verdiente er wesentlich mehr.

Fünf Monate nach unserer Hochzeit hatten wir genug zusammengespart, um unsere erste Anschaffung zu machen: einen Kinderwagen für unsere Tochter, die Fehlprognose.

Ein vorlautes Kind

Hannelore, Jahrgang 1930, aus Stettin

Ich habe eine sehr gute, eine sehr behütete Kindheit gehabt. Wenn ich aber von meiner Kindheit erzählen soll, dann muss ich bei der Kindheit meiner Mutter anfangen. Nur dem schwerwiegenden Entschluss, den sie im Alter von vierzehn Jahren gefasst hatte, ist es zu verdanken, dass meine Kindheit so ganz anders verlief als die ihre.

Mit mehreren Geschwistern war sie in dem kleinen Dorf Jasenitz in Pommern auf einem Bauernhof aufgewachsen. Schon als Kind hatte sie viel mithelfen müssen, da ihr Vater früh verstorben war. Deshalb hatte sie sich vorgenommen: ›Meine Kinder sollen es mal besser haben als ich. Auf keinen Fall werde ich einen Landwirt heiraten!‹

Noch vor ihrer Schulentlassung bewarb sie sich auf eine Zeitungsanzeige und kam auf diese Weise nach Stettin in den Haushalt zweier lediger Lehrerinnen. Dort hatte sie es recht gut, und sie war mit ihrem Entschluss zufrieden.

Gegenüber von dem Haus, in dem die Lehrerinnen wohnten, befand sich eine Schusterei. Das kinderlose, nicht mehr ganz junge Schusterehepaar beobachtete das frische junge Mädchen oft, wenn es zu Besorgungen aus dem Haus ging oder wenn es die Schuhe der

Herrschaft zur Reparatur brachte. Sie hatten ihre Freude an dem Mädchen.

Eines Tages nahm sich die Schustersfrau Mut und sprach es an.

»Willst du nicht einmal mit uns auf einen Ball gehen?«

Meine Mutter, fernab von aller Kultur aufgewachsen, kannte außer einem runden Spielzeug keinen anderen ›Ball‹. Geduldig und leicht amüsiert über so viel Unbedarftheit erklärte ihr die Schusterin, dass ein ›Ball‹ auch eine Tanzveranstaltung sein kann. In diesem Falle handle es sich um einen Fastnachtsball, zu dem auch junge Leute hingingen, um sich zu amüsieren. Das sei doch mal eine schöne Abwechslung für sie.

Meine Mutter war damals gerade sechzehn Jahre alt. Aus diesem Grund erlaubten ihr die beiden altjüngferlichen Lehrerinnen großmütig, mit dem Schusterehepaar zu diesem Ball zu gehen, allerdings nicht, ohne sie mit gut gemeinten Ratschlägen zu versehen. Zusätzlich ermahnten sie die Schustersleute und legten ihnen ans Herz, nur ja gut auf das unverdorbene Mädchen aufzupassen. Denn sie hätten hier in der Stadt, fernab von dem Elterhaus des Mädchens, die Verantwortung für das junge Ding.

Auf diesem ersten Ball ihres Lebens lernte Mutter meinen Vater kennen. Wenige Jahre später heirateten sie, und sie zog mit ihm im Neubauviertel Stettins in eine Dienstwohnung mit schönen Gärten um die Häuser herum. Mein Vater war zu dieser Zeit noch Angehöriger der Reichswehr.

Dort wurde ich im Jahre 1930 geboren, und dort verbrachte ich meine ersten vier Lebensjahre. Einige Erinnerungen aus dieser Zeit habe ich noch.

Mein Vater mag ein bisschen enttäuscht gewesen sein, dass sein erstgeborenes Kind kein Junge war. Er ließ mich seinen Verdruss allerdings nie spüren. Meine Mutter dagegen war stolz auf ihr kleines Mädchen und versuchte, mich wie eine Prinzessin zu halten. Für sie war es unangebracht, wenn ich mich jungenhaft gebärdete, draußen mit den Jungs herumtollte und über Hecken und Zäune stieg. Deshalb wollte sie wenigstens sonntags ein richtiges Mädchen aus mir machen. Sie steckte mich in süße Kleidchen mit Volants und Rüschen, frisierte mich ordentlich und zierte mein Haar mit einem Schleifchen hier und einem Schleifchen da. Mir gefiel das gar nicht. Dennoch fügte ich mich drein. Beim Sonntagsspaziergang trippelte ich artig zwischen den Eltern einher. An solchen Tagen wurden auch die wenigen Fotos gemacht, die von mir existieren. Deshalb bin ich darauf immer so süß anzusehen.

So lange wir in Stettin lebten, kam meine Großmutter aus Jasenitz oft zu Besuch. Sie brachte ab und zu meinen Vetter Karlheinz mit, der ein halbes Jahr älter war als ich. Damals bildete ich mir als Dreijährige schon ein, als Stadtkind stünde ich auf einer höheren Stufe als er, der Junge vom Lande. Mit kindlicher Überheblichkeit führte ich ihn herum, um ihm zu zeigen, wie man in der Stadt lebt und welche Möglichkeiten man hatte.

Eines Tages haben wir uns bei einem solchen Rundgang heftig gezankt. Den Grund weiß ich nicht mehr. Aber ich ließ ihn einfach stehen und lief nach Hause.

Nach einer Weile fragte mich die Großmutter: »Wo ist denn Karlheinz?«

»Der wird wohl gleich kommen«, war meine lapidare Antwort. Aber Karlheinz kam nicht. Meine

Großmutter geriet in Panik. Mutter und Großmutter machten sich umgehend auf die Suche. Stundenlang waren sie unterwegs und hielten Ausschau nach dem Jungen. Da sie ihn in der Nähe nicht fanden, zogen sie immer größere Kreise. Sie guckten in jeden Garten, fragten in jedem Haus. Niemand hatte einen fremden, kleinen Jungen gesehen.

Es waren etwa vier Stunden vergangen, da entdeckten sie einen Jungen, der quietschvergnügt in einem Garten auf einer Schaukel saß. Es war mein Vetter Karlheinz. Mit Freudentränen drückte ihn meine Großmutter ans Herz.

Der Gartenbesitzer erzählte ihr, dass der Junge weinend vor dem Zaun gestanden habe.

»Du brauchst doch nicht zu weinen«, hatte der ihn angesprochen. »Guck mal, wir haben hier eine schöne Schaukel. Auf der darfst du schaukeln.«

Er hatte sich gedacht, wenn er mit dem Kind im Garten bliebe, würden seine Eltern ihn früher oder später entdecken. Seine Frau hatte ihm sogar etwas zu essen und zu trinken gegeben.

Mehrere Stunden muss der kleine Kerl bei diesen Leuten im Garten verbracht haben, während seine Großmutter und Tante in Sorge die ganze Gegend durchkämmten.

Von meinem Vater habe ich am Abend schön was zu hören gekriegt, weil ich den Vetter einfach hatte stehen lassen. Es fielen Worte wie ›Verantwortungslosigkeit‹ oder ›mangelnde Gewissenhaftigkeit‹. Wenn ich als Dreijährige diese Worte auch nicht verstand, so sind sie mir doch im Gedächtnis haften geblieben.

Im Jahre 1934 war die militärische Dienstzeit meines Vaters beendet, und er wurde als Beamter ins Rheinland versetzt. Da er nicht gleich eine geeignete Wohnung fand, blieb die Familie vorerst noch in Stettin.

Im Juni war es dann aber auch für uns so weit. Vor dem Haus stand ein riesiges Auto. Neugierig, wie ich schon immer war, wollte ich von meiner Mutter wissen, was das zu bedeuten habe.

»Das ist unser Möbelwagen aus Düsseldorf. Mit dem werden unsere Sachen in die neue Wohnung transportiert. Wir beide fahren mit dem Zug hinterher.« Da war ich noch keine vier Jahre alt.

Schaulustig stellte ich mich hinter das Möbelauto, um zu beobachten, wie die Umzugsmänner unsere Sachen verluden. Just zu der Zeit kamen zwei Nachbarinnen des Weges, die mich kannten. Sie blieben aus Neugier stehen.

»Was ist denn das für ein großes Auto, das hier steht?«, fragten sie mich.

»Ja, das ist unser Möbelwagen«, prahlte ich.

»Wieso euer Möbelwagen?«, hakte die Nachbarin nach.

»Ja, unsere Möbel werden damit transportiert.«

»Ach! Und wo soll die Reise hingehen?«

»Das müssen Sie doch lesen können«, tat ich altklug. »Da steht ›Düsseldorf‹ drauf. Wir ziehen nach Düsseldorf.«

Die beiden Nachbarinnen waren sprachlos. Stand da vor ihnen ein Dreikäsehoch von noch nicht ganz vier Jahren und konnte lesen! In diesem Glauben ließ ich sie. Natürlich konnte ich nicht lesen. Ich wusste nur von meiner Mama, was auf dem Möbelauto stand.

Für mich bedeutete die neue große Stadt kein Problem. Ich fühlte mich sofort zu Hause. Meine Mutter jedoch fand sich nur schwer in Düsseldorf zurecht. Nicht nur, weil sie ursprünglich vom Lande kam, sondern auch, weil man hier eine andere Religion hatte und anders sprach. In Düsseldorf wurde sie oft von den Leuten missverstanden, oder sie verstand die Düsseldorfer nicht.

Mir fällt da ein ganz einfaches Beispiel ein: Einmal fragte sie in einem Laden nach einem Wischtuch. Die Verkäuferin guckte sie an, als ob sie Chinesisch gesprochen hätte. Um ihr auf die Sprünge zu helfen, fügte meine Mutter erklärend hinzu: »Ja, ein Tuch zum Wischen.«

Die Verkäuferin überlegte kurz, ging ins Lager und kam mit einem Etwas zurück. Verzweifelt schaute meine Mutter diesen Gegenstand an.

»Das ist ein Staubtuch. Damit kann ich doch nicht den Boden wischen!«

»Ah«, dämmerte es jetzt der Angestellten. »Sie wollen einen Aufnehmer?«

Nicht wissend, was das nun wieder sei, nickte meine Mutter ergeben. Wieder verschwand die junge Dame und kehrte tatsächlich mit einem Wischtuch zurück. Strahlend bestätigte meine Mutter: »Genau, das ist es.«

Für diejenigen, die noch immer nicht wissen sollten, was meine Mutter eigentlich kaufen wollte, seien hier weitere Bezeichnungen angeführt, die mir im Laufe meines Lebens innerhalb Deutschlands für diesen unscheinbaren Gegenstand begegnet sind: Bodenlappen, Bodentuch, Feudel, Putzlappen, Putzlumpen, Putztuch, Scheuerlappen, Scheuertuch, Wischlappen. Womöglich kann die Reihe fortgesetzt werden – schließlich bin ich nicht überall herumgekommen.

Schon bald wurde ich in Düsseldorf im Kindergarten angemeldet. Eigenartigerweise gab es, obwohl Düsseldorf überwiegend katholisch ist, einen evangelischen Kindergarten. Es war der einzige Kindergarten in unserem Einzugsbereich. Deshalb wurde er auch von katholischen Kindern besucht. Auch das Mädchen, das meine beste Freundin werden sollte, war katholisch.

Schon als kleines Kind machte ich die Erfahrung, dass es in Düsseldorf ein Makel war, evangelisch zu sein. Auch später, als ich längst die Mittelschule besuchte, habe ich noch darunter zu leiden gehabt. Unter den Eltern meiner Mitschülerinnen gab es einige, die ihren Töchtern tatsächlich den Umgang mit mir verboten.

»Mit Evangelischen wollen wir nichts zu tun haben.«

In Pommern hatten wir eine solche Diskriminierung nicht gekannt. Da gab es ja ausschließlich evangelische Mitbürger.

Ein positives Erlebnis hatte ich aber dennoch in dieser Hinsicht. Zum zweiten Weihnachtsfest nach unserer Übersiedlung nach Düsseldorf hatte ich einen Puppenwagen bekommen. Ein paar Tage später ging ich stolz mit ihm straßauf und straßab. Ich kam an eine offen stehende Kirche. Natürlich war das eine katholische Kirche. Von meiner pommerschen Heimat her, in der es nur evangelische Kirchen gab, war ich es gewohnt, dass die Kirchen werktags verschlossen waren. Dort fanden ja nur an Sonntagen Gottesdienste statt.

Da ich keine Hemmungen kannte, spazierte ich mutterseelenallein in das großmächtige Gotteshaus, natürlich mit dem Puppenwagen. Den konnte ich doch unmöglich draußen lassen. Der war doch noch ganz neu. Unbekümmert marschierte ich nach vorne, magisch angezogen von der wunderbaren Krippe, die da aufgebaut war. Ich nahm meine Puppe aus dem Wagen und bestaunte mit ihr gemeinsam die farbenprächtigen Figuren, den windschiefen Stall, den Ziehbrunnen, das angedeutete Lagerfeuer der Hirten.

So vertieft in meine Betrachtungen, bemerkte ich gar nicht, dass noch jemand die Kirche betreten hatte. Deshalb war ich überrascht, als eine Männerstimme mich ansprach:

»Nanu, kleines Fräulein, was willst du denn hier so ganz allein?«

Vor mir stand ein großer junger Mann in einem schwarzen Mantel, der bis zum Boden reichte. Ich erschrak über sein Aussehen. Aber schnell fasste ich mich wieder.

»Ich wollte meiner Puppe mal zeigen, wie schön das hier ist in dieser Kirche.«

»Möchtest du ein bisschen mehr über die Krippe wissen?«, fragte der fremde Mann. Ich nickte, und wir setzten uns in die erste Bank. Er nahm sich erstaunlich viel Zeit für mich und beantwortete geduldig meine Fragen. So erfuhr ich etwas über die Hirten auf dem Felde, etwas über die Heiligen Drei Könige und darüber, wen die einzelnen Krippenfiguren darstellen sollten. Ich fand das alles hochinteressant.

»Und wer bist du?«, wollte ich schließlich wissen.

»Ich bin ein Priester und arbeite in diesem Gotteshaus.«

»Und warum hast du so einen langen schwarzen Mantel an?«

»Das ist meine Berufskleidung. Man nennt es Soutane.«

Danach geleitete er mich aus der Kirche. Mit mir und der Welt zufrieden, schob ich meinen Puppenwagen wieder heimwärts.

Zu Ostern 1936 wurde ich eingeschult. Ich war noch keine sechs Jahre alt, aber so aufgeweckt, dass meine Mutter kaum wusste, wie sie mit mir fertig werden sollte. Deshalb sah sie in meinem frühen Schulbesuch eine gute Lösung. Ihr Antrag auf vorzeitige Einschulung war positiv beschieden worden. Mir war das gerade recht. Ich wollte ja unbedingt in die Schule. Zu Hause und im Kindergarten war es mir langweilig.

Für den ersten Schultag hatte Mutter mich natürlich mächtig herausstaffiert: weißes Kleidchen, weiße Kniestrümpfe mit Bommeln, schwarze Lackschühchen, zwei große weiße Schleifen im Haar. Auf die Schule hatte ich mich wahnsinnig gefreut. Doch dass ich so herausgeputzt auftreten musste, vermieste mir den ganzen Schulbeginn. Nur der großen Schultüte, die mir in den Arm gedrückt wurde, ist es zu verdanken, dass sich meine Stimmung wieder aufhellte.

Von der Schule war ich begeistert. In der Schule war Leben, da war etwas los. Meine Eltern waren beide sehr ruhige Menschen, deshalb wunderten sie sich über ihren Wildfang, der immer in Bewegung sein musste, und dessen Mund niemals stillstand.

»Du kannst ganze Völkerstämme verrückt machen«, war ein häufiger Ausspruch meines Vaters.

Mir ist aber klar, woher ich dieses Temperament habe. Eine Schwester meines Vaters ist auch so eine lebhafte Person gewesen, während die Verwandten meiner Mutter alles ruhige Menschen waren. Oft blickte meine Mutter verzweifelt gen Himmel und seufzte: »Warum habe ich bloß so ein Kind?«

Mit meiner Art konnte sie nicht gut fertig werden. Trotz meiner Lebhaftigkeit und trotz der in früher Kindheit gezeigten ›Verantwortungslosigkeit‹ muss ich später doch ein Verantwortungsgefühl entwickelt haben. Denn als mein Vater gleich zu Beginn des Zweiten Weltkrieges eingezogen wurde, legte er mir ans Herz, ich solle auf die Mutter aufpassen, damit ihr nichts passiert.

Dieses Vertrauen, das er in mich setzte, erfüllte mich mit Stolz. Heute denke ich, es war ein geschickter pädagogischer Schachzug von ihm. Sicher, es wird für ihn eine Beruhigung gewesen sein zu wissen, dass der Mutter jemand zur Seite stand, wenn es auch nur eine Neunjährige war. Andererseits hoffte er aber wohl auch, mein Temperament durch diesen Auftrag zu zügeln, damit es die Mutter mit mir leichter habe. Dieses Vertrauens habe ich mich als durchaus würdig erwiesen. Ich war meiner Mutter eine wichtige Stütze in der schweren Zeit. Bevor es aber so weit war, vergingen noch einige unbeschwerte Jahre.

Eines Tages vertraute mir meine Mutter ganz geheimnisvoll an, dass sie noch ein Kindchen bekommen würde.

»Oh, fein«, war mein Kommentar, »dann habe ich endlich jemanden zum Spielen.«

Im Januar 1937 kam meine Schwester zur Welt.

Was war ich enttäuscht! Ich hatte fest mit einem Bruder gerechnet. Da wir bereits mich, ein Mädchen, hatten, war mir ganz klar, dass mein Geschwisterchen ein Bruder werden würde.

Da das aber nicht geklappt hatte, war ich nach kurzer Zeit auch mit der Schwester zufrieden. Aber wenigstens sollte sie einen schönen Namen haben. Rosemarie gefiel mir damals überaus gut. Für mich war es der schönste Name der Welt. Diesen Vorschlag unterbreitete ich meinem Vater. Meine Eltern hatten aber bereits einen Namen ausgesucht.

»Sicher, Rosemarie ist ein sehr schöner Name. Aber der Klapperstorch hatte deiner kleinen Schwester einen Zettel beigelegt. Auf dem stand, dass das Kind Margret heißen soll.«

Nicht sehr überzeugt von den Worten meines Vaters, nörgelte ich.

»Ich will den Zettel aber sehen.«

»Ja, ich zeige ihn dir«, versprach der Vater, nahm mich bei der Hand, führte mich in die Küche und öffnete die Tür am Herd. Lustig flackerte darin ein Feuer.

»Ach!«, tat mein Vater sichtlich enttäuscht. »Jetzt ist das Feuer so groß geworden, dass es den Zettel erwischt hat. Er lag hier ganz vorne. Jetzt kann man ihn leider nicht mehr lesen.«

Das alles habe ich ihm geglaubt. Er hätte natürlich selbst einen Zettel schreiben und mir zeigen können. Wahrscheinlich war er aber auf diese Idee nicht gekommen oder die Feuerversion hatte ihm besser gefallen.

Eifersüchtig, wie ich das vielfach bei anderen älteren Geschwistern beobachtet habe, war ich auf meine Schwester nicht. Ich war eher desinteressiert. Anfangs war ich immer Feuer und Flamme, wenn ich sie ausfahren durfte. Das war nicht ganz einfach zu bewerkstelligen. Wir wohnten in der zweiten Etage, und der Kinderwagen musste jedes Mal nach unten getragen werden. Kaum war ich damit auf der Straße, erblickte ich meine Freunde, und der Kinderwagen war vergessen. Einige von meinen Freundinnen waren jedoch so begierig darauf, den Kinderwagen zu schieben, dass ich ihnen Margret gerne überließ. Mir blieb dann Zeit zum Rollschuhlaufen, zum Rollerfahren oder zum Hüpfen. Spielen konnte man bei uns auf der Straße noch nach Herzenslust.

Leider kam meine Mutter bald dahinter, dass ich meine Schwester immer in der Obhut von anderen Kindern ließ. Das gefiel ihr überhaupt nicht. Sie machte mir ernsthafte Vorwürfe. Wieder erzählte sie etwas von ›unzuverlässig‹ und ›verantwortungslos‹. Irgendwie kamen mir diese Worte bekannt vor. Dennoch, sie gingen bei einem Ohr rein und beim anderen wieder hinaus. Auf Schwesterlein aufpassen war also nicht so mein Ding. Das sah meine Mutter ein. Ich brauchte es dann auch nicht mehr zu machen.

Wir wohnten in einer ruhigen Straße, und es gab, wie gesagt, kaum Verkehr. Aber in unserem Haus wohnte ein junger Mann mit seiner Frau, der bereits ein Auto besaß. Das war noch etwas ganz Seltenes zu jener Zeit. Der junge Mann war Besitzer einer Autowerkstatt und hatte sich aus mehreren alten Autos ein eigenes zusammengebaut.

Dieses Ehepaar wohnte über uns und hatte keine Kinder. Deshalb freute die Frau sich immer über meinen Besuch. Ich besuchte sie gerne und sehr oft, weil für mich immer eine kleine Nascherei abfiel.

Dieses Ehepaar lud eines Tages unsere ganze Familie zu einer Autofahrt ein. Das war noch vor der Geburt meiner Schwester. Sie, meine Eltern und ich nahmen ganz stolz in dem offenen Wagen Platz. Dann machten wir eine ›weite‹ Reise. Nach Mönchengladbach. Von Düsseldorf bis Mönchengladbach! Man stelle sich vor: über den Rhein! Das war doch was. Das haben wir genossen, ich ganz besonders. Es war die erste Autofahrt meines Lebens.

Und eine eigenartige Laune des Lebens: Meine erste Autofahrt hatte mich nach Mönchengladbach geführt, ausgerechnet in den Ort, in dem mein späterer Ehemann lebte.

Aber das konnte ich damals noch nicht ahnen.

❧

Jedes Jahr in den Sommerferien fuhren wir zu meiner Großmutter nach Jasenitz. Manchmal fuhr ich sogar allein, d. h. ohne die Eltern. Meine Eltern hatten nämlich in Düsseldorf Bekannte, die auch aus der Region um Stettin stammten. Die nahmen mich manchmal mit bis Stettin, wo meine Großmutter mich am Bahnhof in Empfang nahm.

Gemeinsam fuhren wir dann im Bummelzug nach Jasenitz. Das letzte Stück legten wir zu Fuß zurück bis zum Bauernhof der Großmutter. Der Hof war ein Paradies für mich, denn bis 1944 erlebte ich ihn immer nur im Sommer. Die Weite, die Freiheit, die vielen Tiere! Außerdem hatte ich meine Freunde da und meine Cousinen und Cousins.

Ich war nie ein Kind von Traurigkeit und legte es immer wieder darauf an, diesen Landkindern mächtig zu imponieren. Für die kam ich ja gewissermaßen aus dem Ausland. Deshalb fühlte ich mich als Stadtkind geradezu zum Angeben verpflichtet.

Ich war sieben oder acht Jahre alt, als ich wieder mal zu den Ferien anreiste. Da kam mir schon einer meiner kleinen Freunde entgegen. Mit stolzgeschwellter Brust behauptete er: »Ich kann schwimmen!«

»Du bist ja ein Angeber«, schmetterte ich ihn ab. Denn Angeben war doch mein Ressort!

»Aber ich kann wirklich schwimmen«, beharrte er.

»Pah, schwimmen! Was ist Schwimmen?«, tat ich von oben herab. »Ich kann doch sowieso schwimmen.« In Wirklichkeit hatte ich noch nicht einmal einen einzigen Schwimmversuch hinter mir.

Am nächsten Tag sind wir beide zum Schwimmen gegangen. Erstens wollte er mir seine neu erworbene Kunst vorführen, zweitens wollte er kontrollieren, ob ich die Wahrheit gesagt hatte. Nun war ich gefordert.

In der Nähe des Hofes gab es einen kleinen Fluss, den Aalbach. Der mündete ins Stettiner Haff. Der Aalbach war tief genug, dass man darin schwimmen konnte. Todesmutig stürzte ich mich in die Fluten. Es galt doch meinem Freund zu beweisen, dass ich wirklich schwimmen konnte. Voller Verzweiflung paddelte ich mit Armen und Beinen. Tatsächlich gelang es mir, mich über Wasser zu halten. Niemand war darüber erstaunter als ich.

Es ist unglaublich, was Ehrgeiz zu Wege bringt. Denn von Stund an konnte ich schwimmen.

Als ich von dieser Reise wieder nach Hause zurückgekehrt war, bekam ich Halsschmerzen. Die verschlimmerten sich derart, dass ich nicht mehr sprechen und schlucken konnte. Der herbeigerufene Arzt tippte sofort auf Diphtherie und überwies mich ins Krankenhaus.

Auf meiner Station lagen mehrere Kinder mit dieser damals noch lebensbedrohlichen Krankheit. Wir lagen streng isoliert in unseren Betten, und die Eltern durften uns nur durch die Scheiben sehen. Über vier Wochen lang lag ich im Krankenhaus. Aber ich hatte nicht das geringste Heimweh. Ich war viel zu sehr damit beschäftigt, die Station aufzumischen. Denn auch hier zeigte sich mein Temperament, und dass ich immer tonangebend sein musste.

Es dauerte nicht lange, da war ich die Diphtheriekönigin. Aus irgendeiner Banderole habe ich mir ein Diadem gebastelt und mir auf den Kopf gesetzt. Von da an sah man mich in meinem Krankenbett nicht mehr ohne Diadem. Alle meine Mitpatienten und selbst die Schwestern und die Ärzte nannten mich deshalb nur noch die ›Diphtheriekönigin‹.

Meine Mutter hat sehr darunter gelitten, dass ich immer und überall auffallen musste.

Mein Vater bastelte recht gerne. Schon lange trug er sich mit dem Gedanken, ein Puppenhaus zu bauen. Dieses Unternehmen schien ihm umso lohnender, da er nun zwei Töchter hatte, die damit spielen würden. Als meine Schwester auf ihren zweiten Geburtstag zuging, machte er sich ans Werk.

Meine Mutter verstand es, mich so zu beeinflussen, dass ich mir zu Weihnachten nichts sehnlicher wünschte als ein Puppenhaus. Nun wünschte ich mir aber nicht nur das Haus. Ich wünschte mir auch noch eine Puppe, die dieses Haus bewohnen sollte. Diese Puppe hatte ich mir schon längst ausgeguckt. Sie lag im Schaufenster eines Spielwarengeschäftes, an dem ich jeden Tag vorbeikam. Auf dem Weg zur Schule drückte ich mir jedes Mal die Nase an der Schaufensterscheibe platt. Ich bekam nicht genug davon, ›meine‹ Puppe in allen Einzelheiten zu bewundern. Es war eine kleine Puppe, die man anziehen konnte. Sie war wunderschön und lag in einem Karton, in dem rundherum ihre Kleidungsstücke sehr dekorativ angeordnet waren. Auf diese Puppe hatte ich also, seit ich sie in der Auslage entdeckt hatte, ein Auge geworfen. Jedes Mal bangte ich, sie könne weg sein. Denn es gab sicher noch andere Mädchen, die einen solchen Traum von einer Puppe begehrten. Jedes Mal klopfte mein Herz schneller, wenn ich entdeckte, dass sie doch noch da war.

Nun musste es mir gelingen, meinen Eltern, insbesondere meiner Mutter, beizubringen, dass ich mir just diese Puppe zu Weihnachten wünschte. Dabei musste ich sehr diplomatisch vorgehen. Man sollte mir ja nicht Unbescheidenheit vorwerfen können, wenn ich zusätzlich zu dem großen Puppenhaus ein weiteres Geschenk haben wollte. Irgendwie musste ich meine Mutter dazu bringen, dass sie von sich aus den Wunsch verspürte, mir diese Puppe zu schenken. Also schwärmte ich ihr jeden Tag von dieser wundervollen Puppe vor.

»Ja, wenn dir diese Puppe so gut gefällt, dann sollte ich sie mir doch mal ansehen«, äußerte sie eines Tages. Nun glaubte ich, gewonnen zu haben. Denn wenn die Mutter diese Puppe erst mal sah, würde sie genauso hinschmelzen wie ich. Dann würde sie es nicht mehr übers Herz bringen, ihrem kleinen Mädchen diesen Wunsch zu versagen.

Anfang November gelang es mir endlich, meine Mutter vor das besagte Schaufenster zu lotsen. Mit erwartungsvollen Augen beobachtete ich ihr Mienenspiel. Nach einer Weile nickte sie anerkennend.

»Das ist in der Tat eine ganz reizende Puppe. Ich kann mir sehr gut vorstellen, dass sie dir gefällt.« Dabei schmunzelte sie ein wenig. Sie ließ aber völlig offen, ob sie diese Puppe als Geschenk für mich in Erwägung zog.

Am nächsten Tag traf mich fast der Schlag. Die Schaufensterscheibe des bewussten Spielwarengeschäftes war eingeschlagen. Mein erster Gedanke war: ›Das kann nur ein Einbrecher gewesen sein. Der hat sich auf diese Weise meiner Puppe bemächtigt.‹ Deshalb musste ich nachschauen, ob sie wirklich weg war.

Vor dem Fenster standen aber einige Männer, die mir die Sicht versperrten. Deshalb versuchte ich, mich an ihnen vorbeizuschieben.

»Weitergehen, weitergehen! Nicht hier stehen bleiben!« schnauzten sie mich an.

Mit einem Blick erfasste ich gerade noch, dass meine Puppe noch immer im Fenster lag. Sie war jedoch über und über mit Glasscherben bedeckt. Weinend ging ich weiter. Dennoch entging mir nicht, dass auch andere Schaufensterscheiben eingeschlagen waren. Noch immer weinend traf ich in der Schule ein. Auf Befragen der Lehrerin stammelte ich für sie wohl ziemlich unverständliches Zeug. Auch zu Hause berichtete ich unter Tränen, was geschehen war. Aber niemand erklärte einem kleinen Mädchen, was das zu bedeuten hatte.

Natürlich lag diese Puppe nicht unter unserem Weihnachtsbaum. Damit hatte ich auch gar nicht mehr gerechnet.

Diese Schaufenstergeschichte war mein erstes wirklich trauriges Erlebnis. Ich war maßlos enttäuscht, dass es Menschen gab, die so etwas taten. Ich war entsetzt, dass so etwas in einer so großen Stadt wie Düsseldorf geschehen konnte.

Erst Jahre später wurde ich über die Ereignisse in der Reichskristallnacht aufgeklärt.

Nachdem ich die Volksschule vier Jahre lang besucht hatte, wechselte ich auf die Mädchenmittelschule. Aber nicht freiwillig. Wenn es nach mir gegangen wäre, hätte ich nämlich das Gymnasium besucht. Denn ich wollte studieren mit dem Ziel, Rechtsanwältin zu werden.

Was mich auf diese Idee gebracht hatte, weiß ich nicht mehr. Aber mein Vater erlaubte es nicht. Für den Besuch des Gymnasiums wären monatlich zwanzig Mark Schulgeld zu entrichten gewesen, während auf der Mittelschule nur zehn Mark zu zahlen waren.

»Sieh mal, wir haben zwei Kinder. Wenn ich dir den Besuch des Gymnasiums erlaube, dann muss ich das deiner Schwester ebenfalls erlauben. Ich bin Beamter, so viel Geld habe ich nicht. Wenn ich für euch beide so viel Schulgeld hinlegen müsste, wäre ein Viertel meines Gehaltes weg. Mit Abitur für euch beide ist also bei uns nichts drin«, erklärte er mir.

Ich schluckte, aber ich konnte das verstehen. Nur seine weiteren Ausführungen brachten mich auf die Palme.

»Wenn du ein Junge wärst, sähe das natürlich anders aus. Der dürfte studieren. Als Mann muss er ja später einen richtigen Beruf ausüben, weil er eine Familie ernähren muss. Du wirst ja später sowieso heiraten.«

»Da bin ich aber gar nicht sicher. Wenn ich einen ordentlichen Beruf hätte, könnte ich mich doch selbst ernähren«, warf ich patzig hin. So vorlaut – oder sollte ich besser sagen: weise? – war ich schon im Alter von zehn Jahren.

1941 wurde es in Düsseldorf gefährlich. Um die Kinder aus der Gefahrenzone zu bringen, wurden alle Schüler der weiterführenden Schulen im Rahmen der Kinderlandverschickung aus der Stadt gebracht. So kam ich als Elfjährige für ein halbes Jahr nach Karlsbad. Das lag in dem Teil der Tschechoslowakei, der bereits dem Deutschen Reich angegliedert war.

Wir Mädchen, sechshundert an der Zahl, wurden im ›Hotel Imperial‹ einquartiert. Dieses Fünf-Sterne-Hotel, das Feinste am Platze, war ursprünglich ein amerikanisches Hotel gewesen. Nun profitierten wir Mädchen von all dem Luxus, den ein solches Hotel zu bieten hatte. Die Zimmer waren mit zwei dreistöckigen Betten ausgestattet, jedes hatte ein eigenes Badezimmer.

Alle sechshundert Mädchen speisten gemeinsam mit den Lehrerinnen in dem riesigen Speisesaal. Das Essen war gut, wenngleich wir uns an die tschechische Küche mit ihren typischen Mehlspeisen wie Buchteln, Kaiserschmarrn, Semmelknödeln und anderen unaussprechlichen Sachen gewöhnen mussten.

Jedes der sechshundert Mädchen hatte seine eigene Waschfrau, die ihm gleich zu Beginn des Aufenthaltes zugeteilt worden war. Jede Woche brachte man ihr die Schmutzwäsche und holte die saubere, gebügelte Wäsche von der Vorwoche wieder ab. Ja, dort ging es uns gut.

Wir hatten selbstverständlich auch Unterricht im Hotel. Mehrere Räumlichkeiten waren zu Klassenzimmern umfunktioniert worden.

Heimweh hatte ich eigentlich nicht. Dazu gab es dort viel zu viel Abwechslung. Meine Neigung, immer wieder Mittelpunkt zu sein, konnte ich auch dort voll ausleben.

Im Oktober kehrten wir wieder nach Hause zurück. Das Hotel wurde nun als Lazarett gebraucht.

1943 wurden wir ein zweites Mal verschickt. Diesmal kamen wir in das Kloster Medingen bei Dillingen an der Donau. Dort war alles ganz anders. Bei weitem nicht so viel Komfort, nur große Schlafsäle. Bei der Wäsche mussten wir eifrig mithelfen und sie auch selber bügeln. Auch zu anderen Hausarbeiten wurden wir eingeteilt. Hier waren wir nicht mehr die Prinzessinnen des ›Hotel Imperial‹, hier mussten wir in die Rolle von Aschenputtel schlüpfen. Aber das störte mich nicht. Diese Verschickung fand ich genauso aufregend wie meine erste. Dennoch bekam ich Heimweh. Das lag wohl daran, dass meine Mutter mich besucht hatte.

Sie hätte mich auf der Stelle mit nach Hause genommen, wenn die Schulfrage geklärt gewesen wäre. Ehe ich nach Düsseldorf zurückging, musste sichergestellt sein, dass ich dort eine Schule besuchen konnte. Das war gar nicht so einfach. Denn die Schulen waren ja weitgehend ›verschickt‹ worden. Die Mutter musste mir also zuerst eine Schule suchen.

Schließlich fand sie ein Gymnasium auf der anderen Rheinseite, eine Privatschule. Hier war jedoch ein wesentlich höheres Schulgeld zu entrichten als bei den staatlichen Schulen. Meine Mutter konnte sich das nun trotzdem leisten. Ihr stand ja das ganze Gehalt meines Vaters zur Verfügung. Der Vater hatte als Soldat unabhängig davon seinen Sold.

Auf dieser Schule konnte ich jedoch nur ein halbes Jahr verbleiben. Denn im März 1944 wurden wir ausgebombt und flüchteten Richtung Osten. Das war genau die falsche Richtung, wie sich später herausstellen sollte.

Bei der Großmutter in Jasenitz fühlten wir uns jedoch zunächst sicher. Dort war auch unsere Ernährung sichergestellt. Zumindest eine Zeit lang. Aber auch da gab es keine Schulen mehr. Also fiel der Schulbesuch für mich aus.

Später wurden wir noch weiter nach Osten evakuiert, nach Hinterpommern. Wir wurden in einen Ort verbracht, in dem die höheren Schulen von Stettin ausgelagert waren. Damit war der Schulbesuch für mich wieder möglich. Allerdings auch nur bis zum 2. Februar des folgenden Jahres. Dann mussten wir vor den Russen nach Westen flüchten. Dieses Kapitel möchte ich jedoch aussparen. Es war zu schrecklich.

Am 11. November 1945 trafen wir wieder in Düsseldorf ein. Meine Schule war zerstört. An der Stelle, wo sie gestanden hatte, hing ein Schild, das Auskunft gab, an welchem provisorischen Ort der Unterricht abgehalten würde. Ich bat die Rektorin, sie möge mich eine Klasse zurückstufen, weil ich durch die ganzen Kriegswirren zu viel versäumt hatte. Da lachte sie nur.

»Mein liebes Kind, warum sollte ich dich zurückstufen? Meinst du, deinen Mitschülerinnen ist es anders ergangen als dir? Die haben genauso viel versäumt.«

Also kam ich wieder in meine alte Klasse. Das war ein Hallo und eine Freude! Leider wurde sie dadurch getrübt, dass wir erfuhren, dass nicht alle den Krieg überlebt hatten.

❧

Nachdem ich die mittlere Reife in der Tasche hatte, fing ich im Fernsprechamt bei der Post an. Mein Vater hatte mir diese Stelle besorgt. Er hatte sehr großen Wert darauf gelegt, dass ich gleich unterkam und nicht tatenlos zu Hause herumhing. Meine einigermaßen guten Englischkenntnisse brachten mich gleich in die Englische Abteilung, wo ich ein höheres Gehalt bekam und die Verbindungen für die englische Besatzungsmacht zu stöpseln hatte.

Nach zwei Jahren wurde ich krank. Anfangs ignorierte ich es, obwohl ich mich elend fühlte. Es waren die Kollegen, die mir dringend einredeten, ich müsse zum Arzt, ich sähe erbärmlich aus. Also marschierte ich zu unserem Hausarzt. Der horchte mich ab und zuckte die Schultern.

»Ich weiß nicht, was das soll. Ich kann nichts finden.«

»Ich hab nichts. Der Arzt hat nichts gefunden«, erklärte ich meinen Kollegen, als ich zurückkam.

Die aber gaben keine Ruhe. Sie schickten mich ein zweites und ein drittes Mal zum Arzt. Der schüttelte nur immer den Kopf.

»Ich verstehe das nicht. Immer, wenn du zu mir

kommst, hast du keine Schmerzen mehr, behauptest aber, du hättest Schmerzen, sobald du wieder weg bist.«

So war das tatsächlich. Also trottete ich wieder zu meinem Arbeitsplatz zurück.

Am nächsten Tag betrachtete mich selbst mein Vorgesetzter kritisch.

»Mädchen, du musst zum Arzt. Ich sehe doch, dass du Schmerzen hast.«

»Was soll ich da? Dreimal war ich schon da. Der findet ja doch nichts.«

»Weißt du was?«, blieb er beharrlich. »Du gehst noch einmal hin.«

Also gehorchte ich und suchte die Arztpraxis ein viertes Mal auf. Der Arzt, der mich von klein auf kannte, war an diesem Tag nicht da. Sein Vertreter untersuchte mich sehr sorgfältig. Dann polterte er los:

»Sie haben eine verschleppte Rippenfellentzündung! Wieso sind Sie nicht eher zum Arzt gegangen?«

»Bitte? Verschleppt?«, fragte ich in entsprechendem Tonfall. »Dreimal bin ich bei Ihrem Kollegen gewesen. Jedes Mal hat er mich abgespeist, ich hätte nichts. Es sei alles in Ordnung.«

Sofort lenkte er ein. »Ja, man kann das nicht immer entdecken.« Als sein Vertreter konnte er sich doch nicht anmaßen, seinen Kollegen schlecht zu machen.

»Sie haben eine nasse Rippenfellentzündung«, erläuterte er mir. »Das ist hoch gefährlich. Dagegen müssen wir etwas unternehmen. Zunächst werde ich Sie mal krank schreiben. Dann müssen Sie sofort ins Bett. Ich werde jeden Tag nach Ihnen sehen. In acht bis zehn Tagen wird Ihr Arzt wieder zurück sein, dann wird er die Behandlung fortsetzen. Ich werde ihm einen entsprechenden Bericht geben.«

Und so geschah es. Als mein Hausarzt mich wieder für ausgehfähig hielt, bestellte er mich in seine Praxis. Dort stellte er mich vor die vollendete Tatsache.

»Ich habe schon mit der Post telefoniert und mit der Krankenkasse, du kommst jetzt weg, zur Kur.«

»Zur Kur?«, wunderte ich mich. »Wieso? Wohin denn? Wann?«

»Das weiß ich noch nicht. Aber das wird man dir mitteilen.«

Innerhalb von drei Tagen war der Antrag durch. Kurz und knapp teilte man mir mit: Am Montag früh geht die Reise nach Bad Wildungen.

Das kam alles so überstürzt. Eigentlich wollte ich gar nicht weg. Aber mein Arzt bestand darauf. Sicher hatte er das Gefühl, er müsse an mir etwas gutmachen. In aller Eile wurde die Reise vorbereitet. Vor allem aber galt es, mich von meinen Verehrern zu verabschieden. Zumindest musste ich ihnen meine Kuradresse mitteilen. Meine Mutter brachte eiligst meine Kleidung und Wäsche in Ordnung, meine Schwester, zu dem Zeitpunkt dreizehn Jahre alt, packte meinen Koffer.

So reiste ich am Montagmorgen mit der Bahn nach Bad Wildungen. Dort bezog ich eine kleine Privatpension, weil das billiger war als ein Zimmer in der Kurklinik. Ich musste mich aber beim Empfang melden. Da hieß es, der leitende Arzt heiße Sowieso, und die erste Untersuchung bei ihm sei am nächsten Morgen um neun Uhr.

Nach kurzer Wartezeit wurde ich am nächsten Tag ins Sprechzimmer gebeten. Erstaunt blickte ich den jungen Arzt an.

»Sind Sie der Chefarzt?«

»Nein«, antwortete der wahrheitsgemäß. »Aber ich werde Sie jetzt untersuchen.«

»Nein«, wich ich entsetzt zurück. »Von Ihnen lasse ich mich doch nicht untersuchen. Ich weiß, dass ich vom Chefarzt untersucht werden soll.«

»Stellen Sie sich nicht so an. Ich kann das auch.«

Bevor er mit der Untersuchung begann, setzte er sich hinter den Schreibtisch und füllte einen Fragebogen aus. Nachdem er meinen Namen, die Heimatadresse und meine Kuranschrift notiert hatte, schnarrte er:

»Verheiratet?«

»Nein.«

»Kinder?«

»Ich habe Ihnen doch gesagt, dass ich nicht verheiratet bin. Also kann ich keine Kinder haben.«

»Na«, schmunzelte er, »man kann ja nie wissen.«

Währenddessen rutschte ich auf meinem Stuhl nervös hin und her. Auf einmal gab es an meinem Rücken ein kaum wahrnehmbares Geräusch, und mein Büstenhalter war geknackt.

Überrascht blickte der junge Arzt auf.

»Huch, was war das?«

Also, so eine Unverschämtheit! Mit hochrotem Kopf schäumte ich vor Wut.

»Wissen Sie, das dürften Sie gar nicht gehört haben! Und vor allen Dingen dürften Sie mich nicht darauf ansprechen!«

Statt sich zu entschuldigen, grinste er nur unverschämt vor sich hin. Nachdem ich mich einigermaßen beruhigt hatte, ließ ich mich doch von ihm untersuchen, weil es mir schien, dass ich keine andere Wahl hatte.

»Ach, Fräulein«, säuselte er, »was haben Sie für einen schönen Rücken!«

Das versetzte mich erneut in Rage. Nach der Untersuchung zog ich mich schnell an und rannte wutschnaubend aus dem Zimmer.

Wir Kurgäste aßen im Speisesaal. Ich setzte mich an einen Tisch zu einem Familienvater, der im Krieg einen Arm verloren hatte. Hilfsbereit, wie ich war, schnitt ich ihm das Fleisch klein, damit er es besser essen konnte. Der Mann nahm mich als Gegenleistung ein bisschen unter seine Fittiche.

Nach einigen Tagen stellte er sinnierend fest: »Hier sind lauter Männer von der Post, Fräulein Plavonne. Das sind alles keine Männer für Sie. Ich wüsste einen für Sie!«

»Ich will gar keinen«, lehnte ich kategorisch ab. »Ich bin in festen Händen.«

Das war durchaus glaubwürdig. Denn zweimal schon war ein Blumenstrauß von einem meiner Verehrer aus Düsseldorf eingetroffen. Das hatte mein Tischnachbar mitbekommen.

Der Assistenzarzt, der mir von seiner ersten Untersuchung an unsympathisch war, speiste ebenso wie die Schwestern mit uns Patienten im selben Raum. Eines Mittags betrat er den Saal mit einem voluminösen Blumenstrauß. Diesen überreichte er mir so, als wären die Blumen von ihm. Ich aber wusste, dass die wieder von meinem Bekannten aus Düsseldorf waren. Alle anderen im Speisesaal glaubten indessen, der Doktor hätte mir diese Blumen verehrt. Er hielt es auch keineswegs für nötig, das aufzuklären. Im Gegenteil, er hatte diesen Anschein wohl ganz bewusst erweckt. Seine Arroganz machte mich nur noch wütender auf ihn.

Aber damit nicht genug. Jedes Mal, wenn er an unserem Tisch vorbeikam, tat er sehr vertraulich.

»Na, Plavönnchen, wie geht's dir?«

»Was soll das?«, reagierte ich empört und lautstark. »Ich habe doch nicht mit Ihnen auf Du und Du getrunken.«

Wenn mich meine gute Erziehung nicht daran gehindert hätte, hätte ich ihm ganz andere Dinge an den Kopf geworfen. Meine Zurechtweisung beeindruckte ihn jedoch nicht im Mindesten. Zwei Tage später trat er wieder an unseren Tisch.

»Na, Plavönnchen, hast du heute was vor? Ich habe heute Abend frei. Willst du nicht mit mir ins Kurkonzert gehen?«

Noch ehe ich heftig ablehnen konnte, bekam ich unterm Tisch von meinem Nachbarn einen Tritt gegen das Schienbein, und oberhalb flötete er: »Natürlich hat Fräulein Plavonne nichts vor. Natürlich wird sie gerne mit Ihnen ins Konzert gehen.«

Für Sekunden blieb mir die Sprache weg. Das will bei mir schon was heißen. Dann stellte ich meinem Tischgenossen eine Bedingung.

»Gut, ich gehe mit. Aber nur, wenn Sie auch mitgehen!«

So zogen wir denn zu dritt los, was meinem Verehrer überhaupt nicht gefiel. Kaum saßen wir in dem Konzert, verschwand mein Tischnachbar unter einem fadenscheinigen Vorwand. Und ich saß da mit dem aufdringlichen Assistenzarzt.

Am nächsten Morgen beim Frühstück hatte mein Tischnachbar nichts Wichtigeres zu tun, als mit süffisantem Grinsen zu fragen: »Na, Fräulein Plavonne, wie war das denn mit dem Doktor?«

»Wie soll es gewesen sein?«, antwortete ich mit einer Gegenfrage. »Wir waren doch nur im Kurkonzert.« Diese Antwort schien ihn nicht zu befriedigen.

Am Tag darauf holte mich der Doktor zu einem Spaziergang ab. Unterwegs fragte er, warum ich immer so kratzbürstig zu ihm sei. Da erzählte ich ihm, dass meine Aversion gegen Ärzte auf ein Erlebnis zurückzuführen sei, das ich in früher Kindheit gehabt hätte.

»Damals hatte ich Keuchhusten, und meine Mutter war mit mir wiederholt in eine Arztpraxis gegangen, wo ich jedes Mal eine Spritze bekam. Diese Spritze tat immer fürchterlich weh. Deshalb schrie ich schon, wenn ich des Arztes nur ansichtig wurde. Bald war es so schlimm, dass ich noch nicht mal in das betreffende Haus hinein wollte. Nur mit Gewalt, mit großer Überredungskunst und allerlei Versprechungen gelang es meiner Mutter, mich weiterhin in die Arztpraxis zu bekommen. Obwohl ich damals noch nicht ganz drei Jahre alt war, ist mir diese schreckliche Zeit in Erinnerung geblieben, zumindest meine Angst vor Spritzen und meine Abneigung gegen Ärzte. Schon damals nahm ich mir vor, niemals einen Arzt oder einen Polizisten zu heiraten. Woher meine Abneigung gegen Polizisten rührt, weiß ich allerdings nicht mehr«, endete ich meine Ausführungen.

Mein hartnäckiger Verehrer hatte sich diese Geschichte angehört, ohne mich ein einziges Mal zu unterbrechen. Anmaßend prophezeite er mir dann: »Wenn du mal krank wirst und eine Spritze brauchst, dann wirst du mal sehen, wie gut ich spritzen kann. Dann fällst du nicht in Ohnmacht.«

»Gott behüte, dass diese Situation jemals eintretten wird«, war mein Kommentar.

Diese Situation sollte leider schon sehr bald eintreten. Zwei Tage nach diesem Gespräch lud mich der Doktor zu einer Operette im Kurtheater ein. Auf unserem Weg dorthin setzte ein wolkenbruchartiger Regen ein. Bis wir ankamen, waren wir völlig durchnässt. In unseren nassen Sachen saßen wir dann stundenlang im Theater.

Am nächsten Morgen erwachte ich mit hohem Fieber. Mich hat es vermutlich deshalb so bös erwischt, weil ich durch die vorangegangene Rippenfellentzündung noch geschwächt war. Meine besorgte Zimmerwirtin benachrichtigte sofort den Arzt. Der eilte mit fliegenden Fahnen herbei und verpasste mir sogleich eine Spritze. Und richtig: Von dieser habe ich kaum etwas gespürt, und in Ohnmacht gefallen bin ich auch nicht. Wahrscheinlich hatte er eine ganz dünne Nadel genommen.

Von da an machte er jeden Abend und jeden Morgen einen Krankenbesuch bei mir.

Nach einigen Tagen war ich schon wieder so weit hergestellt, dass der Doktor mir erlaubte, an dem lustigen Abend teilzunehmen, der für viele der Abschiedsabend war.

»Aber nur bis zehn Uhr, Plavönnchen, dann ist Schluss!«, ermahnte mich mein gestrenger Doktor. Damit ich das auch befolgte, brachte er mich eigenhändig in meine Pension.

»Ach, Herr Doktor«, säuselte meine Wirtin, »kommen Sie doch mal 'nen Moment mit rein. Muss die arme Kleine denn schon jetzt nach Hause? Ein bisschen länger hätten Sie ihr doch gestatten dürfen. Warten Sie mal, ich hab' was.«

Sie kam mit einem Glas Wein zurück und stellte es vor mich hin.

»Nein!«, legte der Herr Doktor sein Veto ein und griff nach dem Glas. »Sie darf keinen Wein trinken. Den trinke ich.« Die Wirtin, schon wieder an der Tür, wandte sich um.

»Aber Herr Doktor, ich wollte doch auch für Sie gerade noch ein Glas Wein holen.«

»Tun Sie das. Das trinke ich auch noch.«

Als ich am nächsten Morgen zur Untersuchung in der Praxis erschien, empfing mich mein Doktor freudestrahlend.

»Weil du krank geworden bist, kannst du vierzehn Tage länger bleiben, Plavönnchen.«

»Ich denke gar nicht daran«, war meine spontane Reaktion. »Vier Wochen sind mir lange genug. Ich muss übermorgen nach Hause. Ich habe mich nämlich verabredet.«

»Aha! Mit dem Blumenkavalier?«, forschte er.

»Ich wüsste nicht, was Sie das anginge«, entgegnete ich patzig.

Wie geplant packte ich meinen Koffer und reiste mit dem vorgesehenen Zug nach Düsseldorf. Dort fand ich schon einen Brief von ›meinem‹ Doktor vor. Ich ignorierte den Brief und feierte mit meinen Freunden unser Wiedersehen. Damit war für mich die Sache erledigt.

Nach einigen Wochen erhielt ich Post aus Mönchengladbach.

»Liebes Plavönnchen! Ich bin nicht mehr in Bad Wildungen. Seit zwei Wochen wohne ich wieder bei meiner Mutter in Mönchengladbach. Ich habe dort eine Stelle angenommen.«

›Was interessiert mich das‹, dachte ich und legte den Brief zu dem anderen in die Schublade. Und dann stand er am 11. November leibhaftig vor unserer Wohnungstür.

Höflich, wie ich war, zeigte ich ihm Düsseldorf. Anschließend lud ich ihn zum Abendessen zu meinen Eltern ein. Es gab Kartoffelsalat mit Würstchen. Mehr war nicht, denn er musste noch am selben Abend nach Hause fahren.

In den folgenden Wochen tauchte er immer wieder mal auf. Das führte dazu, dass ich meine sämtlichen Düsseldorfer Verehrer vernachlässigte. Ein halbes Jahr ging das so, dann fragte mich der Doktor eines Abends beim Abschied: »Darf ich dir mal einen Kuss geben?«

»Nein!«, war meine empörte Antwort. Und er hielt sich daran.

Beim nächsten Besuch holte er das Küssen allerdings ausgiebig nach. Als wir schon längst verheiratet waren, sah er seinen damaligen Fehler lachend ein.

»Ich Dussel, wie konnte ich nur fragen!«

Dieser nicht genehmigte Kuss lief wie ein rotes Band durch unser ganzes Leben und sorgte für viel Heiterkeit.

Viermäderlhaus

Vroni, Jahrgang 1922, aus Saalfelden/Pinzgau

Wir waren ein Viermäderlhaus. Eigentlich wären wir sogar sechs Mädchen gewesen. Aber einmal hatte Mutter Zwillinge bekommen, wovon eines gleich nach der Geburt gestorben ist. Nach den Zwillingen kam noch einmal ein Mädchen, das auch nur kurze Zeit gelebt hat.

Wie die meisten Väter hatte sich auch unser Vater einen Buben gewünscht. Mit jedem Mädel, das geboren wurde, wuchs seine Enttäuschung. Er hatte für den Sohn, mit dem er bei Mutters letzter Schwangerschaft ganz fest gerechnet hatte, den Namen Paul bereit gehalten. Nun wurde es eine Paula. Vater nannte seine jüngste Tochter aber immer Paul.

Unsere Eltern haben in Saalfelden eine Landwirtschaft mit Gastwirtschaft gehabt, mitten im Ort. Da der Straßenverkehr immer mehr zunahm, wurde es zusehends schwieriger, die Kühe über die Straße zu treiben. Die Gemeindeväter legten unseren Eltern deshalb nahe, sich irgendwo anders ein Anwesen zu suchen. Die Gemeinde würde ihnen dann das unsere abkaufen. Dieser Handel kam den Interessen meines Vaters insofern entgegen, als er seine Landwirtschaft schon immer gerne vergrößert und das Wirtshaus aufgegeben hätte.

Meine Eltern machten sich also auf die Suche nach einem freien Anwesen. Der Vater hätte gerne ein Grundstück ausschließlich mit Landwirtschaft gehabt. Die Mutter aber bestand darauf, dass es wieder eines mit Gastwirtschaft sein sollte. Sie war gerne Wirtin, denn sie war sehr gesellig. Interessant war, dass ausgerechnet sie Wert darauf legte, obwohl sie gar nicht aus einer Gastwirtschaft stammte.

Vaters alte Gaststätte in Saalfelden war sein Elternhaus gewesen. Seit Generationen war sie im Familienbesitz und wurde schon von seinem Großvater und später von seinem Vater betrieben. Mein Vater hatte das Erbe nur widerwillig übernommen. Nun machte unsere Mutter die neue Chance, sich des ungeliebten Berufes entledigen zu können, zunichte. Sie suchten landauf und landab nach einer neuen Existenz. Die Mutter ruhte nicht eher, bis sie wieder etwas gefunden hatten, das sowohl Landwirtschaft als auch Gastwirtschaft war.

Schließlich wurden sie in Weißbach fündig. Da gab es einen entsprechenden Hof, der zum Verkauf stand. Der Handel kam zustande, die Gemeinde kaufte das alte Anwesen in Saalfelden ab, und die Eltern konnten den neuen Besitz bezahlen.

Auch die Großeltern zogen mit uns nach Weißbach. Wir Kinder waren bei der Umsiedlung noch klein. Die Jüngeren bekamen das noch gar nicht mit, und wir Größeren waren begeistert. Wer jedoch nicht begeistert war, das war unsere Großmutter, die Mutter unseres Vaters.

Immer wieder klagte sie: »Wo habt ihr mich denn hingegeben? So ein Loch, in dem man die Sonne nicht sieht!«

Saalfelden lag halt in einem weiten Tal, in dem man fast den ganzen Tag Sonne hatte. Weißbach dagegen war sehr eng, und die Sonne machte sich rar. Hier waren auch die Böden karger, und deshalb wuchs es nicht so gut wie in unserem Heimattal. Trotzdem konnten wir alles anbauen, was wir zum Unterhalt brauchten: Roggen, Weizen, Hafer, Kartoffeln, Rüben. Daneben hatten wir unsere Milch, Butter und Eier. An Grundnahrungsmitteln waren wir also gut versorgt und mussten nichts kaufen.

Während es der Großmutter an Sonne mangelte, machte uns Kindern das nichts aus. Wir waren ja beweglich. Wenn die Sonne nicht zu uns kam, dann gingen wir eben dahin, wo sie schien. Wir brauchten ja nur auf die andere Seite des Tales zu gehen, oder wir stiegen den Berg hinauf. Unsere kleine Welt wuchs in dem Maße mit, wie wir wuchsen. Wir eroberten immer größere Kreise. Uns hat es also dort gefallen.

Wir vier Schwestern hatten schon einen gewissen Zusammenhalt. Bei Festen und Familienfeiern traten wir gemeinsam in Erscheinung. Aber sonst gingen wir getrennte Wege. Der Altersunterschied war einfach zu groß. Uns unterschieden ja Welten voneinander. Wir Älteren, geboren 1920 und 1922, hatten ganz andere Interessen als die beiden Jüngeren, die 1925 und 1927 geboren wurden. Wir Älteren mussten immer auf die Kleineren aufpassen. Das hat uns überhaupt nicht gefallen. Deshalb genossen wir es, wenn wir mal ohne die ›Kleinen‹ etwas unternehmen konnten. Wir beiden großen Schwestern hatten unseren eigenen Freundeskreis, und die Kleinen fanden später auch ihre eigenen Freunde. So drifteten wir auseinander.

Großvater war ein guter Erzähler. Er hatte mit Großmutter eine warme Stube in unserem Haus, in der wir Kinder am Abend oft Zuflucht suchten. Denn aus der Wirtschaft mussten wir immer früh verschwinden. Da waren die Eltern streng. Früh schlafen gehen war angesagt. Um sieben Uhr musste alles im Bett sein. Fernsehen und Radio hat es ja noch nicht gegeben.

1934 ist in Weißbach das erste Radio entstanden. Ja, tatsächlich entstanden, nicht gekauft. Wir hatten einen Oberlehrer, der sehr geschickt war. Alles hat er selber zusammengebaut, und es funktionierte. Auch das Radio hatte er selbst gebaut. Es konnte zwar nur einen Sender empfangen, aber es lief tagaus, tagein einwandfrei.

Bei diesem Lehrer hatte ich immer Klavierstunden. Nach einer solchen Klavierstunde tat der Oberlehrer eines Tages sehr geheimnisvoll.

»Heute darfst du noch hier bleiben und etwas hören.«

Ich wunderte ich mich sehr über dieses freundliche Angebot, denn der Lehrer war ansonsten eine ausgesprochen strenge Person. Ich blieb also sitzen und beobachtete meinen Musiklehrer. Der ging zu einer Kommode, auf der ein komischer Kasten mit einem Drehknopf stand. Als er diesen Knopf drehte, fing der Kasten plötzlich zu sprechen an. Da war ich richtig erschrocken. Es ging um ein Märchen, um Waldweihnacht und Schneien. Ich war so weg, dass ich mir wie im Himmel vorkam. Es war faszinierend, so etwas zu hören, noch dazu aus einem Holzkasten, der sprechen konnte. Ich dachte natürlich, dass das echte kleine Manderl (Männchen) waren, die in dem Kasten steckten und sprachen. Im Geiste sah ich sie vor mir. Zu gerne hätte ich in den Kasten geschaut.

Wenige Tage danach kam meine Schwester Cilli ganz aufgeregt aus der Schule nach Hause.

»Stellt euch vor, was der Lehrer heute mitgebracht hat! Den Kasten, von dem die Vroni gesprochen hat. Er hat ihn angeschaltet, und es kam das Märchen von der Frau Holle heraus. Mucksmäuschenstill war es in der Klasse, damit wir nur ja jedes Wörtl mitkriegen. Mei, war das schön!«

Das war wirklich eine neue Welt, die uns der fortschrittliche Lehrer erschlossen hat.

Außer uns Zugezogenen war noch kein Kind über die Grenzen des Ortes hinausgekommen. Sie kannten auch die Eisenbahn nicht. Erst als der Lehrer einen Schulausflug organisiert hat, haben die Kinder von Weißbach ihre erste Bahnfahrt gemacht.

Wir kannten das Bahnfahren schon von unseren Besuchen bei der Großmutter mütterlicherseits, die in Goldeck wohnte. Von Saalfelden aus waren wir jeden Sommer zur Erntezeit zur Großmutter gefahren und haben Säcke voller Kirschen und Äpfel geholt. Denn so etwas wuchs bei uns nicht. Schwer beladen waren wir immer noch am selben Tag heimgefahren.

In Weißbach sah es noch schlechter aus mit Obst. Auf unserem Grundstück wuchs ein einziger Apfelbaum. Aber weil sie zu wenig Sonne bekamen, wurden die Äpfel nie richtig reif. Der Kaufmann im Ort besaß Apfelbäume, die in einer günstigeren Lage wuchsen, wo sie mehr Sonne abbekamen als unser Apfelbaum. Wenn man bei ihm einkaufte, durften wir Kinder das Fallobst aufheben. Vom Baum durfte man allerdings nichts nehmen. Wir stürzten uns auf die Äpfel im Gras und haben jeden grünen Butzen, den wir erwischen konnten, gegessen. Auf dem Dorf kaufte man kein Obst. Man lebte von dem, was die Felder hergaben, alles andere war Luxus – auch das Obst.

Ich möchte noch einmal auf unseren Oberlehrer und auf den Schulausflug zurückkommen. Wir fuhren mit dem Bus bis zum Bahnhof nach Saalfelden. Dort stiegen wir in den Zug und fuhren bis Zell am See. Für die Weißbacher Kinder war es die erste Bahnfahrt ihres Lebens. In Zell am See brachte uns eine Seilbahn hinauf zur Schmittenhöhe. Als die Gondel in die Bergstation hineinfuhr, rief eine Mitschülerin ganz aufgeregt: »Nein, Herr Oberlehrer, wie das Kasterl da genau hereinpasst!«

Unser Oberlehrer hat sich sehr um uns Kinder bemüht. Er konnte und wusste vieles. Für die damalige Zeit war er ein ausgesprochen fortschrittlicher Lehrer. Er hat Dinge mit uns gemacht, die eigentlich gar nicht auf dem Lehrplan standen.

Einmal hat er mit einigen Buben ein Schiff gebaut. Das war so groß, dass zwei Personen darin Platz hatten. Im Ort gab es einen Teich, auf dem wurde das Schiff im Rahmen eines Festes zu Wasser gelassen. Alle Bewohner des Ortes waren eingeladen. Natürlich kamen nicht alle, vor allem von den vielen Bergbauern kam niemand herunter ins Dorf. Die Zuschauer folgten staunend dem feierlichen Akt der Schiffstaufe. Der Sohn des Lehrers saß als Steuermann im Schiff. Für ein paar Groschen hätte der jeden einmal um den Teich gerudert. Aber niemand traute sich in das Boot. Entweder scheuten sie sich, die paar Groschen auszugeben, oder sie trauten sich nicht aufs Wasser. Es konnte ja niemand schwimmen.

Das wollte unser Oberlehrer ändern. Um diesem Missstand abzuhelfen, ist er in der Folgezeit fünfzehn Kilometer mit uns zu Fuß nach Saalfelden gegangen. Dort gab es nämlich schon ein Schwimmbad. Da haben viele von uns schwimmen gelernt. Weil es aber nicht möglich war, jede Woche den weiten Weg zum Schwimmbad zurückzulegen, gab er uns Schwimmunterricht im Teich. Dazu nahm er eine lange Stange, befestigte einen Kälberstrick daran und band das andere Ende dem Schwimmschüler um den Bauch. So hängte er uns ins Wasser, damit wir schwimmen lernten.

Touristen im heutigen Sinne gab es in meiner Kindheit noch nicht. Manchmal kam aber ein Fremder mit dem Fahrrad des Weges daher und fragte uns, wo die Klamm sei oder eine andere Sehenswürdigkeit. Wir gaben bereitwillig Auskunft. Allerdings waren unsere Wegbeschreibungen ungewollt so lustig und ungenau, dass sich kein Mensch danach hätte orientieren können. Begriffe wie rechts und links waren uns nicht geläufig. Wir kannten auch keine wirklich markanten Punkte oder Entfernungsangaben, die weitergeholfen hätten. Auskünfte von uns lauteten etwa so: »Da müssen Sie durch dieses Gatter und dann da hinein, und wo das Weizenfeld vorbei ist und dann noch ein Stückl, und da steht ein Boschen (Busch), da sind Sie gleich da.«

Unsere Großmutter war sehr weitblickend. Sie hatte in der Zeitung öfter von Fällen der Kindesentführung gelesen. Da nun doch allmählich immer mehr Fremde in unser Dorf kamen, warnte sie uns eindringlich, nur ja mit niemandem mitzugehen.

Eines Tages waren meine ältere Schwester, die Burgl, und ich zu Fuß auf dem Weg von Saalfelden nach Weißbach. Das waren gut drei Stunden Weges. Etwa auf halbem Weg überholte uns ein Auto, ein Mercedes. Der Fahrer hielt an und lud uns ein mitzufahren. Ehe ich mich versah, war meine Schwester schon im Auto. Ich bin jedoch nicht eingestiegen. Ganz stur bin ich dagestanden. Da wandte sich der Fahrer an die Burgl.

»Und was ist mit der Schwester? Die steigt ja nicht ein.«

»Wenn die nicht einsteigt«, antwortete meine Schwester, »muss ich auch wieder aussteigen.«

Schweren Herzens stieg sie wieder aus. Ich war erleichtert. Bei unserem weiteren Marsch über die staubige Landstraße malte ich ihr in aller Ausführlichkeit aus, wovor ich sie gerettet hatte. Denn so, wie ich die Dinge sah, waren wir beinahe Opfer einer Entführung geworden. Voller Stolz berichtete ich zu Hause, dass ich dank meiner Umsicht unsere Entführung vereitelt hatte. Natürlich erwartete ich Anerkennung dafür, dass ich nicht nur mich, sondern auch meine Schwester vor Schaden bewahrt hatte. Zumindest hätte ich erwartet, dass die Eltern über unsere Beinah-Entführung jammerten und dass sie Gott dankten, dass ich das verhindert hatte. Stattdessen schmunzelten die Eltern und auch Großvater und Großmutter nur. Ich war maßlos enttäuscht.

Erst nach einer Weile klärten sie uns auf: Es war ein Taxifahrer aus Lofer gewesen, der uns hatte mitnehmen wollen, weil er uns kannte. Dummerweise haben wir ihn aber nicht gekannt. Und nachdem wir uns geweigert hatten, bei ihm einzusteigen, war er zu unseren Eltern gefahren und hatte ihnen von uns berichtet.

»Heute hätte ich gern eure Mädchen mitgenommen. Aber sie sind mir nicht eingestiegen.«

Dennoch, es wäre von unseren Eltern pädagogisch klug gewesen, uns für unsere konsequente Haltung zu loben, schon als Vorbeugung für ein nächstes Mal.

In Weißbach gab es nur eine Volksschule und nur einen einzigen Lehrer. Der machte Abteilungsunterricht. Vormittags unterrichtete er die kleinen Schüler, nachmittags die großen. Diese Schule wurde von allen Kindern bis zur achten Klasse besucht. Es sei denn, man wechselte nach vier Jahren über auf eine weiterführende Schule.

Die uns am nächsten gelegene befand sich in Saalfelden. Sie nannte sich damals ›Bürgerschule‹. Meine Eltern wollten schon meine ältere Schwester auf diese Schule schicken, aber die hatte sich erfolgreich geweigert und eine Schneiderlehre begonnen. Ich wollte unbedingt auf die Bürgerschule gehen! Von klein auf träumte ich nämlich davon, Lehrerin zu werden. Beim Spielen mit meinen Schwestern oder Freundinnen stellte ich immer eine Lehrerin oder eine Verkäuferin dar. Alles andere hat mich nicht interessiert.

Wenn ich also Lehrerin werden wollte, musste ich zunächst die Bürgerschule durchlaufen. Voraussetzung dafür war natürlich, dass ich das entsprechende Zeugnis hatte. An dem hat es bei mir nicht gefehlt, und deshalb befürwortete mein Lehrer meinen Wunsch, auf die Bürgerschule zu gehen.

Damit ich diese Schule besuchen konnte, musste ich natürlich in Saalfelden wohnen. Dort lebte zum Glück noch eine Tante meiner Mutter, eine begnadete Köchin. Sie stand im Dienste eines bedeutenden Kunstmalers und bewohnte mit ihrer Familie ein paar kleine Zimmer im Hause dieses Malers. Sie nahm mich auf. Und ich durfte im Haushalt des Malers mitessen. Weder vorher noch nachher in meinem Leben habe ich je so gut gegessen wie dort.

Unter der Woche lebte ich also bei der Großtante in Saalfelden und führte das Leben einer Prinzessin. Jeden Samstagabend fuhr ich mit dem Bus nach Hause. Am Sonntag musste ich jedoch schon wieder um drei Uhr am Nachmittag aufbrechen und zu Fuß die drei Stunden bis zu meinem Schulort zurücklegen. Sonst wäre ich am Montagmorgen nicht pünktlich in der Schule gewesen.

So wie ich ganz versessen darauf war, eine weiterführende Schule zu besuchen, lehnte meine Schwester Cilli das ab.

»Lasst mich mit Schule zufrieden. Ich will heiraten, und ich will Kinder. Dazu reicht die Volksschule. Mehr Schule brauche ich nicht!«

Am Tag nach ihrer Schulentlassung erzählte sie uns einen Traum.

»Ich habe geträumt, ich hätte die Schule versäumt. Aber als ich richtig wach war und mir einfiel, dass ich nicht mehr in die Schule brauche, wusste ich: Das ist der schönste Tag in meinem Leben!«

Die Schule hat ihr wirklich nie Spaß gemacht. Sie war es auch, die am meisten mit unserer gemeinsamen Puppe gespielt hat. Jedes Jahr kurz vor Weihnachten wurde die Puppe dem Christkind geschickt. Zu Weihnachten war sie wieder da, mit einem schönen neuen Strickkleid und mit neuen Strümpfen.

Nach dem erfolgreichen Abschluss der Bürgerschule wollte ich die angepeilte Bildungsanstalt in Salzburg besuchen. Aber gerade in diesem Jahr wurde eine zweijährige Sperre für Pädagogikstudenten eingeführt. Es herrschte nämlich eine außergewöhnliche Lehrerschwemme. Also regulierte man die Studentenzahlen und schloss die Ausbildungsanstalten.

Zwei Jahre warten – das konnte und wollte ich mir nicht leisten. Also suchte ich nach einem Ausbildungsplatz für meinen zweitliebsten Beruf. In einem Gemischtwarenladen in Saalfelden machte ich eine dreijährige Lehre als Verkäuferin. Nach der Prüfung blieb ich weitere drei Jahre als Gesellin in diesem Geschäft. Während all dieser Jahre habe ich aber immer Sehnsucht nach der Schule gehabt.

❧

Nun muss ich doch noch einmal auf den von uns allen geschätzten und geliebten Oberlehrer zu sprechen kommen. Er hatte immer befürwortet, dass ich Lehrerin werde, weil er wusste, dass ich Freude an diesem Beruf haben würde. Mit ihm war ich immer brieflich in Verbindung geblieben, auch nach seiner Versetzung nach Wagrein.

Eines Tages schrieb er mir, dass jetzt eine Möglichkeit für mich bestünde, in den Schuldienst einzutreten. Man benötige dringend weibliche Lehrkräfte, weil jetzt in der Kriegszeit die meisten Lehrer eingerückt seien. Ich könne eine verkürzte Ausbildung machen und als Schulhelferin eingesetzt werden. Er fügte noch hinzu, er werde sich dafür verwenden, dass ich nach dem entsprechenden Lehrgang an seine Schule käme.

Ich freute mich riesig und absolvierte diesen Lehrgang wie empfohlen, und kam tatsächlich an die Volksschule nach Wagrein. Das war eine fünfklassige Schule. Der einzige Mann, den es dort noch gab, war mein Oberlehrer, der diese Schule leitete. Bei Kriegsbeginn war er bereits zu alt gewesen, um noch eingezogen zu werden.

Außer mir gab es noch eine Schulhelferin und zwei alte Lehrerinnen. Bei diesen beiden ausgezeichneten Pädagoginnen haben wir viel gelernt. Das war auch dringend nötig. Denn nach der kurzen Ausbildung als Schulhelferin wurden wir gleich voll verantwortlich in eine Klasse gesteckt. Sämtliche Fächer mussten wir unterrichten!

Die Kinder an dieser Schule waren ausgesprochen lieb. Ich habe mich dort äußerst wohl gefühlt.

An einen Jungen erinnere ich mich so lebhaft, als sei es gestern gewesen, dass er vor mir gesessen hat. Es war der Lechner Hansi. Mit seinen strahlend blauen Augen im kugelrunden Gesicht mit dicken, roten Backen schaute er mich immer groß an. Erzählte ich den Kindern eine Geschichte, sind ihm immer zwei dicke Tränen die Wangen heruntergerollt. So sehr war er von meinen Geschichten gerührt.

Ein anderer Schüler, der Brunner Loisl, hatte entweder mich oder meinen Kittel verehrt, ich weiß es nicht genau. In den Kriegszeiten gab es keine neue Kleidung. Deshalb schonte man das, was man hatte. Nun besaß ich aus meiner Verkäuferinnenzeit noch einen schwarz glänzenden Kittel, den ich in der Schule über meinem Kleid trug, damit ich es nicht mit Kreide verschmierte. Wenn ich durch die Reihen ging und beim Loisl vorbeikam, hat er ganz sanft über den

Kittel gestreichelt. Ich habe es immer gemerkt, aber nie etwas gesagt.

Ein dritter Schüler ist mir noch lebhaft in Erinnerung geblieben, der Klein Peter. Der ruft mich heute noch an, obwohl ich diese Schule bereits vor sechzig Jahren verlassen habe. Einmal hat er durch mühevolles Nachforschen meine Adresse herausgefunden und mich besucht.

»Wir haben dich so verehrt. Du warst unsere liebste Lehrerin, und als du weggegangen bist, da habe ich nicht mehr in die Schule gehen mögen. Da hat mein Vater gesagt: ›Dann bleibst halt daheim.‹ Nach drei Tagen hat der Oberlehrer Post geschickt, da musste ich wieder hin. Da bin ich geschlagen worden von ihm, aber so schon!«

Zu Weihnachten haben die Schüler Gaben mit in die Schule gebracht. Eier, Speck, Schinken, Butter, Käse und Brot. Sie haben alles in einen Korb gefüllt und mir überreicht. Ich habe den Korb der Frau Oberlehrer gegeben, denn ich litt ja keine Not. Ich lebte nämlich im Haus des Krämers bei voller Beköstigung. Die beiden alten Lehrerinnen bekamen nichts von den Schülern. Nun waren sie eifersüchtig auf mich. Ich konnte aber doch nichts dafür! Ich hatte es doch den Schülern nicht befohlen, mir etwas mitzubringen. Sie mochten mich sicher, weil ich noch so jung und unverbildet war und weil ich mich eher wie eine Freundin gab und nicht wie eine Respektsperson.

Im Jahre 1945 war meine Karriere als Lehrerin schlagartig zu Ende. Ich kehrte nach Hause zurück mit dem brennenden Wunsch, doch wieder in die Schule zu dürfen. Denn das Lehrersein hatte mir ausgezeichnet gefallen. Nach dem Krieg war aber ein solches Durcheinander, dass ich zunächst keine Chance sah, eine richtige Ausbildung zu machen.

Zwei Jahre später hörte ich von einer Möglichkeit, dass man sich in einer Klosterschule in Salzburg als Handarbeitslehrerin ausbilden lassen könne. Ich wurde aufgenommen. Es gefiel mir sehr gut dort. Wir hatten eine tüchtige Direktorin, die viel verlangte, uns aber auch viel beibrachte. Nach zwei Jahren machte ich das Examen und bekam sofort eine Stelle. Da war ich der glücklichste Mensch, den man sich vorstellen kann.

Im gleichen Ort fand ich eine wunderschöne Wohnung in einem alten herrschaftlichen Haus. Wenig später erfuhr ich zufällig, dass der Erbauer dieses Hauses niemand anderes gewesen war als mein Urgroßvater.

So schloss sich der Kreis.

Dirndl vom Einödhof

Tilly, Jahrgang 1924 aus Inzell/Chiemgau

›Achtet doch den Bauernstand,
er ist der erste im ganzen Land.‹

Dieser Spruch prangte in wunderschön gemalten Buchstaben an der Giebelseite des ›Einsiedelhofes‹ in der Nähe von Inzell. Das war mein Zuhause.

In meiner frühen Kindheit bedeuteten dieser Einödhof und die daneben stehende Kirche meine ganze Welt. Bis zu meiner Einschulung wusste ich nicht, dass es noch andere Häuser gab, dass es Dörfer gab und andere Menschen. Meine Großmutter und ihr Mann, meine Onkel und Tanten und ein paar Feriengäste, die bei uns logierten, waren für mich die einzigen Menschen auf der Welt.

Von dem Tage an, da ich den Spruch an unserem Hof lesen konnte, wurde er wegweisend für mein ganzes Leben. Seit dieser Zeit interessierte ich mich für die Geschichte des Hofes. Vor allem wollte ich wissen, woher der Name ›Einsiedelhof‹ kam.

Eine meiner Lehrerinnen erzählte mir, welche Erzählung sich um meine Heimat rankte.

❧

Um das Jahr 1060 soll eine höhere Persönlichkeit, ein Salzburger, Probleme mit seinen Soldaten gehabt haben. Irgendetwas war quer gelaufen. Er soll so verärgert gewesen sein, dass er die Stadt Salzburg angezündet hat. Zur Strafe verbannte man ihn über den Berg, in Richtung Inzell. Dort auf einer Anhöhe errichtete sich der zornige Mann eine kleine Hütte, in der er mehrere Jahre als Einsiedler gehaust hat.

Während dieser Zeit war, nur wenige Meter davon entfernt, eine Kirche entstanden. Sie trug den Namen ›St. Nikolaus‹. Ob der Eremit den Bau der Kapelle veranlasst, ob er ihn finanziert oder ob er gar tatkräftig beim Erbauen mitgeholfen hat, ist nicht überliefert. Allein aus der Tatsache, dass die Kirche aus dem Jahre 1060 stammt, schließen die Historiker, dass der Einsiedler um diese Zeit dort gelebt haben muss.

Nach seinem Ableben wurde aus der ärmlichen Behausung des Eremiten ein Bauernhof. Dieser trägt bis auf den heutigen Tag den Namen ›Einsiedelhof‹.

Dort also verlebte ich meine Kindheit und Jugend und erlernte all das, was ich für das Leben brauchte. Maßgeblichen Anteil daran hatte meine Großmutter Liesl.

Sie war eine sehr strenge, dominierende, und eine tüchtige und talentierte Frau: Gescheit und belesen, kannte sie sich auch in schriftlichen Dingen aus. Sie verstand zu rechnen und klug zu wirtschaften. Kaum eine andere Bäuerin konnte ihr das Wasser reichen. Ich vermute, dass das der Grund war, warum man sie im Dorf nicht so sehr schätzte: Sie war den anderen einfach ein bisschen zu gescheit.

Meine weitest zurückliegende Erinnerung ist folgende:

Mit dem Gesicht zur Wand liegend, schlafe ich in meinem Gitterbett. Ich wache davon auf, dass mich zwei Hände sanft packen und mich so drehen, dass ich mit dem Gesicht zur Tür zu liegen komme. Im schwachen Schein einer Kerze sehe ich zwei Gestalten. Eine von ihnen beugt sich zu mir herunter und spricht begütigend auf mich ein. Unwillig darüber, dass ich aus dem Schlaf gerissen werde, und erschreckt durch das fremde Gesicht werfe ich mich brummelnd zurück in die vorherige Lage. Schritte entfernen sich. Der Lichtschimmer verschwindet. Die Tür fällt ins Schloss.

Nach einigen Wochen wiederholte sich diese nächtliche Szene. Wieder reagierte ich unwillig und drehte mich zurück zur Wand.

Nun fing die Sache an, mich zu beunruhigen. Aber ich wagte es nicht, mit jemandem darüber zu sprechen. Niemand hätte mir zugehört, geschweige denn geglaubt. Schon sehr früh hatte ich nämlich herausgefunden, dass ich hier nichts zu vermelden hatte, dass ich nur geduldet war, dass ich zu schweigen hatte, zu gehorchen und zu arbeiten.

Im Laufe der nächsten Jahre kam es immer wieder zu solchen nächtlichen Störungen. Jedes Mal reagierte ich recht ekelhaft. Ich kannte zu dieser Zeit weder Kalender noch Uhr. Aber ich entwickelte bald ein Gespür dafür, wann es wieder zu solch einer nächtlichen Episode kommen würde. Deshalb nahm ich mir eines Abends ganz fest vor, wach zu bleiben, bis der Spuk beginnt. Ich legte mich mit dem Gesicht zur Tür, damit ich die Eintretenden gleich im Visier hatte.

Und richtig, bald hörte ich das behutsame Niederdrücken der Klinke. Gleich darauf erschien eine weibliche Gestalt. Im Schein ihrer Kerze glaubte ich, meine

Tante Resi zu erkennen. Hinter ihr folgte die fremde Person, die ich immer wieder an meinem Bett gesehen hatte. Schnell zwickte ich die Augen zu, damit man glaubte, ich schlafe. »Heut brauch ich sie gar nicht umzudrehen«, flüsterte die fremde Stimme.

Vorsichtig lugte ich unter den Wimpern hervor. Die Fremde beugte sich zu mir herunter, betrachtete eine Weile mein Gesicht und raunte meiner Tante zu: »Liab schaut's aus, wie's so schläft.«

Danach muss ich eingeschlafen sein, noch bevor sich die beiden Frauen entfernten.

›Der Sache muss ich auf den Grund gehen‹, dachte ich mir am nächsten Morgen. Ich passte einen Moment ab, wo ich meine Tante allein erwischte. Ich nahm all meinen Mut zusammen und sprach sie an:

»Sag mal, Reserl, kann es sein, dass du heut Nacht in meiner Kammer warst?«

Ängstlich schaute die Tante sich um, nahm mich bei der Hand und führte mich hinter die Kirche.

»Ja, Dirndl, ich war bei dir. Aber das darf niemand wissen, und am allerwenigsten deine Großmutter!«

Ich gelobte strengstes Stillschweigen, und Resi machte mir eine unglaubliche Eröffnung: Die fremde Frau, die sich in regelmäßigen Abständen in meine Kammer schlich, war niemand anderes als meine Mutter. Zwei Fußstunden von uns entfernt lebte sie als Magd auf einem Bauernhof. Alle sechs Wochen stahl sie sich davon, um mich, ihr einziges Kind, wenigstens für ein paar Minuten sehen zu können. Im Schutze der Dunkelheit legte sie dann wieder die zwei Stunden Weges zurück.

Irgendwie wühlte mich diese Eröffnung schon auf. Vor allem die Tatsache, dass ich eine Mutter hatte, erschütterte mich. Für mich hatte es doch bis zu diesem Tag nur meine Erziehungsmutter gegeben, die Frau, zu der ich Großmutter sagte. Bisher war ich zu unbedarft gewesen, um mir etwas dabei zu denken, dass sie von den anderen Kindern im Haus mit ›Mutter‹ angeredet wurde.

Trotz dieser neuen Erkenntnisse entwickelte ich keine warmen Gefühle für meine Mutter. Nach wie vor reagierte ich unwirsch, wenn sie mich aus dem Schlaf riss, um für einige Augenblicke mein Gesicht zu sehen.

Es sollten noch einige Jahre vergehen, bis ich das Bedürfnis verspürte, von meiner Tante mehr über das Geheimnis meiner Herkunft zu erfahren. Vorerst beschäftigten mich andere Probleme.

Mit Beginn des Jahres 1930 rückte der Tag näher, an dem ich eingeschult werden sollte. Mein Gott, wie freute ich mich auf diesen Tag! In der Schule würde es Mädchen geben, Mädchen in meinem Alter! Das hatten mir meine schulpflichtigen Tanten erzählt. Da würde sich endlich etwas rühren! Ich würde herauskommen aus der Enge des Einödhofes und endlich etwas Neues geboten bekommen für meinen unruhigen Geist.

Hier auf dem Hof kannte ich nur Pflichten. Immer neue Pflichten und Aufgaben. Zerstreuung, Spiel und Spaß gab es nie.

Meine Großmutter machte sich also eines Tages mit mir auf den Weg nach Inzell. ›Wir gehen zur Schuleinschreibung‹, hieß es. Über eine Stunde trippelte ich schweigend hinter ihr her. Und dann staunte ich, als wir das Dorf erreichten. Die vielen Häuser! Die vielen

Menschen, die durch die Straßen gingen! Das Schulhaus beeindruckte mich durch seine Größe, aber besonders überraschend waren für mich die vielen Frauen in den Gängen, von denen jede ein Kind an der Hand hielt. Großmutter wechselte mit einigen von ihnen ein paar Worte, während ich versuchte, erste Kontakte zu den Kindern zu knüpfen.

Eine Frau nach der anderen verschwand mit ihrem Kind hinter einer geheimnisvollen Tür. Endlich kamen wir an die Reihe. Endlich sollte ich für die Schule angemeldet werden! Was für ein erhebender Moment! Doch wenige Minuten später traf mich die größte Enttäuschung meines jungen Lebens. Der Schulleiter behauptete einfach, ich sei noch zu jung. Ich dürfe noch gar nicht zur Schule gehen. Es gäbe ein gewisses Datum zu beachten, und ich sei als Dezemberkind entschieden zu spät geboren.

Wild purzelten die Gedanken durch meinen Kopf: ›Jetzt darf ich nicht zur Schule gehen! Jetzt muss ich noch ein ganzes Jahr warten! Nichts wird daraus, mit den Mädchen zu spielen! Jetzt muss ich weiterhin den lieben langen Tag arbeiten!‹

Ein kleiner Hoffnungsschimmer keimte auf, als ich hörte, wie Großmutter den Schulleiter bearbeitete. Er solle es doch wenigstens mit mir versuchen, ich sei ja schon so gescheit wie eine Sechsjährige. Aber der gestrenge Schulmeister ließ sich nicht umstimmen. Daher war meine Großmutter genauso enttäuscht wie ich, allerdings aus einem anderen Grund.

Die weit vorausschauende Frau dachte weiter. Eine verspätete Einschulung würde eine verspätete Schulentlassung zur Folge haben. Sicher – meine kleine Arbeitskraft stand ihr nun für ein weiteres Jahr zur

Verfügung. Das würde aber bei Weitem nicht das aufwiegen, was ihr an Arbeitsleistung verloren ging, wenn ich statt mit zwölf erst mit dreizehn Jahren aus der Schule kam. (Zu der Zeit betrug die Schulpflicht nur sieben Jahre.) In einem Alter, in dem man schon ordentlich zupacken konnte, würde ich ein wertvolles Jahr auf der Schulbank ›vertrödeln‹.

Vielleicht war es aber gut für mich, dieses eine Jahr noch zu warten. Denn ich war ein zierliches Mädchen. Für ein Kind von noch nicht mal fünfeinhalb Jahren wäre der tägliche Schulweg von vier Kilometern und wieder heim, bei jeder Witterung, bei Regen und Wind, doch sehr anstrengend geworden.

Nach einem Jahr war es aber tatsächlich so weit. Ich glaube, es gab kein glücklicheres Kind in der ersten Klasse als mich.

Ich habe als Lehrerin ein Fräulein gehabt. Sie ist von Bank zu Bank gegangen und hat jedes Kind gefragt, wann es geboren ist. Viele der Kinder haben gar nicht gewusst, wann sie Geburtstag hatten. Denn früher hat man nie den Geburtstag gefeiert, sondern nur den Namenstag.

Schließlich kam die Lehrerin auch zu mir. Recht keck stand ich auf und posaunte in voller Überzeugung das heraus, was ich wusste.

»Mich hat der Nikolaus gebracht.«

Da hat das Fräulein furchtbar lachen müssen, und alle Kinder haben auch gelacht. Ich habe gedacht, ich hätte etwas Verkehrtes gesagt, und habe mich ganz betroffen wieder hingesetzt.

Im Übrigen hat die Schule alle meine Erwartungen erfüllt, sodass meine gute Laune fast nicht zu bremsen war. Damit steckte ich oft meine Mitschüler an, und wir lachten viel. Manchmal hat das zwar den Unterricht gestört. Meine Zeugnisse waren aber trotzdem immer gut.

Auch in der Pause ist mir immer etwas eingefallen, und ich habe die anderen mitgerissen. Ich weiß auch nicht, wieso. Das Lustigsein ist sicher eine Begabung, die mir in die Wiege gelegt wurde. Das kann man nicht lernen. Entweder hat man es oder man hat es nicht.

So ähnlich mag es auch mit meiner Musikalität gewesen sein. Damals, als ich in der ersten Klasse war, gab es noch kein Radio. Zumindest auf dem Einsiedelhof nicht. Deshalb war es eine Riesenfreude und ein ungeheures Erlebnis für mich, dass wir in der Schule Singstunden hatten. Sogar zweimal in der Woche. Da lernten wir immer neue Kinderlieder, die ich mit großer Begeisterung und auch mit großem Talent sang, wie meine Lehrerin immer behauptete. Auf meine Musikbegeisterung werde ich später noch mal zu sprechen kommen.

❧

So lange ich auf dem Einsiedelhof lebte, war ich immer nur ›das Dirndl‹ – egal, ob von mir gesprochen wurde oder ob man mich rief. Dass ich auch einen Vornamen habe, erfuhr ich erst bei meiner Einschulung. Deshalb rebellierte ich eines Tages.

»Ich heiße Tilly. Wenn ihr mich weiterhin ›Dirndl‹ nennt, dann tue ich gar nichts mehr.«

Die anderen lachten nur, nahmen die Drohung nicht ernst, nannten mich weiterhin ›Dirndl‹ – und ich erledigte meine Arbeiten trotzdem.

Unsere Kirche aber, die St.-Nikolaus-Kirche, wurde immer mit ihrem schönen Namen genannt. So lange ich zurückdenken kann, faszinierte sie mich. Vielleicht, weil ich am Nikolaustag geboren war. Außerdem hatte sie für mich etwas Geheimnisvolles, denn sie war fast immer abgeschlossen. Das lag allerdings daran, dass es dort keinen Pfarrer gab. Es hatte sich nie eine Pfarrei um sie gebildet.

Nur ganz selten wurde ein Gottesdienst in dieser Kirche gehalten, nur zu bestimmten Feiertagen, auf jeden Fall aber am Fest des heiligen Nikolaus, ihres Namenspatrons. Vor solchen Anlässen musste sie immer auf Hochglanz gebracht werden. Sobald meine Großmutter meinte, ich sei alt genug dafür, übertrug sie mir die Arbeit des Kirchenputzens. Da war ich in der dritten Klasse.

Mächtig stolz über diesen Auftrag, hatte ich dennoch keine Lust, ihn alleine auszuführen. Es würde mir bestimmt langweilig werden, stundenlang so ganz allein in der Kirche zu putzen. Zum andern war ich mir aber sicher, dass ich dort ein bisschen freie Zeit benötigte. Denn es gab in der Kirche genug Dinge, die darauf warteten, von mir erforscht zu werden.

Es musste also eine Hilfe herbei. Dazu erkor ich mir meine Schulfreundin Rosi aus. Ihre Familie lebte recht ärmlich in einem Austragshaus etwa fünfzehn Minuten von unserem Hof entfernt. Auf dem Weg zur Schule kam ich immer daran vorbei.

»Rosi, kommst heut zu mir? Ich muss die Kirch' putzen. Das wird bestimmt interessant«, lockte ich sie.

Rosi stimmte nur zu gern zu. Denn bei ihr daheim ging sie in der großen Geschwisterschar unter. Und ihre Mutter war froh, wenn Rosi ab und zu auf dem Einsiedelhof aushelfen durfte und für die vielen hungrigen Mäuler einen Laib Brot mit nach Hause brachte.

Rosi erschien pünktlich. Welch erhebendes Gefühl, als Großmutter mir zum ersten Mal den großen, schweren Kirchenschlüssel aus Eisen aushändigte! Beim Umdrehen im Schloss kreischte er schaurig-schön. Das dicke Eichenportal knarrte, als wir es mit unserer ganzen Kraft aufschoben und es gleich nach Betreten der Kirche wieder ins Schloss fiel.

Wir fingen aber mit dem Putzen nicht gleich an. Zuerst musste ich auf die Empore hoch. Dort stand ein Harmonium, und das hatte es mir angetan. Schon öfters hatte ich während des Gottesdienstes zuschauen dürfen, wie ihm ein pensionierter Lehrer wundervolle Melodien entlockte.

»Pass auf, Rosi«, eröffnete ich ihr. »Jetzt bin ich der Organist.«

Mit beiden Händen haute ich in die Tasten. Stille. Es tat sich nichts. Da fiel mir ein, dass der Lehrer vor Beginn des Spiels immer an verschiedenen Knöpfen gezogen hatte. Also tat ich das auch. Wieder bearbeitete ich die Tasten. Stille. Noch immer rührte sich nichts. Verdammt, was hatte der Lehrer gemacht, damit das Harmonium singt? Da erinnerte ich mich, dass er auch mit den Füßen auf etwas herumgetreten hatte. Auch das probierte ich aus und haute erneut in die Tasten. Nicht nur meine Freundin erschrak bis in die Glieder, sondern ich auch. Es klang nämlich schauerlich.

Nun begann ich behutsam nach Tönen zu suchen und gab nicht eher Ruhe, bis ich eine nette kleine Melodie zustande brachte. Mit Begeisterung wiederholte ich sie ein ums andere Mal. Offenbar war mir eine gewisse Musikalität in die Wiege gelegt worden.

Doch mitten im schönsten Spiel fiel mir meine Großmutter ein.

»O je, Rosi!«, rief ich erschrocken aus. »Jetzt müssen wir aber putzen, sonst gibt's was. Was meinst du, was die Großmutter für ein Donnerwetter loslässt!«

Also hasteten wir in die Sakristei, wo wir mit dem Putzen beginnen wollten. Da war es aber auch wieder so interessant. Da war das große Messbuch, in weinroten Samt gebunden und vorne und hinten mit Goldverzierungen beschlagen. In wunderbar verschnörkelten, metallenen Lettern war das Wort ›Messbuch‹ zu lesen.

Wir blätterten ergriffen in dem Buch. Die Blätter waren goldgerändert, und auf jeder Seite prangte der erste Buchstabe besonders groß und reich verziert.

»Jetzt spiele ich Pfarrer«, verkündete ich und wuchtete das schwere Buch auf die rechte Seite des Hauptaltares. Ich stellte mich mitten vor den Altar. Mit ausgebreiteten Armen wandte ich mich bedächtig zu den unsichtbaren Kirchenbesuchern um und dröhnte mit tiefer Stimme:

»Dominus vobiscum!«

»Et cum spiritu tuo«, antwortete Rosi zaghaft. Sie stellte den Messdiener dar. Danach war es ihre Aufgabe, das gewichtige Messbuch von der einen Seite des Altares zur anderen zu tragen. Von dort verlas ich das Evangelium. Das heißt, ich sang eigene Wortschöpfungen, die dem Lateinischen, wie ich es bei den Gottesdienstbesuchen gehört hatte, nachempfunden waren.

Selbst die Kanzel war mir nicht heilig. Ich hielt von dort oben eine feurige Predigt an die nur in meiner Einbildung existierenden Gemeindeschäfchen. Das

Wichtigste dabei war ein heftiges Gestikulieren mit den Armen.

Nun folgte der Hauptteil des Gottesdienstes. Wir schleppten einige Gerätschaften aus der Sakristei herbei, und ich hantierte mit ihnen eifrig auf dem Altar herum. Und die Rosi musste immer wieder mit dem kleinen Glöckerl läuten. Das machte ihr den meisten Spaß.

Plötzlich ließ sie es mitten im Läuten fallen. Das Kirchenportal hatte bedrohlich geknarrt. Gleich darauf erschallte von dort die Stimme meiner Großmutter.

»Na, seid ihr bald fertig?«

Wir hatten ja noch gar nicht angefangen! Geistesgegenwärtig schnappte ich mir den Staublappen, der mir bis vor wenigen Sekunden als Kelchtuch gedient hatte, und begann damit den heiligen Nikolaus zu bearbeiten. Rosi war auch nicht auf den Kopf gefallen. Nach dem ersten Schreck rieb sie heftig an einem imaginären Fleck auf dem Altarstufenteppich herum.

Zufrieden zog sich die Großmutter zurück.

Dann legten wir aber wirklich los: Der Boden wurde gescheuert, jede Bank abgewischt und jeder einzelne Heilige abgestaubt. Völlig außer Atem betrachteten wir am Ende stolz unser Werk. Die ganze Kirche blitzte und blinkte.

Als wir die Kirche endlich verlassen wollten, entdeckten wir aber eine weitere Attraktion. Es waren nicht die Glockenseile, die im Turmbereich herunterhingen. Sicher, die Verlockung, daran zu ziehen, war groß. Dennoch unterließen wir es. Der weithin hörbare Klang hätte uns sofort verraten. Nein, es war etwas anderes, das unsere Aufmerksamkeit in ihren Bann zog. Das war eine Leiter, die in den Glockenturm hinaufführte, und damit auch auf den Dachboden der Kirche. Diese Leiter würde uns eine neue Welt eröffnen.

»Da steigen wir jetzt hinauf«, gab ich das Kommando. Flink wie ein Eichhörnchen huschte ich nach oben. Die brave Rosi folgte mir ohne Widerspruch. Sprosse um Sprosse.

Was gab es da oben nicht alles zu sehen! Im Laufe der Jahrhunderte hatten sich hier alle möglichen Gegenstände angesammelt, die man unten in der Kirche nicht mehr brauchte. Der ganze Krempel war mit einer dicken Staubschicht bedeckt und durch dichte Spinnweben miteinander verbunden. Das behinderte unseren Forschertrieb aber nicht im Geringsten. Wir entdeckten Fledermäuse, jede Menge Fledermäuse, die sich in dieser alten Kirche heimisch fühlten. Mit ihren Füßen krallten sie sich an den Balken fest und schliefen mit dem Kopf nach unten. Um sie nicht aufzuwecken, flüsterten wir nur noch. Aus dem gleichen Grund bewegten wir uns nur noch ganz vorsichtig zwischen dem Gerümpel hin und her.

Unser neues Ziel war das Turmloch. Dort mussten wir unbedingt hinausschauen. Welch ein Ausblick! Man sah wesentlich weiter ins Land hinaus als von jedem anderen Fleck, den wir kannten.

Unsere Freude sollte jedoch nicht von langer Dauer sein. Schon bald wurden wir in unserem Ausguck erwischt. Von wem wohl? Von meiner Großmutter! Klar! Die war überall. Die hatte selbst da ihre Augen, wo du gemeint hast, das sieht die nie. Wir hatten uns eingebildet, die hat in der Küche zu tun, da sieht die doch nicht, was auf dem Turm geschieht.

Das würde vielleicht ein Unwetter geben, wenn nicht gar Schläge!

Hastig traten wir den Rückzug an. Schuldbewusst und tief zerknirscht standen wir kurz darauf vor ihr. Wie überrascht war ich, als es weder Schelte noch Schläge gab. Großmutter machte uns nur Vorhaltungen, wie gefährlich das für uns gewesen sei, und dass wir hätten vom Turm fallen können. Ich hörte eine gewisse Besorgnis um mich aus ihren Worten. Das war eine ganz neue Erfahrung, die in mir das Gefühl aufkommen ließ, dass ich ihr doch etwas wert sei.

Am Ende rang sie uns das Versprechen ab, dass wir so etwas nie wieder tun würden. Dieses Versprechen konnte ich ihr leichten Herzens geben, denn meine Neugier diesbezüglich war befriedigt. Der Dachboden barg kein Geheimnis mehr für mich, und von der schönen Aussicht zehrte ich lange in meiner Erinnerung.

In diesem Zusammenhang fällt mir noch eine nette Geschichte ein, die sich zwar erst einige Jahre später zugetragen hat, aber ebenfalls in dieser Kirche.

Von einem bestimmten Alter an wurden alle meine Onkel Mitglieder in einem Trachtenverein. Jeder hatte einen schönen Trachtenanzug und einen dazu passenden Trachtenhut. Der Stolz und die Zierde eines solchen Hutes war auf jeden Fall ein echter Gamsbart. So ein Gamsbart war eine sagenhaft teure Geschichte. Man hatte ja damals als Bauer nur wenig Geld, sodass man sich bei Verlust des Gamsbartes nicht leicht einen neuen hätte kaufen können.

Als vier Söhne meiner Großmutter in den Krieg ziehen mussten, blieben von den beiden Jüngsten die Gamsbärte zurück.

›Die muss ich gut verstecken‹, dachte die Großmutter, ›damit sie nicht gestohlen werden.‹ Sie nahm Zeitungspapier und wickelte die beiden Bärte sorgfältig hinein. Mit diesem Paket schlich sie in die Kirche und suchte nach einem geeigneten Versteck. Dabei fielen ihr die Altarstufen ins Auge.

›Hier wird sie niemand finden. Da kommt nie jemand dahinter, dass da etwas versteckt sein könnte. Außerdem ist die Kirche fast immer abgeschlossen‹, dachte sich die Großmutter.

Sie schlug den Teppich zurück, entfernte vorsichtig ein Brett und schob das Zeitungspaket hinein. Das Brett befestigte sie wieder so, dass niemandem aufgefallen wäre, dass es je abmontiert gewesen war. Ordentlich, wie er zuvor gelegen hatte, breitete sie den Teppich darüber.

Leider fielen zwei meiner Onkel im Krieg. Die beiden anderen jedoch, deren Bärte die vorausschauende Großmutter versteckt hatte, kehrten einigermaßen wohlbehalten nach Hause zurück.

Da fragte der eine: »Sag mal, Mutter, wo sind denn eigentlich unsere Gamsbärte? Die sind ja nicht im Schrank.«

»Jessas«, rief die Großmutter aus, »die hab ich ja versteckt, in der Kirche, unter der Altarstufe. Buben, die hol ich jetzt sofort raus.«

Doch was ertastete ihre Hand, nachdem sie den Teppich zurückgeschlagen und das Brett fachgerecht entfernt hatte? Nichts als lauter Papierschnipsel. Sie leuchtete mit der herbeigeholten Laterne in das finstere Versteck. Da entrang sich ihrer Brust ein Schrei des Entsetzens. Da hatte doch eine Maus die sündhaft teuren Gamsbärte total zerfetzt und sich ein wunderbares Nest daraus gebaut. Darin lagen sieben halb nackte Mäusejunge.

Meine Großmutter, die immer Tapfere, brach in Tränen aus. Sie lamentierte: »Jetzt hab ich gemeint, wie schlau ich bin – derweil war ich blöd.«

Wir alle haben uns lange Zeit gefragt, wie eine Kirchenmaus unter die Altarstufe kommt. Wie hielt sie das aus in dieser eisigen Kirche, in der nie geheizt wurde? Und wovon lebte sie? In einer Kirche findet man doch absolut nichts zu fressen. Nicht umsonst heißt es, er ist arm wie eine Kirchenmaus, wenn einer gar nichts hat.

❧

Wir hatten nicht nur die Landwirtschaft. Meine Großmutter führte auch eine Pension. Im Sommer beherbergten wir manchmal fünfzehn Gäste bei Vollpension. Das waren meist Leute aus der Großstadt. Denen gefiel es in unserer Einöde, sie war so idyllisch gelegen, so ruhig, so weitab von jeglichem Getriebe.

Von der Beköstigung waren sie ebenfalls begeistert. Zum Frühstück gab es nur selbst gemachte Sachen: Brot, Butter, Rahm zum Kaffee und Marmelade. Sogar eigenen Honig konnten wir anbieten, da sich unser Bienenhaus gleich hinter dem Hof befand. Wurst und Käse zum Frühstück, wie wir das heute machen, war damals noch nicht üblich. Aber auch das hätten wir aus eigener Herstellung beisteuern können.

Bevor meine Großmutter in diesen Hof eingeheiratet hatte, war sie als Köchin in einem großen Hotel tätig gewesen. Jetzt kamen ihr die dort erworbenen Kenntnisse in der eigenen Pension zugute.

Sie war, wie ich bereits erwähnte, eine sehr tüchtige Frau. Sie verstand es aber ebenso gut, jemanden auszunutzen – und ganz besonders mich. Sicher, zum Teil war ich selbst schuld, weil ich wirklich gerne arbeitete. Wenn mir die Arbeit Freude machte, erledigte ich sie immer schnell und gewissenhaft. Und so wurde immer noch mehr auf meine jungen Schultern gepackt.

Wie es heute überall in Bayern die Biergärten gibt, haben wir einen Milchgarten geführt. Er lag gleich neben der Kirche auf einer kleinen Anhöhe. Unter zwei prächtigen Kastanien standen zwei lange Tische mit gestärkten Tischtüchern darauf. Damit der Wind sie nicht davonwehte, waren sie mit Klammern befestigt.

Schon als ganz kleines Mädchen wurde ich dort zur Arbeit eingesetzt. Großmutter band mir ein weißes Schürzchen um, das sie eigens für mich genäht hatte, und in dem ich allerliebst aussah. Sowohl die Pensionsgäste als auch die einkehrenden Wanderer waren entzückt über die süße Kleine, die eifrig die Brotzeitteller und die Gläser mit Buttermilch oder frischer Vollmilch herbeischleppte.

Nachdem ich die erste Klasse besuchte, bestand meine Großmutter darauf, dass ich ab sofort ein Tablett zum Servieren benutzte. Das würde mir Zeit und Wege ersparen. Aber das mit dem Tablett mochte ich gar nicht. Damit fühlte ich mich unsicher.

Hier muss ich einfügen, dass es bei uns üblich war, dass man den ganzen Sommer über barfuß ging, auch zur Schule. Schuhe kosteten Geld, also mussten sie für den Winter geschont werden. Nun sollte ich also mit einem Tablett barfuß servieren. Ich würde nicht sehen, wohin ich trete. Der Weg war nämlich nicht ganz einfach: Vor der Haustür lagen hintereinander zwei mit Holzlatten eingefasste Fußabstreifer. Dann ging es über den gepflasterten Hof zur Kirche und zwei Stufen hinauf zum Milchgarten.

Ich äußerte meine Bedenken gegenüber meiner Großmutter.

»Ach was, stell dich nicht so an. Du kannst das«, waren ihre Worte.

Streng erzogen, wie ich war, wagte ich keine weitere Widerrede.

Damals war es gerade aufgekommen, dass man die Milch in Bechern aus Milchglas servierte. Meine Großmutter war sehr stolz auf diese ziemlich teure Anschaffung. Sie stellte nun einige dieser wertvollen Stücke, gefüllt mit Milch, auf das Tablett. Dann drückte sie es mir in die Hand und schickte mich los.

Unsicher trat ich aus der Haustür, tastete mit den nackten Füßen über die erste Matte – und schon war es passiert. In hohem Bogen flog das Tablett weg, mir voraus. Und ich landete unsanft auf der Nase. Ich war mit meinem nackten großen Zeh an der Leiste zwischen den beiden Fußmatten hängen geblieben.

Nicht nur die teuren Gläser waren zerschlagen, auch die wertvolle Milch war verloren. Aber da hat es Schläge gegeben! Und wie!

Ich fürchte, meine Großmutter hätte mich totgeschlagen, wenn nicht die neu angekommenen Gäste dazwischengetreten wären. Sie entrüsteten sich lauthals:

»Wie können Sie nur das Kind wegen dieses Missgeschicks so schlagen? Es hat die Gläser doch nicht mit Absicht fallen lassen. Mit dem Tablett ist so ein kleines Mädchen einfach überfordert, zumal es barfüßig ist.«

Dass diese wildfremden Menschen Partei für mich ergriffen, tat mir gut. Es linderte wenigstens meinen seelischen Schmerz. Dass ich bei dem Sturz eine zerschundene Nase und ein aufgeschlagenes Knie davongetragen hatte, nahm niemand zur Kenntnis.

Als ich bereits die 5. oder 6. Klasse besuchte, war ich noch immer der Treibauf, dem stets etwas Lustiges einfiel. Neben mir in der Bank saß meine Freundin Traudl, die auch recht gerne und gut sang. Deshalb verstanden wir uns besonders gut.

Einmal, es war in der Rechenstunde, machte ich statt Rechnen irgendeinen Blödsinn mit ihr. Die Lehrerin kam zu mir her. Sie wusste genau, dass ich wieder die Übeltäterin war. Vorwurfsvoll schaute sie mich an.

»Du, Tilly vom Einsiedelhof, kannst du nicht auch mal mit gutem Beispiel vorangehen in der Klasse?«

»Ja, mei«, verteidigte ich mich, »ich kann nix dafür, wenn uns alleweil der Teifi verführt.«

❧

Das Wissen, dass ich eine Mutter hatte, genügte mir für einige Jahre vollauf. Nicht im Geringsten kam in mir der Gedanke, dass ich auch einen Vater haben könnte. Dieses Thema begann mich erst zu interessieren, als ich so etwa elf bis zwölf Jahre alt war.

In den Schulpausen hörte ich nämlich immer wieder die älteren Mädchen über das Geheimnis des Lebens tuscheln. Außerdem hatte ich, da ich in der Landwirtschaft aufwuchs, bereits einiges über Zeugung und Geburt mitbekommen. Kälbchen gab es nur, wenn die Kuh beim Bullen gewesen war; bei den

Säuen sorgte der Eber für Nachwuchs; und bei den Hühnern war es der Hahn, der dieses Amt bekleidete. Da ich nicht ganz blöd war, reimte ich mir zusammen, dass es bei den Menschen ähnlich sein müsse. Demnach musste auch ich einen Vater haben.

Dieser Gedanke ließ mich nicht mehr los. Unentwegt sann ich über eine Gelegenheit nach, in der ich meine Tante Resi unter vier Augen sprechen konnte. Da sie mir seinerzeit so bereitwillig über meine Mutter erzählt hatte, sah ich in ihr die einzige Person, die bereit sein könnte, mir auch Auskunft über meinen Vater zu geben.

Diese Gelegenheit bot sich schneller, als ich zu träumen gewagt hatte.

Es war die Zeit der Brombeerreife. Mit einem inneren Freudenhupfer vernahm ich beim Mittagessen, dass ich am Nachmittag mit Resi in die Brombeeren sollte. Das war die ideale Gelegenheit, über alles zu sprechen.

Außer den Beereneimern war an diesem Abend auch mein Kopf randvoll. All das Gehörte ließ mich lange keinen Schlaf finden. Zu viel wirbelte in meinem Gehirn durcheinander.

Folgendes hatte sich zugetragen: Anna, meine Mutter, war als junge Magd auf den Einsiedelhof gekommen. Sie war sehr fleißig und geschickt und daher bald bei allen auf dem Hof beliebt. Besonders beliebt muss sie aber bei Sepp, dem ältesten Sohn des Hauses, gewesen sein. Der machte ihr von Anfang an schöne Augen.

Obwohl ihr der junge Mann gefiel, blieb sie anfangs sehr zurückhaltend. Sie wollte ihre Stellung nicht gefährden. Da sie nur eine Magd war, würde die

Bäuerin einer ernsthaften Verbindung mit ihrem Sohn niemals zustimmen.

Doch dann gab sie ihm nach. Lange Zeit gelang es den beiden, ihre Liebe vor meiner Großmutter geheim zu halten. Als die Magd aber immer mehr an Umfang zunahm, ließ sich ihr Zustand nicht mehr verbergen. Von ihrer Herrin zur Rede gestellt, gestand sie schließlich, wer der Vater des zu erwarteten Kindes sei. Bei diesem Geständnis mag in meiner Mutter ein kleiner Hoffnungsschimmer aufgekeimt sein. Da die Geschichte bereits so weit gediehen war, würde die gestrenge Einsiedelbäuerin vielleicht nun doch ihre Einwilligung zur Heirat geben.

Aber weit gefehlt. Was ihr die Bäuerin alles an den Kopf geworfen hat, habe ich nicht erfahren. Nur so viel ist überliefert: »Dein Kind kannst du noch hier zur Welt bringen, dann verschwindest du für immer. Dein Kind ziehe ich dir auf. Aber lass dich nie wieder hier blicken.«

Schon wenige Tage nach meiner Geburt hat die Großmutter meine Mutter mit Schimpf und Schande vom Hof gejagt. Ihr Sohn, mein Vater, ist kurze Zeit später freiwillig vom Hof weggegangen und hat sich woanders eine Existenz als Zimmermann gesucht.

Er muss sehr gescheit gewesen sein, denn er bildete sich weiter, legte seine Meisterprüfung ab, besuchte Abendschulen in München und machte einige weitere Zusatzausbildungen.

Bevor er das Haus verließ, hatte seine Mutter bestimmt: »Da ich dein Kind umsonst aufziehe, bekommst du von mir kein Heiratsgut, wie es sonst der Brauch ist.«

So erfuhr ich, dass Sepp, Großmutters ältester

Sohn, der nur selten zu Besuch auf den Hof kam und den ich für einen meiner Onkel gehalten hatte, in Wirklichkeit mein Vater war.

Resi war zu der Zeit, als das geschah, schon alt genug gewesen, um das alles mitzubekommen. Sie erinnerte sich an die Worte meiner Großmutter: »Anna war die beste Magd, die ich je gehabt habe.«

Resi versicherte mir, dass das stimmte. Sie hatte lange genug mit Anna zusammengearbeitet, um das beurteilen zu können.

»Sie war wirklich die fleißigste und sauberste Magd, die man sich denken kann. Bei ihr blitzte der Stall nur so. Das machte sie von sich aus, ohne dass man ihr das angeschafft hatte. Deshalb kann ich meine Mutter bis auf den heutigen Tag nicht verstehen, dass sie so eine Magd weggeschickt hat. Was hätte es denn für einen Unterschied gemacht, ob sie als Schwiegertochter hier arbeitete oder als Magd?

Ich habe deine Mutter so gern, und sie fehlte mir schon sehr. Auch tat sie mir immer so Leid, dass sie ihr Kind nicht sehen durfte.

Sie hatte doch so Heimweh nach dir. Deshalb bin ich, nachdem ich ihren Aufenthalt ausfindig gemacht habe, zu ihr gegangen und habe ihr einen Vorschlag gemacht. Ich dachte, wenn sie schon nicht bei ihrem Kind wohnen darf, dann möchte sie es doch wenigstens ab und zu mal sehen.

Da sie sich tagsüber jedoch nicht auf unserem Hof blicken lassen durfte, habe ich ihr am Abend, wenn alles schlief, die Scheunentür aufgemacht. Über die Scheune habe ich sie dann in deine Kammer geführt. Davon konnte meine Mutter nichts mitkriegen, selbst wenn sie noch wach gewesen wäre, weil deine Kammer im Rückgebäude liegt.«

Diese Enthüllungen wühlten mich begreiflicherweise sehr auf, und es überkam mich ein schlechtes Gewissen, weil ich mich immer so ekelhaft und ablehnend gegen meine Mutter verhalten hatte. Das muss ihr noch mehr Schmerz bereitet haben. Voller Reue beschloss ich deshalb, alles wieder gutzumachen, indem ich ihr zeigte, dass ich sie liebte. Sie sollte erfahren, dass ich all ihre Anstrengungen, die sie meinetwegen auf sich genommen hatte, zu würdigen wusste.

Mit Resis Hilfe fand ich schon bald eine Möglichkeit, meine Mutter per Fahrrad zu besuchen. Sie freute sich riesig über diese Wendung und hatte Tränen in den Augen, als ich mich verabschiedete.

Bei meinem folgenden Besuch erfuhr ich mit Freude, dass meine Mutter mit ebensolcher Begeisterung sang wie ich. Wenn ich so gern singe, empfahl sie mir, solle ich doch in den Kirchenchor gehen.

Erstaunlicherweise erlaubte meine Großmutter tatsächlich, dass ich schon mit dreizehn Jahren in den Kirchenchor eintrat. Vermutlich hatte sie dabei den Hintergedanken, dass es im Interesse der Pensionsgäste wäre, wenn meine Stimme eine gewisse Ausbildung erfahre. Denn diese waren so entzückt von meinem Gesang, dass sie mich immer wieder zum Singen aufforderten.

Durch den Besuch der Chorproben konnte ich meine Mutter immer wieder mal zu besuchen, ohne dass Großmutter eine Ahnung davon hatte. Bei ihrer neuen Bäuerin hatte sie es gut getroffen. Da war sie die erste Hand auf dem Hof. Und weil sie so tüchtig war, hat man sie recht gern mögen und mich nachher auch. Jedes Mal, wenn ich auftauchte, bekam meine Mutter eine halbe Stunde frei, damit sie Zeit für mich hatte. Wenn die Bäuerin vorher wusste, wann ich komme, wurde eigens ein Kuchen für mich und meine Mutter gebacken. Damals war ein Kuchen eine echte Rarität.

Wieder vergingen einige Jahre, bis ich von meiner Tante Resi ein weiteres Familiengeheimnis erfuhr.

Aber zunächst bedrückte mich eine andere Sorge. Für mich war das letzte Schuljahr angebrochen. Es stimmte mich sehr traurig, dass ich danach nicht mehr zur Schule gehen durfte. Meine Mitschüler konnten das nicht verstehen. Sie freuten sich auf das Ende der Schulzeit, mich dagegen belastete der Gedanke daran zutiefst. Nach der Schulentlassung, so meine Befürchtung, würde ich noch mehr arbeiten müssen als bisher. Dann gab es nicht mehr die ›erholsamen‹ Schulstunden, in denen man sich Wissen aneignen, aber auch mal spielen oder Unsinn machen konnte. Daheim würde ich fortan wieder den ganzen Tag arbeiten müssen. Heute dürfte man von einem Kind so etwas nicht mehr verlangen. Man würde glatt wegen Kinderarbeit angezeigt. Früher aber kümmerte das niemanden.

Der letzte Schultag kam heran. Schon den ganzen Vormittag hatte ich Angst vor der Verabschiedung. Als die Zeugnisse ausgeteilt wurden, weinte einer der Buben, weil er ein so schlechtes Zeugnis gekriegt hatte und sich damit kaum nach Hause traute. Ich kam als Letzte an die Reihe und dachte, ich muss mich zusammenreißen. Trotzdem fing ich an zu weinen, als mir die Lehrerin die Hand reichte. Da weinte sie aus lauter Sympathie mit. Sie wusste sicher ebenso gut wie ich, was auf mich zukommen würde. Sicher fiel ihr ebenfalls der Abschied schwer, weil sie mich in ihr Herz geschlossen hatte.

❧

Neben unserem Hof bewirtschafteten wir auch eine Hochalm. Vom Einsiedelhof ging man zunächst gemütlich durch den Eigenwald. Dann führte der Weg gute zwei Stunden steil hinauf, bis wieder ein weniger steiles Stück kam. Dort war unsere Alm.

Auf dieser Alm lebte im Sommer immer eine Sennerin. Wenn ihre Nahrungsmittel ausgingen, gab sie Gästen vom Dorf, die bei ihr eingekehrt waren, einen Zettel mit. Denn jeder, der von der Alm hinabstieg, musste beim Einsiedelhof vorbeigehen. Auf dem Zettel stand alles, was ihr fehlte. Das wurde ihr dann am nächsten Tag mit Hilfe unserer beiden Mulis hinaufgebracht. Der eine hieß Fixi und war der Jüngere, der Flottere. Der andere hieß Fanny.

Eines Tages traf nun wieder ein Zettel von der Sennerin ein. Sie brauche dringend Proviant für ihre Gäste, Wanderer, die bei ihr einkehrten.

Nun wurde in unserem Hause eifrig diskutiert. »Wen schicken wir da hinauf?«

Die beiden Knechte waren nicht abkömmlich, da man mitten in der Heuernte steckte. Von meinen vier Onkeln waren drei zum Heer eingezogen worden. Der eine, noch zu Hause verbliebene Onkel war wegen der Heuernte ebenfalls unabkömmlich. Großmutter kam ob ihres Alters nicht in Frage, und von ihren Töchtern oder den Mägden schien keine dazu geeignet.

»Schicken wir's Dirndl 'nauf«, war schließlich die einhellige Meinung. »Die kann das.«

Da war ich ganze sechzehn Jahre alt und noch stolz darauf, dass man mir eine solche Aufgabe zutraute. In meiner Unerfahrenheit hatte ich nicht die geringste Vorstellung davon, wie anstrengend das werden würde, vor allem nicht, wie gefährlich dieses Unternehmen war. Es ging nämlich einen schmalen Steig hinauf, einen sehr steilen – und das mit zwei Mulis!

Jedem im Hause war bekannt, dass ich gut mit den Mulis umzugehen wusste. Sicher, ich hatte gelernt, sie zu satteln, und ich wusste mit den Zügeln umzugehen. Diese Sicherheit allein beruhigte mich aber nicht. Mulis können sehr störrisch sein, wenn ihnen zu viel zugemutet wird. Deshalb brauchte ich eine Art ›Rückversicherung‹ bzw. Bestechungsmaterial für die Tiere. Da wir eine Pension hatten, gab es Würfelzucker im Haus. Davon stibitzte ich einige Würfel und steckte sie in meine Schürzentasche.

Am folgenden Morgen versah mich mein Onkel mit einigen Verhaltensregeln.

»Gell, wenn du auf halber Höhe bist, musst du die Mulis rasten lassen. Aber nur zwei Minuten. Sonst werden sie müde und legen sich nieder. Dann bringst du sie nicht mehr auf. Ehe du weitergehst, musst du nachsatteln. Das heißt, du musst den Sattel mit dem Proviant an beiden Riemen fest nachziehen, damit die Last nicht wackelt. Das scheuert den Tieren sonst am Rücken.«

Ich nickte zu allem eifrig.

»Noch etwas. Wenn du oben ankommst, bringst du die Mulis gleich in den Extra-Mulistall. Da hängen zwei Decken auf der Stange. Die nimmst du runter und hängst die zwei nassen Decken, die beim Aufstieg auf den Mulis gelegen haben, sofort zum Trocknen auf. Die Tiere schwitzen nämlich furchtbar. Deshalb musst du auch gleich die Fenster zumachen.«

Mit solch gutem Rat versehen, marschierte ich los, beide Maultiere hoch bepackt. Den flotteren Fixi ließ ich im Waller vor mir gehen. So nennt man das Zugseil. Den schlechteren Muli, die Fanny, ließ ich im Zaum hinter mir gehen. So sind wir hinaufgetrottet, erst gemütlich durch den Wald. Aber dann wurde der Steig schmal und steil.

Nach etwa zwei Stunden machte ich auf halbem Weg Rast, wie es der Onkel empfohlen hatte. Ob das aber zwei Minuten waren oder vier, das konnte ich nicht feststellen, denn ich besaß keine Uhr. Um mir die Tiere aber gewogen zu halten, hatte ich zu Beginn der Pause jedem auf der flachen Hand zwei Stücke Zucker gereicht. Bevor wir wieder aufbrachen, sattelte ich nach und ermunterte die Tiere. »So, jetzt packen wir's wieder«, und gab abermals jedem zwei Zuckerwürfel. Ja, wie brav die dann wieder losmarschiert sind! Das war eine reine Freude.

Unterwegs musste ich sie dennoch immer wieder feste antreiben, damit mir ja keiner stehen blieb oder sich gar hinlegte. Denn Mulis werden schon sehr müde bei der Anstrengung. Wenn das geschah, würde ich sie dann nimmer weiterbringen. Bei Mulis ist das nämlich so: Wenn denen was zu viel wird, werden sie störrisch. Deshalb muss man auf der Hut sein. Also passte ich auf wie ein Luchs. Ich kannte meine Tiere ja.

Als ich nach fast vier Stunden Marsch endlich oben ankam, stand die alte Sennerin vor der Hütte. Sie hatte schon sehnsüchtig gewartet. Es war üblich, dass, wenn sie einen Zettel zu Tal schickte, dann prompt am nächsten Tag die erbetene Sendung kam. Aber sie hatte mit einem von den beiden Knechten gerechnet. Da sie statt der Männer nun mich erblickte, schlug sie die Hände zusammen.

»Um Gottes willen, Dirndl! Haben's dich da raufgeschickt mit den zwei Mulis? Das ist ja allerhand. Das ist aber eine Zumutung.«

»Nein«, habe ich frisch und fröhlich entgegnet. »Mir ist's ganz gut gegangen.« In der Tat hatte ich bei dem Aufstieg eine rechte Freude gehabt, weil ich den Vormittag nicht hatte arbeiten müssen. Es war halt meine Natur, überall das Positive zu sehen, und gefürchtet hab ich mich auch nicht.

Gleich nach der Ankunft habe ich dann all das getan, was mir der Onkel aufgetragen hatte: Die beiden nassen Decken habe ich auf die Stange gehängt und die beiden trockenen den Mulis aufgelegt, Fenster und Türe geschlossen, und den Tieren was zu fressen und zu trinken gegeben.

Zu meiner Freude habe ich dann auch ein paar Stunden auf der Alm rasten dürfen. Die Sennerin verwöhnte mich geradezu. Sie schmierte mir ein großes Butterbrot und reichte mir einen Weidling mit eiskalter Milch. Ein Weidling ist ein dunkelbraunes Gefäß aus Steingut, eine Art kleine Schüssel, innen und außen schön lasiert. Die pflegte man zu drei Viertel mit Vollmilch zu füllen und in den Keller zu stellen, bis sich eine dicke Rahmschicht oben abgesetzt hatte. Wegen dieser Rahmschicht wurde die Milch mit einem Löffel gegessen. Das war für mich das Köstlichste, das ich mir denken konnte.

Gut erholt legte ich mit den Mulis am späten Nachmittag den Heimweg zurück.

Einige Monate, nachdem sich diese Geschichte zugetragen hatte, schickte sich meine Tante Resi an, ihr Elternhaus zu verlassen. Sie heiratete in einem Nachbarort in einen Bauernhof ein.

Kurz vor ihrem Auszug nahm sie mich beiseite.

»Dirndl, jetzt wirst du hier im Haus niemanden mehr haben, der dir beisteht. Vorher sollst du aber noch etwas wissen, was dir vielleicht den Rücken stärkt und dich die restliche Zeit hier im Hause leichter überstehen lässt.«

Gebannt lauschte ich ihrer Erzählung.

»Deine Großmutter stammt aus einem von hier weit entfernt gelegenen Ort. Dort hatte sie vor ihrer Heirat in einem ansehnlichen Gasthaus als Köchin gearbeitet. Der reichste Mann vom ganzen Dorf machte ihr eifrig den Hof. Das schmeichelte ihr natürlich, und sie ließ sich mit ihm ein. Wenig später war sie in anderen Umständen. Sie teilte ihm das in der Hoffnung mit, dass er sie heiraten würde. Der dachte aber gar nicht daran.

Etwa zur gleichen Zeit erwartete im Nachbarort ein anderes Mädchen ein Kind von ihm. Ob seines Reichtums war er aber hochnäsig und mochte sich weder für die mittellose Köchin noch für die einfache Bauernmagd aus dem Nachbardorf entscheiden. Es musste eine Studierte sein, die er heiratete.

Die Studierte hatte von der Landwirtschaft nicht die geringste Ahnung, und auch vom Haushalt verstand sie nichts. Unter ihren Händen ging es mit dem Besitz steil bergab. Nicht, dass sie nur schlecht wirtschaftete – sie war ihm obendrein noch untreu. Aber, wenn du mich fragst, das geschah dem Hallodri gerade recht. Alle fünf Existenzen verlor er: seine Landwirtschaft, seine Bäckerei, seine Käserei, sein Sägewerk und sein kleines eigenes Elektrizitätswerk, das er bereits am Ende des 19. Jahrhunderts betrieben hatte.«

Resis erste Atempause nutzte ich zu einer Frage.

»Was ist aus dem Kind der Großmutter geworden?«

»Nun, das Kind ist niemand anderes als Sepp, dein Vater!« Vor Staunen blieb mir für eine Weile der Mund offen stehen.

»Mein Vater? Ein lediges Kind der Großmutter?«, stieß ich ungläubig hervor. »Ich versteh die Welt nicht mehr. Wenn sie selbst ein uneheliches Kind hatte, wie konnte sie dann so zu meiner Mutter sein?«

»Das habe ich ja auch nie verstanden«, seufzte Resi und fuhr mit ihrem Bericht fort.

»Anfangs hatte sie den Buben zu ihren Eltern gegeben, weil sie ja wieder arbeiten musste. Vielleicht ein Jahr später wechselte sie als Köchin in den Gasthof ›Zur Post‹ nach Inzell. Dort lernte sie meinen Vater, den Einsiedelbauern, kennen. Der machte ihr schon bald einen Heiratsantrag. Verschämt gestand sie ihm: ›Ich hab' aber einen ledigen Buben.‹ – ›Ja, dann bringst den halt mit‹, ermunterte sie mein Vater, ›dann passt's. Ich bring nämlich eine Tochter mit in die Ehe. Meine Bäuerin ist vor einem Jahr im Kindbett verstorben.‹

Für die beiden war das eine vernünftige Lösung. Für sie, mit dem unehelichen Kind, war der Heiratsmarkt äußerst schlecht bestellt gewesen. Und für ihn, den Witwer mit der kleinen Tochter und der vielen Arbeit auf dem großen Hof, waren die Chancen ebenfalls sehr gering.«

»Das war ja geradezu ein großes Glück für die Großmutter, dass sie auf diese Weise untergekommen ist. Da hätte sie doch froh und dankbar sein müssen«, sinnierte ich.

»Der Meinung bin ich auch. Da sie selbst ein lediges Kind hatte, hätte sie doch für deine Mutter Verständnis, ja sogar Mitgefühl aufbringen müssen. Ihre Härte in dieser Hinsicht konnte ich nie verstehen.«

Nach einigem Nachdenken fragte ich: »Was ist aus dem Kind geworden, das dein Vater mit in die Ehe gebracht hat?«

»Ja, kannst du dir das nicht denken? Das Kind bin ich!«

Nun wurde mir einiges klar. Das also war der Grund, weshalb die Großmutter gegen die Resi oft so ungerecht war. Das war der Grund, warum die Resi als Einzige zu mir und meiner Mutter gehalten hatte. Eine Weile herrschte Schweigen zwischen uns, bis meine Tante, die eigentlich gar nicht meine Tante war, aufseufzte.

»Dirndl, einen Rat will ich dir noch geben: Verlass dieses Haus, sobald du kannst. Du bist hier nur der Sündenbock. Deine Großmutter lässt dich für ihre Sünden und für die deiner Mutter ihr Leben lang büßen. Egal, wo du hingehst, dort wirst du es allemal besser treffen als hier.«

Diesen Rat befolgte ich nur zu gern. Sobald ich volljährig war, trat ich weit weg von zu Hause eine neue Stellung an. Das Schicksal wollte es, dass ich später in das Dorf verschlagen wurde, aus dem meine Großmutter stammte. Dort forschte ich natürlich nach Spuren meines Großvaters, dem Hallodri.

»Mein Gott, wenn der die Liesl geheiratet hätte«, raunten mir die Leute zu, »dann stünd' der heute ganz anders da. Statt seinen Besitz in den Abgrund zu stürzen, hätte sie ihn verdoppelt. Die Liesl war fleißig und geschickt und sparsam. Er aber hat sich sein Unglück ins Haus geholt.«

Meine Mutter hat nie geheiratet, so sehr war sie enttäuscht, dass mein Vater sich nicht zu ihr bekannt hatte. Er hätte ja, da er einen Beruf erlernt hatte und ohnedies auswärts arbeitete, sie auch gegen den Willen der Mutter heiraten können. Diesen Verrat hat meine Mutter bis zu ihrem Tod nicht verwunden.

Mein Vater hat später nach München geheiratet und einige Kinder mit seiner Frau bekommen. Meine Halbgeschwister lernte ich aber erst kennen, als ich schon lange verheiratet war.

Für das Handeln meiner Großmutter hatte ich schon zu dem Zeitpunkt wenig Verständnis aufgebracht, als ich erfahren hatte, dass sie ihrem Sohn die Heirat mit meiner Mutter verwehrt hatte. Fragen über Fragen beschäftigten mich: ›Wie konnte sie nur so starrköpfig sein? Wie konnte sie vor lauter Standesdünkel eine Magd vom Hof vertreiben, die nach ihrer eigenen Aussage die Beste gewesen war? Warum war sie so grausam und nahm einer Mutter ihr Kind weg? Warum erlaubte sie ihr noch nicht einmal, dieses Kind zu sehen? Warum entzog sie diesem Kind, ihrem eigenen Enkelkind, die Mutter?‹

Mein Verständnis für die Großmutter erlosch vollends, als ich ihre eigene Geschichte von der Resi erfahren hatte. Bis auf den heutigen Tag ist es mir unverständlich, dass sie nach ihrem eigenen Fehltritt, nach ihrer eigenen Enttäuschung weder Nachsicht mit ihrem Sohn noch mit ihrer Magd gezeigt hat.

Aber dessen ungeachtet, gilt mein Respekt und

meine Bewunderung dieser Frau heute noch. Durch ihren Fleiß, ihren Ehrgeiz und ihre Tatkraft hat sie den Einsiedelhof nicht nur erhalten, sie hat ihn beträchtlich aufwärts gebracht.

Nachdem sie Resis Vater geheiratet hatte, kamen noch sieben gemeinsame Kinder dazu. Als ihr Jüngstes gerade drei Jahre alt war, nahm sie mich, ihr Enkelkind, dazu. Sie hat also zehn Kinder aufgezogen, und alle sind etwas Ordentliches geworden.

Wenn sie auch immer streng zu mir war und mich während meiner ganzen Kindheit überfordert hat, so hat sie mir doch all das mitgegeben, was ich für mein Leben brauchte.

Und dafür bin ich ihr dankbar.